U0678277

风吹蒿莱

—— 驻村笔记

范剑鸣 著

百花洲文艺出版社
BAIHUAZHOU LITERATURE AND ART PRESS

图书在版编目（CIP）数据

风吹蒿莱：驻村笔记 / 范剑鸣著 . -- 南昌：百花洲文艺出版社，2020.6
ISBN 978-7-5500-3724-3

Ⅰ . ①风… Ⅱ . ①范… Ⅲ . ①报告文学 – 作品集 – 中国 – 当代 Ⅳ . ① I25

中国版本图书馆 CIP 数据核字 (2020) 第 069326 号

风吹蒿莱——驻村笔记

范剑鸣 著

出 版 人	章华荣
策划编辑	朱 强
责任编辑	赵 霞 朱 强
书籍设计	朱嘉琪
出版发行	百花洲文艺出版社
社 址	南昌市红谷滩新区世贸路 898 号博能中心 A 座 20 楼
邮 编	330038
经 销	全国新华书店
印 刷	江西千叶彩印有限公司
开 本	710mm×1000mm 1/16 印张 15.75
版 次	2020 年 6 月第 1 版第 1 次印刷
字 数	180 千字
书 号	ISBN 978-7-5500-3724-3
定 价	42.00 元

版权所有　侵权必究

赣版权登字 05-2020-45

邮购联系 0791-86895108

本书如有印装问题影响阅读，请半年内直接与印刷厂联系更换

内容简介

　　本书以一个驻村干部（第一书记）的视角，观察新时代的乡村在扶贫政策搅动下呈现的新风貌与新气象。全书通过一个个鲜活的乡村人物，一件件充满地域色彩的乡土风物，剖解乡村重新迸发的无限生机，真实反映了红色瑞金梅江人家的曲折命运和全新希望。在传统与现代成分的交织中，在物质与精神的巨大变化中，作家挑选出富有典型性的人物事件，把各项扶贫政策和政府关怀有机地镶入叙事文本，同时又带入作家早年在瑞金乡村的生活记忆和走访其他村寨后的诸多思考。这些元素的有机融入使文本具备了历史深度和地域广度，既书写了瑞金这块红色土地的光荣历史，又展现出红色瑞金的时代光芒。加之作者饱含深情的讲述使整个文本焕发出迷人光彩。全书38个章节层层相推，环环相扣，构成一个具有立体效果的乡村扶贫文本。

目 录

第三章
人间与人生

第四章
我看到了风的形状

第五章
到处是活跃跃的创造

"可怜而困窘的家伙，你太自以为是，居然想在苍穹之下安个位置……"

——引自梭罗《瓦尔登湖·经济篇》

第一章

终究被乡土招安

高岭

　　夕阳西下，苍翠的山岭起伏连绵，次第浓淡，朝北俯瞰，岭间有一片静止的水域，像明丽的弧线由东往西蜿蜒曲折，那就是梅江。它在二十一世纪引来了大坝长桥，一座库区移民形成的村落在水边盘结，屋舍鲜明。

　　从山下的村子到山顶的隘口，正好是半个小时。一个来回，就是我每天黄昏散步的时间。三年多来，我周而复始地行走在这条山路上，一次次远眺落日西沉，隐没于群山之中。而清晨，当我站在长桥东望，朝阳从山岭跳出，带来新鲜的时光。

　　这段爬山的路程，经过几次测试。起初，爬到了山梁的拐角，就以为到登上了山顶，但朝南边望去，又有一座更高的隘口，隘口边的山顶耸立着一座电信塔，发出银白的光芒。莫测路之远近，看看暮色，并不敢继续往上走。后来调整时间，才登上高岭。在电信塔边朝东南远眺，是另一个村子，一条庞大的山涧在岭间奔腾，水声经冬不息，随风入耳。

　　这片绵延的山岭之中，坐落着六七个行政村，曾是一个独立的行政乡，以"下坝"为乡名。当我熟悉了这里的山川地理，曾对地名中的"坝"字颇有感慨：一个字代表多种意思，居然还是互相对立。据汉语词典解释，"坝"有六种意思，一是指拦截水流的建筑物，这是最平常的含义。此外也指堤岸，继续引申，又指称平地，把两个对立的地形混在一起。第四种意义，是指水中的建筑物，相当于溪河上的石堰，高耸水面，这跟第一种意思差不多。又由此延伸，却是沙滩、沙洲，高耸之物跟平坦之地同置一字。第六种含义，是指农具，通"耙"，倒充满象形的意思，耕作之时泥水翻滚如水过大坝，耙过之后的田野一马平川，这农具不经意间像词典一样，把两种相反相成的地貌归置到一起。

坝就像一个词义的矛盾体，相反相成。翻了词典之后，我在想，如何理解这群山之中的"坝"呢？比如沙洲坝，自然取的是平地的意思。而梅江边的村子，宽阔平旷的地方一般叫洲，我老家的村子就叫上长洲，虽然那洲的平缓之处非常狭窄，但与梅江宽阔的江面联合，也算是"山外面"了。在这片群山之中，称作"坝"显然是不合理的。这里崇山峻岭，把滚滚西来的梅江一挡，河水改了方向，高山对河水原来就这么霸道。如此一看，"坝"字简化了非常可惜，繁体字的音旁是"霸"，这不兼具了会意？

电视剧《最美的青春》在央视热播之后，我意外发现："塞罕坝"蒙语的意思就是"美丽的高岭"，这样说来，下坝就成了汉语中的"塞罕坝"，是梅江边"美丽的高岭"。在电视剧里，"下坝"，是指离开塞罕坝，是一个动词。当然，梅江边的下坝，是一个地域名词。

早年，我有一位同学从梅江上游调来此地教书。我对这种调动颇感奇怪，同是偏远山乡，有调动的必要吗？同学笑着告诉我，原来的山乡有个叫山潭的学校，他们两哥们主动要求分到一起，一个自称卧龙，一个自称伏虎，都是"贬谪"而去的，为此不时会跟教办抬杠，而这种调动拆分，自然是一种管理策略。同学去报到时曾经叫上我，那是我第一次来到下坝，蜿蜒的公路沿江而下，到了安全的地界就突然拐进深山，路的尽头就是一个小圩镇，不到五百米的街道截断于高岭之下，像是赶集的乡民醉倒在山脚。

二十多年之后，我再次来到这里，而且是住了下来。我驻村之后，城里的朋友问，在哪个地界隐居呢？我就说，安全。他们不知道，我又说，就是下坝，于是他们就明白了，知道我突然去了一个远离县城的地方，过上了一种寄居的乡村生活。

我所驻的村子在梅江拐弯之处。我一直疑心村名以前应该叫"庵前"，后来才知道，这个名在一百年前就这么叫了。据民国《瑞金县志稿》载，下坝有一条下坝溪，收拢各村的溪水成河，贯穿下坝全境："自荣坑逆折而西，护田绕麓，纡回行数十里。近陈氏祠里许，溪产金甚精，士人因淘取者众，严禁以保地灵。流至安全陇，汇齐水、禾坑诸小溪水，纡余曲折而出，至黄坑口，会梅水，东下流于贡水。"

下坝溪的终点黄坑口，是一个移民新村，人气骤旺，三条南北向的宽阔街道，分列着一排排新建的店铺式砖房，挺好的一个圩场，原是打算取代下坝的集镇，无奈市集惯性巨大，至今还没有择日开圩。移民新村建在黄坑口，是由于这里建起了一座大型水电站，于是河床抬高，村子成为一个库区村落，新村就成为一个三面环水的小村镇。黄坑口原来是一个老渡口，因此有一些人气基础。以前上游村镇的船帮到了黄坑口，就算到了自己的老家，会突然放下一路的风波，泊于渡口边住一个晚上，上岸沽酒寻乐，稍事休歇，次日才解缆继续上行。老渡口摆渡了几百年，十年前修筑了一座大桥，过往的行人多是对岸村子的乡亲。

最初进村的时候，晨昏散步的路径非常固定，出了村子就向梅江边走，大坝和长桥，加上库区两岸的水泥路，形成一个完美的环形跑道，水电站的职工始终就在群山中的跑道里运动。后来我傍晚散步转向山中。这么周而复始地登上山顶，一路上可以尽情欣赏四时景色。"岭上开遍哟映山红"，那是春天的旋律。"岭山多白云"，这是夏天的诗句。"树树皆秋色，山山余落晖"，这当然是在说枫叶的物候。一个人在高岭上行走，可以纵情地呐喊歌唱，眺望高路入云，俯瞰河湾大坝。"美丽的高岭"，在群山之巅能找到贴切的感知。

散步上山，我更喜欢独自一人。后来同事钟进村住了段时间，就带着他一起。有一天，我们特意增加一个钟头散步时间，用来征服另一座山峰。登上电信塔边的隘口，仰望那座山峰，离水泥路并不远，但却没有一条现成的路可上。我们沿着山坡一路攀爬，远看山顶就在前面，但草木越来越深，开道越来越难，同事说还是放弃吧，反正看清了山顶上那堆石头。我说了些鼓劲的话，就继续前进，艰难地扒开灌木和荆丛，登到顶上一看，山巅原来是一块独立的岩石，南侧还用石块砌起了峭壁，从留下的痕迹来看应该是一座哨所。登顶四望，顿觉眼界更其空阔，群山颠连奔往天际，黄坑口像一座小岛，岛上房舍新鲜而密集，大江东来锁于群山，高岭成坝的气象廓然如画。

在村子里驻扎，主要工作就是把村子里的乡亲们精准地一分为二：贫困户和非贫困户。然后又要精准地把他们合二为一：脱贫。我发现这个二分法像极了下坝这个"坝"字，多义而模糊，对立而统一。在一个村子里，贫富分化显然存在，但生活水平的分辨不

高岭

那么容易。特别是会有一个中间群体，会产生一个特殊的名词——边缘户。有一段时间，县里为了脱贫摘帽，让大家认真反思工作疏漏之处，确保脱贫评估验收时没有一户认定为漏评或错退，于是我们细心梳理，把这些边缘户视作重点人群，整理成另一个关心关注的台账。这些乡亲，就像一道贫困和富裕之间的堤岸，不经意间成为风景的"坝"。

在驻村的日子里，我没办法像梭罗一样，劝导大家抛弃俗世的生活观念，甘贫乐道似乎只是知识分子的一个精神自慰，而无法跟乡亲们交流共鸣，虽然他们表面上给人这样一种错觉，并且被一些作家所捕获和渲染。"五年多来，我就靠自己的一双手，养活了自己，我发现，一年只要工作六个星期，就可承担所有的生活费用。整个冬天，以及大半个夏天，我都在自由而安静地读书。"当我在村子里阅读《瓦尔登湖》的时候，简直就要把梭罗认定为一个标准的贫困户。

按我们现在推行的贫困户标准，无论是年收入还是住房，梭罗都没有达到，而他精神的富有又不能作为考量的指标。第一年梭罗的收

入不到 9 美元，我们这里年收入 3000 元以下就算贫困，低保标准是每年 3660 元。梭罗的房子是购买别人棚屋材料在湖边建造的，家具简陋，门窗简单，不知道它会不会跑风漏雨。而我们村里那些住土坯房的老人，都纷纷被动员搬离，政府认为他们应该和儿子们一起到红砖房享福去，土屋成为寒窗的代名词，虽然这些土屋有的结实可居。当然，有理由认为，梭罗大部分时间在湖边读书和散步，可以算作一个劳动、一种投资，否则他怎么能写出那本传世之作，把他的思想从瓦尔登湖一直传播到梅江边？

我经历的扶贫工作，有时接近于一种慈善事业。梭罗恰恰反对那种简单给予的资助方式，而是倡导自力更生，这倒符合了我们的工作方向。就低和向上，平地和高岭，一直是人类的精神两极。我曾经设想，梭罗居于湖边，从物质生活上看是平地，但从精神生活上看是高岭，但如果他熟悉了汉语中"坝"字中所蕴含的对立统一，熟悉了这里的山川纠缠，估计会形成另一个观念。

几年间，我以一种特殊的角色楔入了这个人群，和他们发生摩擦，互相提醒着、研究着当下的时代，对贫困的内涵进行了前所未有的打量和探究。经过几年努力，乡亲们脱贫摘帽了，"万家墨面没蒿莱"，也该是"起蒿莱"了。离开这片高山岭之地，我时常会想些那些乡亲的面孔，当时的焦虑和宽慰，争执和微笑。"回到你那可憎的破屋里去吧 / 等你看到了那些明亮的新星 / 好好研究，看那最有价值的是什么"（鲁卡的《贫困的托辞》）。在那些风吹蒿莱的岁月，我和他们频频接触，我们彼此都保存着不少生动的记忆。

后来在县城西郊爬山，每次远眺西山，我都会不经意想起梅江边的高岭。是的，那片高岭，让我习惯了一小时的路程，知道了映山红有酸酸的味道，找到了与林泉溪涧相协调的手机音乐，甚至痛风的小毛病也不经意走失了。

薄酒

在村子里的时候，我慢慢喜欢上了一种米酒。是不是叫米酒，我还不敢肯定，或者说还没有人进行过认真而科学的命名，但它与我平常看到的米酒并不是一回事。

农家的腊酒是一种米酒，黄黄的，所以有的地方叫黄酒。而我们梅江人家喜欢称之为水酒，有时诙谐一点的乡民，又叫它水沽酒、水沽子。由于腊月集中酿酒，以备春节待客，米酒也叫腊酒。到了腊月正月，我们在村子里走访的时候，乡亲们多拿出自酿的米酒，如果是天冷就会先热一下。这种酒是用一种糯米做的。我发现村里虽然田地一般只种一季中稻了，但酒粮却不会少种。这是我唯一能叫出名称的稻子，叫大禾子。我自小熟悉农家制米酒的过程：把糯米蒸熟，冲水，下曲，入瓮，焐温，米饭就慢慢地糁化，粮谷里的精华变成一种全新的液体。

这是中国先祖留下的饮食智慧。延续几千年的老办法，本来不需要创新，但我们村的乡亲们却对它加以了发展。

农村自酿米酒，留下大摊酒糟。以前这些酒糟是喂猪的饵料。但现在农村家庭养猪的几乎绝迹，但酿酒却仍然进行，这样酒糟就没有了大用场，多半只好废弃。我们村的乡民也许就在这种心疼中得到灵感，对酒糟进行再利用，而这种利用居然是再次酿酒！我不清楚这种重复利用的办法别的地方有没有，反正我在梅江边第一次看到。

我在村支书家里看过这种制酒的器具。支书家一处独立的小山坳，一栋两层的红砖房依傍着高岭，旁边是一排猪舍。这是个勤劳致富的人家，村支书杀猪也养猪。有一次上他家喝酒，我看到他家的厨房里正在酿酒。一看那酿酒的器具，就知道不是做米酒，而是做谷烧。谷烧同样是用稻子作酒粮，但不需要蒸煮，不需要下曲，而是直接把酒粮放在器具里蒸馏。米酒与谷烧，其实并不是米与谷的区别，而是米与饭的区别。乡民们把这种蒸馏法称为篦酒，或许是逼酒，让粮谷交出酒液，确实有强制的意思。

村支书家的蒸馏器是一个烧制的泥钵。这种蒸钵与平常的食钵形态一样，只是两个钵体上下相通。一只倒扣在大铁锅里，宽口朝下，盖住了酒粮，而上端开了一个小口，上头接着的是另一个反方向放置的泥钵。蒸钵里凝成了圆溜溜的一滴，顺着蒸钵一个小嘴，滑进了白色的塑料管，走上近两尺的路程，这酒滴就轻叹一声掉进了塑料壶，漾起一个小涟漪，那就是谷烧了。支书家养猪，正需要各种酒糟充作食饵，谷烧和米酒馈赠的只是液体的精华，谷物饭料的外壳终究留下，进入肉猪的肚子里。

但是，我还看到乡民们把米酒留下的酒糟，放在制谷烧的器具里再次蒸馏，酿出一种新的品种。原料是米酒的酒糟，制作是做谷烧的办法，我不知道叫它米酒，还是谷烧。这种酒与谷烧颜色相似，呈微白色，又接近于透明，但它的味道比谷烧淡多了。如果把这种酒拿出来待客，我估计多半是不好出手的，会让客人误以为是白开水。喝白酒的人多喜欢高度数，村子里喝酒的男人就叫嚣，没有 52 度上的酒不是白酒，他们不喜欢喝。爱米酒的人，又迷恋那股浓浓的醇香，黄黄的色泽。如此说来，这种米酒、这种酒糟的再利用，简直说不上是酒，味儿淡极了，它最多能算一种解渴的饮料。

这也叫酒？村子里会酒的男人嘲笑道。

这也叫酒？我第一次看到这个制酒法，听到酒粮是废弃的酒糟，觉得简直是村民跟酒神开了一个无害的玩笑。这酒不过是聊胜于无，就像有的人用米粉暂代面条，有的人用素菜仿制鱼肉，有的人画饼可以充饥。这肯定是来源于乡民们的幽默感。他们舍不得那些酒糟，他们以另一种方式来理解水酒或酒水，以另一种方式来看待自己和客人的关系，和世界的关系。他们把这种酒装在塑料壶里、瓶子里，专门酬劳不大喝酒、不能喝酒的人，让他们在水里喝出了酒味，或者在酒里喝出了水味。

去石头家走访，他妻子总要挽留我喝点什么才让走。她拿出啤酒或米酒，我说在村里待了一年，待出了痛风的毛病，不能喝啤酒和黄酒了。她又拿出白酒，我说别开酒，我皮肤过敏不能喝白酒。她想制擂茶，我知道颇为费时，又加劝阻。她只好倒上白开水，端出果品，热情地招待我。我们聊着最近在哪里做工，孩子在学校花费怎么样，东拉西扯的。突然，她又想起什么似的，有点难为情地说，有一种淡米酒，不知道你喝不喝，酒不浓，不醉人，要不要试试？我听了就说那就来一点。果然是清淡寡味，但略有酒的余意。我多喝了几口，又觉得时有点什么内涵，像一首值得品味的口语诗。

记得那天我是趁着天凉，上石头家走访的。他妻子挽留我吃饭，我说不要，外头准备好了，正等我回去吃饭。我就着果品不知不觉喝了一大碗，起身离开的时候发现这酒竟然是酒了，醉意慢慢地上来。我知道准是由于空腹，那略有酒精的米酒趁机放大了的功效，像一个能力不强但挺会汇报工作的干部。走在回村委的公路上，我的脚底轻飘飘的。

我于是开始迷恋这种米酒了。

早年我就喜欢喝水酒。在村子里，我喜欢复制和怀念古诗中的饮酒场景。跟乡亲们喝酒，是一件惬意的事情。那热乎乎的黄酒上来，就像坐在一首古诗中，面对着殷勤的乡民，古老的温情包围着身心。我喜欢看乡民泥饮。酒后说出的真话是一种骨气，而燃烧的勇气也受到别人的怂恿。卷动的舌头不时说出了大逆不道，此刻的他就是天王老子也不认，也要喝下他的敬酒。宗法制的乡村早已瓦解，人们的信仰哪里去了，只管把日子从瓶子里取出来，有多少是多少。他不是陶渊明，但我相信他家真的种下了五亩地的酒粮，足够醉一年。多少次在梅江边的公路上，我看到酒徒走出圩场，醉倒在草地上。

有时候，与田父泥饮，我也不知不觉破禁，喝得高了起来。醉意起时，家国何在，心头的块垒何在，对于宫廷中的宴饮，君君臣臣父父子子的把戏，南方的黄酒从来不认账。江河奔涌啊，天高地远啊，当书生放下酒杯，向着北方的试院遥遥注目，而这群南方的草民，只有在酒瓮空了的那一刻，才会让乡村露出愁苦的脸容。他们的执杯之力进攻着满腹斯文。胡子边的酒滴让我想到了古诗中的好传统。诗酒趁年华，而我心已迟暮，被田父的一番宿命论灌醉、激活、瞬间坦然于前半生的狂狷，后半生的萧瑟。

但得了痛风之后，我控制着这种泥饮，这种醉意的体验便减少了许多。是这种米酒，这种被酒鬼嘲笑的米酒，让我找回了醉的感觉。而正是这种感觉，让我发生一次误会，吃尽了苦头。有一次，我和村干部到山中果园的工人住房里唱歌，晚餐时一位村民特意回到家里抱来一只玻璃酒瓮，装的是白酒，说是自家酿的。我以为这就是那种酒尾，所以大家频频劝酒时就不以为意，豪情满怀，不知不觉喝了三四杯，不料醉得一塌糊涂，翻江倒海生不如死，这是我第一次在村子里受到这种伤害，大伤元气之余一问，才知道那确实是自家酿的，不过是 52 度的而已。我恍然大悟，追悔莫及。

有一段时间，县里要求全部干部都住在村里，做好结对贫困户的工作，频繁地宣传政策，整治家庭内景，提升脱贫水平，提升满意度，文件里叫作"一边倒""六加一"。单位另一个挂点村的同事来到村里玩，便一起在村里吃饭。无酒不算招待，但来客并不好酒，于是我想到了那种米酒。但这种酒无处有售，只是村民备在家里聊以应付。有一位阿姨是贫困户，村里安排了她家一个扶贫专岗，就是为村里搞搞卫生，每月六七百元工资。阿姨年过花甲，每天很勤快地为村委会打扫卫生。于是我问她，村子里能不能搞到那种米酒？她听懂了我的意思，说，家里正有。于是她立即回家里带来了三瓶，我要付钱，她怎么也不肯。

　　我只好谢过，带着米酒到了村干部的家里。村里并没有开伙，我们吃饭是村干部家里定点搭伙。我对同事说，远客光临，作为第一书记略备薄酒欢迎。一来二往，我与同事便喝了开来，不觉有了微醺。同事是个喜欢说笑的人，就借着酒意定下规矩，要把各自一生最隐秘的情史透露出来，由大家裁判，如果认为故事好，就不要罚酒。

　　一个个故事半遮半掩半推半就地在饭桌上演绎，大家为了不吃罚酒，都讲得声情并茂，弄不清是真是假。那个午餐我们耗时两个多小时，大家公认最好的故事，就是同事讲述的一种淡如米酒的初恋。

　　上初中的时候，语文老师为提高学生写作能力，与另一个县一所中学建立了交流合作关系，就是鼓励学生互相通信。她的通信对象是一位男孩。他们谈论学习，谈论理想，充满青春的梦幻。父亲发现了她的通信，指责女儿学习分心，于是她改变了收信地址。初中毕业时，由于双方功课紧张，两人的联系淡了，最终断了。

　　高一的时候，班里一位女同学谈恋爱了，对象正是初中时期对结的笔友。女同学喜欢跟她分享自己的快乐，跟她说起了幸福的情感。她听到非常惊讶，从未见面的笔友能够如此延续。她也说出了笔友，说出了后来的中断。女同学非常热心，说要让自己的笔友查一查，他居然就在笔友的学校里。有一天女同学气喘吁吁地跑到找她，兴奋地告诉她找到了，并把问到的电话给了她。

　　写信变成了通电话。笔友的友谊又续了下去。两颗青春的心，在电波中越来越靠近，仍然是谈理论，谈人生，但声音变成了精神的食粮，一旦空缺就会变得烦躁不安。家里安装了电话，母亲知道她的事情，非常支持她与笔友的感情。为了躲开父亲的干涉，母亲成为她的哨兵。她和他约定了通话的时间，是晚自习回家后的一个时段。他跟奶奶住在一起，打电话自由方便。她和他约定了通话的方式，每次由他打过来试探是否到家，由她把电话打回去，不论时间早晚。有一天，她没有等到他的电话，一直等到晚上十二点多。她痛苦、焦虑，一个晚上没有睡好，决定不再理他。第二天，他把电话打了过来，解释说跟同学们一起去野外看流星雨，耽误了时间深夜才回家，打过来试探没有有人接听。她对他的解释不加反驳，但从此对他很是冷淡。

那时候，渐渐时兴 QQ 了。有一天上网他加了她为好友。两人又在 QQ 里聊了起来，中断的联系又恢复了，但一直不紧不慢，不温不火。高考结束后，他们相约到赣州见面。他们第一次从线上走到线下。他们都到赣州的亲戚家里，找了个理由来到了八境台公园。她发现他不是想象中的模样，现实的他是一个拘谨的学霸模式，而她喜欢的男孩要有一点坏坏的感觉。他不善于照顾她，她的脚崴了肿了起来，他没有帮她揉伤。她自己拎着鞋子走路。他陪着她走路，从公园里直到了游船上。船不小心侧翻了，她掉进了水里，幸亏自己爬了起来，他不知道要不要抱起来，不知道英雄救美在这时候是否合适。

她失望了。她无法确认一种恋爱的情感。他的冷淡，可以理解为不解风情，也可以理解为心中无情。她决定放弃。但是有一天，他又在 QQ 上约她，请她到他所在的县城做客，到他奶奶的家里做客。她希望再次确认点什么。她赴约了，乘着公交车来到了一个陌生的城市。看到她问路，看到她孤身一人，开车的师傅问她是不是找男友，她不置可否。他到站里迎接她。奶奶在家里，没有打扰两个青年人的相会。一个上午，他开着电视，两人一起观看，他没有说话，她无话可说。她有点受不了这种气息，频频跑到卫生间。她看到亲戚在赣州寻问去向，她感到应该回去了。

他没有挽留她。她走了……

这个故事让大家沉默，让我们陷入对情感世界的品味之中。我频频地加着米酒，在酒水的气息中，大家和当事人一起分析这种奇怪的初恋。它像这种米酒一样，清淡，又有酒味、激情，又缺少烈焰。你可以放弃，也可以留恋。

书屋

　　每周进村子的时候，行李收拾起来非常简单，几身衣服而已，然后是钥匙、手机、充电器、耳麦等贴身的物件，偶然有些日常用品需要补充，也是简单明了。但唯有一项行李，想起来颇为费劲，拿起来略微迟疑，那就是书。

　　我有丰富的乡村经历。我曾在乡间教书十五年。那时我偶尔出差进城，犹豫的也是带书问题——真是一个反向的命运。我曾在梅江边的一个村子里工作过，那时去学校还要过渡，学校里没有电，我的业余爱好是看书、弹吉他，有段时间由于书看完了，过渡去小镇向朋友借又不大方便，于是拿着几本鲁迅的文集反复重读。二十余年之后，这些经历都不会再有了。吉他完成了青春的陪伴，虽然仍然弹唱一阵子，那只能在家里，我没有带进村去的兴致。书倒堆放得到处都是，沙发上，枕头边，书橱里，我可以召之即来，挥之即去。正是落落大满的书籍，供选择的机会就太多了，让你不知道该挑哪一本，适合在村子里度过七进制的日子。

　　得知自己将要驻村的时候，是春节前夕。单位的领导对我说，你是新进来的，就轮到你了。我当然得服从组织的安排。那时，我对驻村直接的好感就是，我有时间好好地看看书了。春节过后，我刚刚读完李佩甫的长篇小说《生命册》。小说写的是一个北方的乡村，叫无梁村。在这个村子里，作家为蔡国寅支书、虫嫂、梁五方，梁春才、杜秋月等人物的造册归档。后一些篇幅，无梁村走出去的骆驼、吴志鹏等人又串起另一个都市的生命册。如果不是刚刚读完，我也许首先会把这本书带进去，预设自己将要为村子里的人物写一本新的"生命册"。但我那时刚刚读完，我得另作打算。

那时我环睹家室，四顾茫然，一有空就会想想，随身带进村子的书籍该是什么呢？那是早春二月的一天。当时我翻过但没有看完的书已有几本，我对选择哪一本这个问题比较看重，这表明对驻村工作有着不同的预期。我似乎在为乡村生活配备最好的伴侣，对自己的写作做出最好的预判，谁都知道阅读是写作的引擎。我阅读过托马斯·曼的《魔山》，这是一块厚重的砖头，直到四年后才看完。这本书写的就是一个高山疗养医院对人的吸附和改造，我从开头的介绍中得知，书里的人物进山后居然不想离开，与电影《肖申克的救赎》中的情节如出一辙。这确实有点预测了几年后我离村的心情。

但是，《魔山》太厚，不便携带。我竟然以这个理由放弃了它，仿佛相亲者唾弃了一个肥胖的对象。其实我不反感厚重的书。记得有一次在城里的新华书店溜达，我听到旁边的一位美女说，这么厚的书，又怎么看得完呢！看上去是刚刚考进单位的年轻人，手里拿着书券，左右为难。我笑着对陌生的姑娘说，如果是好看的书，厚一点不是更好吗？省得换手，省得意犹未尽。事实上，我最终放弃了《魔山》，却没有抑制住另一本厚重之书的诱惑，那就是《静静的顿河》。这是一个三卷本的小说，由于对肖洛霍夫向往已久，在最闷热的七八月里，我把它带进了村子。一段时间里，我看到村子里的人物，都仿佛是顿河边的乡亲。

当时，我还想带梭罗的《瓦尔登湖》进村。毕竟这本小巧，虽然已经看过，但我想重新阅读。我当时已经翻阅了不少页码，特别是看到《阅读》这个章节，梭罗讲到了阅读对人生的开启，有许多精彩的好句子，这是作家面对康科德小镇居民的讲座，有描写，有辨析，有叙事，当时我正在构思一部长诗，需要这样一部有哲学思辨的著作来开启我的写作。但我又马上责问自己，还有那么多新书未读，不充分利用下乡的时间好好阅读，不会感觉可惜吗？于是我又放弃了，直到两年后我才把《瓦尔登湖》带进村里。那是接近告别的日子，我匆匆离开村子的时候，居然把这本书落在了村子里，冥冥中这本书适合在河湾滞留，像我后来的去向。

把三卷本的小说带进村去，这似乎只是一个特例，表示我确实要扎根在村子里，狠狠地读上一阵子了。但更多的时候，我会挑一本薄薄的书，放在一个手提袋里，就随着伙伴们进村去了。有一段时间，我们得随时准备周末进去，一看到微信上的通知，我们就匆匆约集伙伴进村，坐上一个多小时的车去往镇里开会。周日下午或晚上，开会似乎成为惯例，成为镇里对我们工作队点名查岗的好办法。显然，我不大方便拎起一个大部头下乡，而趋向挑选中等身材的图书：加缪的、莫言的、莫迪亚诺的、蓝蓝的、米沃什的、奥登的、卡夫卡的、王家新的、孙昕晨的、周宁的、霍金的、福克纳的……几年来，这些书籍如果不是在城乡之间流动，我相信村子里已经有了一座无形的书屋。

我至今依然记得夜读莫言《金鲤》《夜渔》《鱼市》诸篇的情形。那是春天的夜晚，我的肉身似乎成为语言艺术的屏障。持久的阅读把世道演绎于内心，和小村苍莽的夜色。北方的河流，北方的人物，突然适应了南方的气息。纸上的文本渐渐溢出了词语原有的轮廓，在这个远方的村落里找到新的舞台。分水坳、黄坑口、河子背、圩场、古道、河湾、鸡鸣犬吠、低头赶路的劳动者、醉翁……我在白天走过了大地，见到了陌生的屋宇、集镇、街道。我有足够丰富的地理版图，来安放书上新颖的人生，来迎接作家的声名和才华，那响遍华夏的隆隆足音。

我在阅读中发现，人生的关键是内心世界。在梅江边，我从屠刀下看到过善良，从称星里观察到人心的公正，从残疾的腿脚里注意到尘世的平稳。而莫言笔下那条诡异的金鲤，村庄的夜色为它闪开了波浪。我暗暗叹息，人间的道路千篇一律，不妨把书中那颗恶人割下的头颅献祭给南方的山河，让沿着旧途而来的骡马驮着民间的良知，流落到南方的村落——它远离尘世繁华，将为更多的典籍找到立足之地。

阅读打开了群山的局促。我不知道昌耀当年流放青海的深山，是不是有过同样的阅读之福。读后释卷，总是让我感叹，北方有北方的生死场，南方有南方的名利圈，还有多少人褪去士子的青衿，以尽牍相伴苟安于世。在灯光独语的村落，山峦静默已久，等候释卷的一刻迎接纸上的故人。

但是，毕竟有时匆匆进村，我会落下书籍，或者有时带进去的书看得太快，像一个疏于算计的运粮官，为自己的过失而懊悔。那时我大多搭乘另一个单位朋友的车子，我不可能为了拿书特意回城一趟。

这时，我有另外一个选择，就是去村子里的农家书屋借书。

这是村里唯一能够瓷住我脚步的地方，就像任何一座城市的书店。其实进村后几个月，我就发现了这样的书屋。那是坐落于新村街头的一个小店，村里的小店简单得很，也方便得很。现在小镇的集市其实留不住人，由于农村交通改善，赶集的人流动性大，不再像以前那样摩肩接踵，供货商也开着车子直接送货进村，副食小店成为乡亲们购买日用品的主要场所。村里这家店是中年汉子庆开的，小店门额上的店招其实挺让人忌讳：花圈纸扎店。平时村里的干部互相打趣的时候会说到庆的店，说是不是要为庆的小店送生意了，意思是说要永垂不朽了。

但人们并不避讳小店的招牌，这其实也是一家副食小店。小店前，我常能看到一些小孩子在买零食，村民在买香烟，或者一伙人围在一起喝酒，更多的时候是四五个人围在小店的桌子上打牌。有一次，村里的干部请大家喝酒，我在小店里打量起小店的内容，居然发现两个高大的货架上，摆放着另外一种商品：图书。我感到惊讶，问起村里的干部，得到的答复是，村民庆喜欢看书，正好当了村里的图书管理员。

我第一次看到农家书屋与农家小店结合在一起，在媒体上倒是看到报道电商与书屋的融合。我曾在县里头一家标准的农家书屋采访过，是长征第一山下的丰垅村。管理员是一位退休的老校长，他不但认真摆放图书，而且组织村里的学生参与阅读和写作比赛，组织村民参加读后感比赛。我看到不少村民的读后感，有的讲书屋里的技术书刊让他学会了养殖，有的讲爱上看书后村里打麻将的风气淡了下来……开始我以为是编造的，但我实地采访过这位老校长，还到过那些读者的养殖厂，于是不再怀疑。老校长发挥自己的余热，每年四月会组织开展"农民读书节"。在这样的村子，就像梭罗《瓦尔登湖》中所说："书的作者都会自然而然成为一个不可抵抗的贵族，他们对人类的影响远胜于国王和皇帝。"

但在村子里，当我看到小店里的书架，看到那些在风尘人影、酒气烟味中退避角落的图书，那些面目模糊、陈旧发黄的经典，我感到非常难受。就像看到自己喜爱的兄弟，看着他们受到欺侮自己却无能为力。我曾经跟村支书建议过，这样的农家书屋应该放到学校里，放在这里太可惜了。支书笑着说，学校里有图书室，这个是属于村里的。我有些遗憾。

其实书屋的管理员还有更适合的人选，那就是丰垅村的模式。村子里也有一位退休老校长，儿子是一位养殖专业户，家境好家庭也和谐。由于我有过十五年的乡村教师生活，每次上他家去吃饭喝茶，我就会与老校长聊起过往的教育。老校长喜欢写写字，墙上贴着他写的各种人生格言、养生经验，虽然这些知识并不是新潮的，但老校长喜欢显示他作为乡绅的一面。老校长还喜欢公益，时而跟我谈起他在村子里发现的一些问题。他看到江边禁止下水的牌子被村民随意弄倒，总要热心地扶起来。

但村委会狭小，没有另外的图书室，而小店离村委会近，书屋与小店结合，是村里干部认为最合的搭配。

从此以后，我一旦忘了带书进村，或者书籍提前看完，我就会到小店里去补充。我相信只有这个时候，那小店又恢复了书屋的名称，虽然这样的时日不多。书屋的图书，有名人传记，有技术书刊，有文史丛书，有文学期刊。我第一次借书的时候，管理员特意提醒我要登记，我登记的时候也特意观察了一下借阅的情况，薄薄的名册里确实有几百次，我不知道这是应付检查编造的业绩，还是村民真实的阅读数量。

让我感慨的是，如果时间倒退三十年，如果梅江边的村子那时就有这样的书屋，我可能会是另一个人生。在我的青少年时代，我们所经历的不只是物质的匮乏，更是文化的缺失。记得小学五年级的时候，根本没有作文书供你阅读，老师曾经动员大家买一本书，全班就我没钱买，恩师特意送给我一本。上初中的时候，叔叔正好在文化站工作，镇里居然有阅览室，我欣喜若狂，但图书不能带回家。就是在乡村学校参加工作之后，图书仍然是极其匮乏的，学校里根本没有图书室，我往往只能借助报纸或杂志上的广告，邮购自己看中的新书。

"书非借不能读也"，贫时借书是难得而值得珍惜的。而政府的文化惠民政策，正是对乡村文化生活的倡导和补充，虽然政策落实之后结局并非完全理想。其实这是一个大环境的变化，不独是乡村，城镇也是一样。文化载体的多样化和电子化，纸书的存在往往是一种窘境。几年前，中国作协曾经为我们县有两个村子各捐赠了三千册图书，两个村特意打造了漂亮的图书室，三千册图书为书屋营造了高大上的气象。我和朋友曾经感慨，如果每个周末来这个书屋坐坐，会是一件多么幸福的事情。我特意去过一个村子的书屋借书，一大片文学书籍让我难分难舍，但村子离城里毕竟二十余公里，何况书屋管理员不能天天待在那里，我相信大部分时间里，那书屋还是冷落的。

但我相信读者总是以一种意外的方式隐匿着。我在村子里曾经借过一本《小说选刊》，封面上泛满油腻，不知道是源于小店还是源于读者。我在书页中意外地发现了几个英语单词，一些句子下画着横线。我从单词推断，这位读者应该是村子里的中学生。也许是一个周末，也许是一个假期，他或她来到书屋借了这本书，阅读的时候还不忘学习，随手写下几个单词。我看到书上的这些笔迹并不愤慨，反而感到颇为亲切，毕竟这是一本文学期刊，毕竟这不是一本青春小说。

后来，每次进到小店，我都会特意朝那些图书看上几眼。我借阅读过五六本文学书刊，虽然它们一律风尘满面，陈旧发黄，但我相信它们是欣慰的。每一本书的命运是不同的，每一本书介入读者的命运也是不同的。我总会猜测，任何一个书屋、任何一本书，都有可能隐藏着一个阅读故事，背后有一位可爱的读者，这位读者多年之后满眼沧桑，追忆早年的文化营养时会回溯到某个村子，某本破旧的书刊，就像我现在一样。

有时我还会想，如果你的著作出现在这样一个村子里，出现在这样一个书屋，作为作者的你，愿意吗？我不能肯定地回答，但事实上这样的疑惑确实发生在我的身上。在村子里几年时间里，我出版了两本诗集。有一次，一位文广新局的朋友问我，你不是写东西吗？可以让你的书进入农家书屋，在驻村之前他就是负责这个事儿的呢！

我心里一惊，突然就想到了我村子里的书屋，想到了自己曾经的设想。说实话，我对此建议并不热心，我的书是诗集，在村子里根本不会有读者，虽然诗集里的作品有些就是书写这个小村子。但我想把积压存放的样书清减一些。在朋友的怂恿下，我联系了文广新局的干部。有一天晚上，负责的干部打电话对我说，你的书已经上报批复，县里已经采购了你的书。我听了大吃一惊。我并不知道操作程序，不知道上报之后省里联系的是出版社而不是我，为此出版社加印了几百本我的诗集，作为农家书屋的配送产品。而我的样书，依然堆放在车库里。

后来，由于管理的变化，书屋从小店搬到了村委会二楼。就时常能看到村民前来借书了。一位中年村民喜欢看小说，新近的一批图书上

纪念：纸上的星空

架之后，被他陆续借去。一位老农问起有没有种白莲的，原因是村里刚发展白莲产业，而他家白莲长得不大好。有位贫困户问起养蜂的实用图书，那时刚刚政府要免费送他十箱蜜蜂，这是后续巩固的扶贫项目。

而我的诗集，果然就在新一批图书之列，摆放在书架上。它当然将在村子里忍受持久的孤清，就像我有时在村委会小楼与一些图书形影相吊。我甚至虚拟过这样的情景，如果我正在写作的书稿出版了，是否会有一本来到这个小村子里，向乡亲们致敬，向这片美丽的高岭道谢？

或者说，由于农家书屋的存续，会不会有一本书将代替我，永远地驻守在这个梅江边的村子里？

音乐

　　每天早上去河湾散步，就能听到对岸的林子里画眉鸟发出欢快的啼唱。对于这位大自然的乐手，我敬佩有加。它与我一样，与梭罗一样，把黎明作为一天中最美好的时辰。这时候的河湾，竹筏浮动在袅袅的雾气之中，岸边的老农准时把那头黄牛牵到洼地里吃草，那悠长而雄性的哞叫仿佛是最有力的伴奏。

　　但画眉鸟的野心是想用音乐来独占每一个黎明，而且这个计划无限期地进行着。

　　在黎明的河湾，在所有歌唱的生物中，它制造了最婉转的声响，它的乐谱变化多端，高低起落，澎湃连绵，难以把握哪里是起调，哪里是休止符，哪里是尾声。而且声音高亢。有时我登上河湾西边的高岗，眺望太阳从梅江上游升起，那河湾的画眉鸟把歌声远远地送到我的耳边。春天的一个早上，我走到梅江大桥的中间，大雾把天地完全淹没了，两岸的青山，桥下的河流，远处的村舍，下游的大坝，全部濡没在乳白色的浓雾之中。我顿时失去了人间的依托，找不到东南西北，仿佛随着脚下的桥梁在沉沦，又感觉是乘着浮槎在上升。我陷入了创世纪的空旷之中，这时突然听到了画眉鸟的鸣啭，从岸边远远地传来，我忽然就找回了人间，找回了天地的依托，仿佛这鸟声就是洪荒中递来的橄榄枝和谷种。

　　有几次在河湾行走，我情不自禁停下脚步，试图呼应这只画眉鸟的赞美诗，在路上模仿画眉鸟的曲子吹起了口哨。鸟儿一定是听出了亦步亦趋的模仿，它突然中断了啼唱，我的哨声顿时无所依傍，又不能自我发挥，也只好跟随着停了下来。仿佛是一个简短的歇息，画眉鸟又欢快地继续自己的表演。我从来没有完整地听完一场画眉鸟的演唱会。我早上散步的时间一般是半个小时，就要按时地到回到村子里吃早餐。画眉鸟其实准备了好多曲子，每一支曲子时间大概是一分钟。画眉鸟不时会换个枝头，换个声气，这样我更难把握到完整的头尾。有一次我掏出手机，听到画眉鸟起声高唱，就赶紧按下录音键，但一般到了二十秒就会有一个停顿，或者中断。我怀疑是画眉鸟知道我在录音，故意不肯好好地配合。我把音频发给城里的朋友，但由于不完整不清晰，朋友只知道是鸟唱，而不能准确地分辨出这是画眉鸟的歌声。

没办法，画眉鸟只喜欢清晨，而且只喜欢在远离人居的地方，在草木茂盛的地方。

其实每天早上叫醒我的鸟儿，并不是画眉鸟，而是麻雀。村委会前面有一棵枫树，一棵桂花树，那些麻雀总是树枝上踊跃。相对于夜色中叫唤的雄鸡，这麻雀是更加准时而勤快的报时者。在村子里，大部分清晨我自然醒来，这时麻雀已经在窗外喳喳叫着。也许我是被叫声弄破了梦境，被迫醒来的，但却没有一点被喊醒后的烦躁，那麻雀的歌唱像是山涧的清泉，把你的耳朵弄得妥帖舒服，你在这样的声音里醒来，只想感恩美好的黎明，美好的生命。再急迫的工作，再忙碌的一天，也有一个良好而舒缓的序幕。

麻雀与人类的亲密程度不亚于家禽。平时，在村委忙于公务，你会忘掉它们就在一边陪伴我们迎来送往，谈话交流，开会填表。似乎只有在早晨的时候，你突然感觉到麻雀是忠实的伙伴。它甚至跳上你的窗台，就玻璃窗边扑闪着翅膀，翅膀刮起气流掀动窗帘，爪子与金属框沿，摩擦出或沉闷或尖锐的声音。我睁开眼，一时还不想起来，抹了下手机，又听起麻雀的歌唱。它嘴里有时在呼唤，发出一连串急切的哨音，有时静立观察，声音变得沉稳，加，加，加，一个又一个重复的单音词从嘴里响起，仄起平收，略有拖延。我怀疑麻雀是曙光的捕获者，天地之间略现晨曦，它就守护神一般开始了飞翔和歌唱，直到把人们唤起，让村子里慢慢填充开门声，锅盘声，引擎声，喇叭声……在人间生活的进行曲中，麻雀就是开头那一部分。

麻雀虽然与人们相亲，但它们并不懂我们开展的一切工作。村委会小楼后来进行了改造，阳台前上的大门由木门改为了铝合金门，安装着透明的玻璃。麻雀一不小心就飞进了室内，在天花板上盘旋着，找不到出路，有时反复撞向玻璃，显然把透明的事物都当作天空，当作翅膀的通途。我们就打开玻璃门，让它再重新辨认，学会从人类的办公场所飞离，投身自己的世界。我们特别喜欢聆听它突然找到出路时的样子，那声音里有一种重获自由的欣喜。有时，表格数据把我们弄得焦头烂额，这样一只误入红尘的雀鸟会给我们带来小小的乐趣，和小小的羡慕。

秋天的时候，坐在村委会阳台上，容易听到另一位伟大的乐师。在那棵高大的枫树上，秋蝉占据了绝对的自在。你看不到它的身子，只听澎湃的声音从枝叶间不息地流泻。由于自小熟悉蝉唱的曲调，哪怕是你再忙，脑子里也会自然地随着那旋律运动，起承转合，抑扬顿挫。那起式仿佛平沙落雁，吱吱吱地长音平稳地滑行，然后长河激浪，一串上扬的音符激越苍凉，中间一个过渡，最后又是一段下降的音符，瀑水奔流。正文部分是婉转丰富的旋律，我们从小到大闭起眼睛都能模仿，但是人到中年我依然不能破译，那到底是表达什么。最后，蝉声嘶鸣，在一个平稳的音符中慢慢停息，像起调一样拖着腔调，最终又变成一个无声无息的暗影。一只蝉如果是受到秋天的阳光鼓动，你是无法让它在枝叶里安静无言的。它休息一会儿，接着又会突然报上名来，嘶嘶地开始下一场演出。

我一直以为蝉只有秋天才会抱枝高鸣。但在黄昏散步的时候，我发现并非这么回事。暮春时节，温度开始上升，我突然从山路边的林子里听到一种类似蝉声的鸣叫，那声音就像丝缕，极其细嫩，不是高低起伏，只是一个平音，像一根越拉越长的丝线。我有时听着叫声，往树枝上细细打量，却发现是一只绿色的蝉，个头略微小一些。少年时在稻田里常能见到一种细小的知了，身子绿油油的，伏在刚刚抽穗的禾叶上鸣叫，但那一般是初夏的时候。这种暮春的蝉声显然不同。难道除了秋蝉，还有春蝉？我在手机上百度一看，果不其然，春天温度升高时正是春蝉开始鸣唱的时候。

进入夏天，我也会跟踪蝉声的成长。黄昏的时候，阳光从林间布散它妖娆的发丝，进山的水泥路上，野柿子树下掉落层层绿蒂，路边的李子结出青涩的果实。这时的蝉声明显变得越来越粗壮了，由丝线变成了麻绳，但是仍然没有曲调，那声音只是一条平坦笔直的跑道，空旷无物。入秋的时候，蝉终于修炼成真正的乐师。仿佛在前面的春夏两季，它只是专门地练嗓子，直到声音练得粗壮结实了，禁得住高音和低音的摔打挣拉，才开始编织旋律，放声高歌。我在村子里待了两年之后，才注意到蝉声是从暮春开始的，并且经历着春夏秋三季的演变。蝉的乐音只为秋天而准备的，蝉声春天如丝，夏天粗壮，但都没有成熟的作品。它的芳华并没有故事，高山流水，青枝绿叶，它只是一位没有毕业的学生，只有在秋色渐浓的时节，才找到自己的曲调，大器晚成，为人间奉献独特的音乐。

在村里的时候，我再次确认音乐是为孤独准备的，或者说是人类在孤独时刻所创造的。动物的音乐周而复始，但具有很规则的季节性，那是大自然带给它们的局限和宿命。而人类的音乐生生不息，不论四季，无问阴晴，更不分白天黑夜。在孤单的时候，我们的心情都喜欢寄放在音乐里。春夜雨声滴答，夏天夜风习习，秋夜皓月高悬，冬夜犬吠声声，在四季的流转里，动物的音乐成为阶段性存在，本身就是季候的象征，唯有人类制造的音乐，久远持续。

在村委会，我独处时间多，常在一位朋友的微信朋友圈里翻一些音乐，慢慢地，我竟然加上了几个音乐公众号，每天习惯了听一两支曲子进入睡眠。

音乐听得最多的时候，是夏天的晚上。盛夏时节酷热难消，夜色一来我就坐到楼顶上纳凉，为了躲避虫子侵扰，我不能开灯，只能塞一个耳麦，聆听一支又一支曲子。借助手机软件，我让一个个喜欢的歌手或音乐家在楼顶开起了专场音乐会。有时是吉他独奏曲专场，我特别迷恋那种低沉的贝斯，孤单的人对劲爆的音乐是反感的。有时我重新把《红楼梦》的十二支曲子温习一遍，那些如泣如诉的歌唱，唤起了我青春时期的阅读记忆。楼顶的独坐，要延续到十一点多，大地开始安静，楼内的居室才开始清凉。每晚的音乐会，都是幕天席地，以河山为背景，以星空为观众。河湾对岸的山路上，常常有夜归的车灯，不知何处而来何处而去，只看到灯火在山路上蜿蜒而下，仿佛也是从天幕走下来的星星。在声音中沉浸久了，那些音符与天空的星星互相交换着位置，整座星空像野菊花一样开放，散发出甜蜜的气息。

春天的雨夜，蜷缩在床上，小夜曲是非常合适的。在音乐声里，窗外天地开始归零，重新演化。盘古的帝身慢慢变异，化身为大地山河，草青树绿，走兽飞禽。在梅江之畔，一群山峦在春雨中赴约，生长的声音来自植物和动物的骨骼、胸廓、鼻息，呼应创世纪的初心。肉体凡胎在尘土中转换容颜。青山慢慢下沉，江河每一次趋高都像仪式，隆重而庄严。天地固有的格局在风雨中呈现微妙的调整。而我仿佛以一颗未老的心在赴约，在春雨中换取新生。我追随着春雨，和它一起抱住这宽大无边的尘世，迎接不可预知的未来。

乡村供养的寂静，渐渐在音乐和春雨中得到深化。没有一条道路通往卖花人的脚下，也没有一条道路打破夜色的束缚，进入灯红酒绿的狂欢。天地安静如处子，人子放下作为人子的角色，与万物一处体察着盘古帝身的分崩离析，又倏然回归到远古的浑沌之境。在我容身的村落，春雨抹去了更多的嘈杂，偷情者的喘息、赌桌上的争议、一部电视剧的尾声，可能同时受到夜色的包庇。滴答的雨水深入幽微的人心。在这个遥远的村寨，它们没有找出贫贱与富贵的差异，只看到少年与中年的区别。纵向的时光含住了珍珠般的雨滴，顺着那冰凉的肌肤，我观测到在城市和乡村闪着各自的微光，像爱情一样呈现相同的色泽。

在村子里，最激越的音乐，当然是大坝演奏的。每次走访的时候到了电站边，我就会站在岸边，看到几十里长河突然从大坝下来，被落差摔打，变得亢奋不已。在上游，河流早已被青山截住，广大的水域陷入安静和无为。十八只水鸟依然在盘旋，寻找沉入水中的沙滩。船帆在一夜之间变得陈旧不堪，江水离先祖的坟茔又近了一分，但船队土崩瓦解，渔火逐渐稀零，鱼王回到强悍而无敌的年代，在深水中无聊地游弋。长桥串起的村落，像牛郎挑给织女的担子，步伐沉稳而充满希冀。

第一次站在大坝之下，我听着水声轰鸣，对梅江的性情开始有了新的认知。青少年的时候，梅江悠长，沙滩变幻，可以自由地游泳。成为库区，再也难以听到江河的歌唱。大坝成为一道生命的界域。它造就了江河性格的裂变，深流已久的静水不再含蓄，它有着莫名其妙的狂怒，带着脱缰的狂喜，向着天空发泄着闯荡之苦，幽禁之苦，抑

上学路上

郁之苦。江河奔涌，从南往北又由北往南，从高往低又由低往高，从内往外又由外往内，视空阔的河床为天敌。一条巨蟒吐着白色的芯子在大地上翻滚，泡沫横溢，吞吃着两岸的阳光和树影。直到积攒的力气花完，在安静的河湾，梅江被水底日月星辰所安抚，恍然醒悟。

盯着奔涌的江水，我总会有片刻的晕眩，内心的秩序变得零乱不堪，固有的观念受到严重的一击。我相信还有更多的人在远方大地上盯着奔涌的江水，并由此找到了书写人生和历史的新技艺。大坝之下，江水之畔，我有时轻飘得像一只白鹭，有时又沉静得像一块巨石，就像我在多年驻村的岁月，有时浮躁，有时安宁。

几年的时光，是一条被乡村音乐所按住的河流。在大自然的招安中，我获得了韵味绵长的幸福与快意。我不知道村子里的乡亲，对这些音乐的感受如何，但我相信每个人都有自己的乐感，都有自己的频道，就像有时我去一个盲人贫困户家走访，居然看到他抱着小小的收音机，听得不亦乐乎，微微笑着。

歌唱

.

第一次进村，我就注意到河湾北岸有栋漂亮的别墅。它鹤立鸡群，临水而建，河岸砌着石堤，堤外系着一只游艇。据村里的干部介绍，主人是另一个村子的乡民，平时在外头做大生意，很少回家居住。

那天，一位乡民家里做满月酒宴，镇里的党委书记来到村里走访，就被村民请到上席就座，我陪于其侧，在喝酒聊的时候，意外认识了别墅的主人。他刚刚回到村里，初次与党委书记相识，就热情邀请我们前往他家坐坐。书记答应了，我也跟了过去。

别墅并不在进村主干道的旁边。似乎远离主干道是别墅的共同特点，在河湾的另一头，一栋正在装修的别墅也是僻居一隅。在拱桥的桥头向东拐，就是通往别墅的路，路面并不宽阔和平坦，但可以通行车辆。以前，这路边的几栋房子还没装修，没有硬化，在别墅的映衬下显得格外寒酸。但现在别墅边的房子都进行了一番精装修，贴了瓷砖，安装了防盗网，河湾人家仿佛都是别墅。

一路上，我跟主人聊起了村里的变化。我说，这次回来，感觉到村里的变化没有？他说，是呀，没想到这次政府的力度这么大，黄坑口小镇气象完全变了，他想回村里创业投资，在农贸市场那里建个超市，这栋别墅也可以变身为酒家。

我听了，连声说好。

我告诉他，以前呀，我在报社当记者的时候，也经常下乡采访新农村，什么百花园呀，华屋呀，洁源呀，这些村子固然漂亮，但那都是在城市郊区，而且都是示范点。以我的理解，示范点只可以做一些外表上的示范，但如何建设却一点儿示范不了，就像看那些大明星穿奢侈品，只是告诉你人还可以这样穿，但你不要看着眼红。现在不同了，我们县里头的村容整治，是全面推开，一个村子也不许落下。你看，我们这么偏远的角落，也拨来了大量的资金。

我说的一点不夸张。就拿我们村里来说，不算是县里头的明星，但至少可以算是梅江边的明珠。改造一新的小学校舍掩映在竹林之中，刚刚竣工的升级公路宽阔平坦、沿河蜿蜒，保障房蓝瓦白墙、坐落山坡……随着乡村建设的纵深推进，河湾人家环境大大变了样，公路边开小店的村民感触颇深，这些年，他儿子的三层新房傍水而建，由于家业发展不顺，建大房子欠了一屁股债，一直没有装修，裸露的红砖，洞开的门窗，四周的杂草，与漂亮的河湾极不协调。这一次有了政策的奖补，这栋房子也大力装修了一番，变成了河湾的风景！

主人一进小院子，就打开了临河栏杆的那些灯串，灯光闪烁在河湾的水面，如果从对岸看去，别墅就像一只画舫泊在河边。开门进去，主人在根雕茶座上泡茶，动作熟练，盛水煮水，夹杯洗杯，倒掉头道茶，提水冲茶，很快茶香四溢。在主人泡茶的时候，我和书记在小院和屋子里头转悠，对房子的豪华暗暗惊叹。

我问主人，听说家里还摆放着几件农具和用具？是从老家收拾过来的？主人笑着说，一个念想，留着，就是石磨呀风车呀之类的，作个纪念。我不知道主人所说的纪念，是指过往生活的贫寒，还是指农耕文明的温软。但豪华的居所，与这些古旧的东西肯定是互相协调的，就像绿叶繁花与粗陋土气的根系，是互相映衬的。

第二次造访，是村里的干部特意介绍，说别墅里有 K 歌的音响，那可是非常豪华的，效果特好，主人回来了，我们趁机去试试。

在村里的时候，我虽然和同事两人搭挡，但生活方式颇为不同。吃过晚饭，我直接就回村里，听听歌，看看书，写写文字，沉浸在自己的世界里。而同事则不同，他吃过饭在村委小楼里待不住，他不断地到村民家里走走坐坐，聊聊天，几年下来，老老少少的村民都非常熟悉。但我们有一个共同爱好，就是唱歌。由于村里有两个干部也喜欢唱歌，经常怂勇，为此就认识了各种唱歌的场所。

我们村里的干部非常有意思，他们各有一项手艺，书记杀猪，主任泥匠，民兵连长是风水先生，文书在乐班吹号子，个个是能人。这四个人如果凑到一起，可能就是村里的一场白事或喜事。你看看，有人老去，首先会请先生看个墓地，然后请个乐班为葬仪添色，上山时得泥水师傅去封墓，白事的家宴先是素的，上山后就冲喜改为荤的，这时的宴席少不了杀猪。死人建墓，生者建房，村里庐墓频添。喜事同样如此，离不开风水师、乐师、泥匠、屠夫，前两个是精神文明，后两个是物质文明。

喜欢唱歌的村干部，自然是乐师。他家里就置办了音箱和话筒，只是歌厅简陋，适合于小部分人练歌。一次吃完晚饭，他又带着我们到对面的邻居家唱歌。

邻居是外村人，其实也是特殊的返乡者。有一次，我们一边喝茶，一边聊起了他在外奋斗的波折。开始当然是出门打工，那是在21世纪初期。开始，打工能拿上八九百元一个月，他就高兴得不得了。他和妻子两人打工积了些钱，就准备自己买设备开个加工厂。起初是替别人加工，一年下来也能挣上十来万，那是做工收入的十倍的。过了几年，就开始自己进材料加工，就挣得更多了，一年可以拿到上百万。2006年，他的生意做得特别顺利，几年下来就积蓄了四五百万。

创业其实是欲望的调整过程，也是胆量的历练过程。事业顺风顺水，他的胆子更大了，就在广东买下一块地皮，建起一栋六七层的楼房，准备自己居住最顶层，下面的楼房全部用来出租，这样比办加工厂挣钱还要来得更快更多。但建起房子要八九百万，他决定去外头借高息。房子建起来了，不料遇上了金融危机，说好来租房厂的朋友生意扛不下去了，厂房租不出去。不但如此，自己的生意又遇上麻烦，合作了几年的朋友撤回了大单，加工厂又迎来致命打击。一年能挣一百多万元的大单丢了，而建房子借来的钱又紧急催还。房子是广东的小产权，无法抵押贷款，走投无路之际，最终只能低价转让，建了九百多万的房子只卖了四五百万。生意亏损惨重，他负了上百万的债务后关闭了厂子，回到了梅江边，开办了制衣车间，后来又捣鼓起了酿酒。

我不由想起了当下流行的调侃之语："城市套路深，还是回农村。"老家收容着受伤的游子们，而游子们也把一些城市文明带回了梅江边的老家。比如唱歌，比如喝茶。幸亏当年事业顺利时，他在老家建好了漂亮的房子，铩羽而归之后仍有个出路。也幸好是库区移民开发了这个新村，让他几兄弟建起四五间店面。但房子并没有做成店铺样式，二楼是一个制衣车间，就像工业园区的标准厂房，他准备了一百余人的车位，但是从来没有招满，我们曾经动员过贫困户去做，这里开辟成一个扶贫车间，可以享受补贴政策，但仍然坐不满。工人远的午餐就在老板家吃。一楼是厨房，另外就是一个特意装修成的音箱，置办了点歌机、音箱、隔音墙、茶具、沙发。我在这里只唱过两次，几个回合，大家的歌唱风格就互相明了。

我们还喜欢另一处唱歌的地点，是山坳里的脐橙园。仍然是文书引路，开着车子，拉上四五个人，离了新村朝山坳进发。沿着水泥路进了一个高处的山窝，却见一栋红砖房。停了车子，就听到一对夫妻招呼着我们，而一只壮实的灰狗汪汪地叫着，朝我们冲来，但铁链哗哗啦响起，困住了它的世界。据介绍，这是果园的工作房，请了一对夫妻常住在果园里打理，专门负责管理劳作，有时技术员也住一块儿。果园的主人其实在城里居住，而工人也并不喜欢唱歌，但主人却在工作房里置办了一套不错的设备，安放在二楼的大厅里，还安装了镭射灯，供正月的时候亲朋好友一起娱乐，也算是一种特别的雅兴。

我们每次进山坳 K 歌，主人都要热情招待，泡茶，买水果，像是一次野外的音乐沙龙。由于人多，大家唱歌的劲头非常足，常常闹到转点，我们意兴阑珊，关上音响回村。这时，走出楼台朝山坡上看去，隐隐能看到一株株果树长得清秀可人，漫坡而去，夜空与山坡连成一体，星星闪烁，像是园子里的果实。

最享受的唱歌地点，当然还是河湾别墅。那歌厅设在二楼，一走进去，就是一个吧台，排放着酒杯，吧台把长条形的歌厅隔成了两部分，酒吧部分的墙体上挂着点歌机，和一台小型的电视，供客人坐于吧台献唱。一个大屏幕前，是常见的沙发加茶具，瓜果和酒水堆满了茶几，两个话筒在茶几上时起时落。而歌厅右角，另有一个支架式话筒，可以坐着，可以站着，把支架一拉，不能摆出歌星的范儿，纵情演唱。

听说，这套歌吧的音乐设备主人花了二十余万元。

那天晚上，几个村的干部不约而同来到别墅，说是要庆祝脱贫攻坚取得胜利，刚好别墅主人在家。紧张了几月甚至几年的干部，聚到了这处河湾，有邻村的，也有我们村的，有驻村的，也有当地的村民。那一夜，西瓜和啤酒放开享用，不同风格的歌喉尽情展示。我发现一个明显的分野，当地人的歌曲多是粗犷的、通俗的，而我们干部多是文艺的、抒情的。透过点歌细细一看，这些村里的干部，这些唱歌的村民，

河湾人家

包括别墅的主人，其实都曾经到外头闯荡，只是由于后续发展，一部分人回到了村里，或者经营生意，或者操作一项手艺，继续引领着社会的发展。

来一首《闯码头》！有人说。很快，音乐响起，众声齐发："我们一起闯码头/马上和你要分手/催人的汽笛淹没了哀愁/止不住的眼泪流/不是哥哥不爱你/因为我是农村的/一年的收入只能养活自己/哪里还能顾得上你/我要为你去奋斗/再苦再累不回头……"

我第一次听到这首歌。为此我发现自己与这些闯码头的汉子，确实存在着文化结构上的差异。这些闽南歌，表明他们当年在外奔波的路径，有一条是福建。以我所知，梅江边的青年打工外出，要么去广东，要么去福建。去往福建的一路是在龙岩走青山进煤矿，另一路则是在

石狮做衣鞋或进电子厂，而且由于运气的好坏，他们很快形成劳资的分化，回乡过年常常带回异乡的恩仇。

曾经有一首闽南歌《爱拼才会赢》，在赣南的圩场经久飘荡，像打工者的圣经，而留守在老家发展的城乡青年，同样视之为励志的经典。但那天晚上，却没有一个人点这首歌，他们喜欢的是《闯码头》，这首歌闽南歌更加劲爆，几乎所有的男人都会哼唱，它似乎更带劲，更能表达大家的心曲。他们更喜欢一种嚎叫式的劲爆，一种直白式的呐喊，但转换到乡愁乡情的抒发，又是声声委婉，我看到别墅主人拉过支架，把一个低音拉下来，又把一个高音甩上去……那一刻，我看到了音乐的力量，它们伴随着一群梅江边的汉子，走南闯北，奋斗的青春岁月早已过去，人生的悲欢多数已尘埃落定，但他们的心，永远在歌声里年轻。

这是一群狂野的乡村男人。他们有的继续在外闯荡的，有的则回到村里，而进入村委的一班人马，则注入了另一种规约，为村里的事业奔波。

我曾经不理解这个群体。我的父亲曾经在大队部和后来的村委工作过，自从他解甲归田后，他对村委从来没有正面的评价。而几年来，我与村里的干部持久交流，发现他们虽然有牢骚但不影响工作，虽然抱怨薪酬而能继续坚守，特别是在脱贫攻坚最忙碌的日子里，组织施工，完善台账，像在机关上班一样，每天到岗。尽管他们仍有不少缺点，但我承认，如果没有他们筑好最后的水渠，上头的政策流不到这片美丽的高岭。

如果说村里的变化有多大，是他们穿针引线承接了这种力度。同时，他们也承受了大量无端的猜疑和诅咒。我隐隐感觉到，几年的扶贫攻坚，确实训练了这样一支最基层的队伍，为乡村的振兴发展拉开了序幕。

这群曾经外出闯荡过的梅江汉子，这群返归乡村的中年男人，确实是乡村最有力的歌唱者。

泉源

一个春天的下午，河湾边坐着一位老妪，泪水横流，向行人哭诉，一边感激共产党好，让她住进了保障房；一边又埋怨政府没有好事做到底，自来水用不上了。

老妪并不是村里人，但现在搬迁到村子里居住。村子里的人对她有些陌生，只是听了她的哭诉，既是同情，又是好奇：现在村子里家家户户都解决了吃水问题，为什么这个老人却在大路边公然哭诉？乡亲们把老妪的哭诉告知了村里的干部。干部来到河湾边，拉着老妪回家，了解所受的委屈。原来，小镇在公路边集中建设了一栋两层的保障房，住着六户人家，有三户是外村搬过来的贫困户，这位哭诉的老妪就是其中之一。

老妪的委屈其实是乡亲们时时遇到的问题。保障房建设好后，屋后的坡岭杂乱，环境整治时工人进行平整，挖掘机施工不小心把水管挖断了。保障房暂时中断了通水，老妪每天就到公路对面的小学去取水。校长看到陌生的老人每天出现在学校，就对老奶奶说学校里不能随便进入，为了学校安全问题，校门是要上锁的。

老妪无处打水，与村里的乡亲又不相熟，走投无路，只好坐到河湾自个儿哭诉。村里的干部了解情况后，立即给自来水的投资方打电话，叫人前来修理水管。老人哭诉事情造成很坏的影响，当晚镇里开会时，党委对两个村的干部进行了严厉批评，认为对群众的利益关心不够，结对帮扶工作做得不细，明明建起了保障房，却由于用水问题导致群众对政府不满。

我们村里的干部感到有点委屈，认为知道情况后他们马上叫人帮助解决问题了，结果还是受到批评。但是，这点委屈却是一个很好的提醒，让村委对群众吃水问题再次重视起来。

事实上，吃水问题是脱贫的一个重要指标，也是一段时间各级政府颇为焦虑的事情。根据脱贫标准，贫困户要解决"两不愁三保障"才算脱贫，"两不愁"是不愁吃不愁穿。吃的问题"粮食方面"倒是问题不大，但吃水问题却让村民烦恼，让政府担心。

我到村里的时候，就发现村子里居然用上了自来水，这在梅江边并不多见。有了自来水，乡亲们的生活方式发生很大变化，不但可以把挑水的时间节省下来，而且家家户户修建了卫生间，安装了电热水器，村子里的茅房再也不见了影子。当然，村民要积肥种菜，也跟着改变了方式。

水井，曾经是家园的象征。以前，梅江人家吃水，大都依赖水井，小山村则一般用竹筒引山泉水。我的老家在沿江的公路边，大集体的时候，乡亲们一起在东头挖了一口明井，井边种上一排棕榈。由于村里的井泉清冽香甜，赶集的人累了渴了，都会跑去牛饮一番。挑水是个累活，我们家八口人用的大水缸，每天早上和傍晚，都要集中挑一次水，每次大桶要走三四趟。但大人忙于农耕，挑水的任务往往落在我们小孩子身上。我们小孩的水桶小一半，来往的次数就增加了一倍。去井边的路不好走，我们每次都走得摇摇晃晃的。

我至今记得小时候挑水的趣事。有一次我和大哥挑水闹出了大笑话，我们生动地演绎了两个和尚扛水吃的故事。

父亲以往都是安排一人挑水的，那天不知道为什么却安排了我和大哥两个人。我们你看看我，我看看你，都指望对方能够主动承担使命。但是，双方都没有这样的高风亮节，于是只好一起去。我们并没有各自挑上木桶去井边，而只挑了一副木桶。我们精确地算好了两人挑水的行程，去时每人挑半路，回时也是。开始几趟两人执行议定的方案，有序进行。但最后一趟两人都有些累了，挑水回家的时候，终于还是闹出了意见。由于路况不同，按路程长短划分终究还是有一人会吃亏，所以一个人赌气不挑了，于是出现一个惊人的决策：要么每人提一桶，要么一起扛回家。父亲看到我们拎回家里的水桶一半是空的，不由得大发雷霆，提着锄头就朝我们奔来，我和大哥感到大事不好，分别抱头鼠窜。父亲是一个老队长出身，安排农事一向井井有条，但没想到那次他如此失败，他本以为能够提高一半效率，结果却比安排一个人挑水还更糟糕！

另一次还是我闹出的意见。正当双抢时节，眼看天色已晚，我向父亲提建议，余下的几堆谷子明天早上再打，第二天大家早起一些就是。但是父亲没有同意，认为路程远，一鼓作气完成可以省去来往时间，而且第二天也方便晒谷子。于是命令我们一直干下去。每到黄昏时分，我就渴望着早点收工，能够美美地跳进梅江，好好享受江水的温柔抚慰。但那一天，父亲带着我们打谷子，一直忙到天色暗了下来。我们挑着谷子回到家里，我正想打水冲凉，但打开水缸一看，水不够，于是就扯了毛巾，要去河里洗澡。父母赶紧劝阻，说天色暗了不能下河，姐姐也赶紧过来，说让我等等，她马上去挑水，井水比河水更加清凉。但是我本来就跟他们赌气，他们既然不听我的建议早早收工，打破了我享受梅江游泳的快意，我也就要回敬一下他们，故意不听他们的规劝。其实我心里头也有点害怕，梅江每年都会有淹死人的情况发生，我虽然不相信迷信，但对水鬼的传说心存惕惧。我最终扯上毛巾，一个人夺门而出。那天傍晚，去往村前江里的只有我一个人，乡亲们早就享受完河水回到家里，我踩上沙滩，进入浅水，再也不能像往常那样纵情游上一阵，只好草草擦洗一番，收兵回家。

近十来年，村子里的梅江成了库区，我们再也无法享受江中游泳的幸福，回村过年的时候发现洗澡总是一个问题。水井早已弃置不用，但太祖母和她两个儿子墓地紧傍着水井，为此这里成为我永远的故乡。每次我从井边走过，都经不住要探身井台喝上一口。井口塞满了塑料管子，那是村民的引水设施。但这个井由于久未疏浚，泉眼坏了，引不到泉水。于是另外开辟了泉源。但就是引来的自来水，禁不住我们家十多口人突然回村，要轮着洗一次澡还是困难。于是，我们为用水的事情，都不太愿意在老家久待。

驻村的时候，我看到村民用的是自来水，简直是大喜过望。移民新村是一个集中安置的小村镇，居民有一两百户，为此就有当地几个人合资投资建了自来水厂，水源就在我经常散步的山坳里。

但是村里的自来水仍然有不少问题。水厂管理非常粗放，水费不是按吨收取，而是按年份，每年两百余元。管子是白色的塑料管，水塔就是新村西边的山头上，我散步时曾经特意上去探看，发现过滤设施非常简单，两个过滤池没有安排漂白程序。特别是山洪暴发，水管里流出来的都是浑浊的泥水。为此，我在村委会烧开水，底层的水脚都得倒掉，那里游动一层层泥垢。

不仅如此，水管埋藏不深，而村子里正在紧张地进行新农村建设，修路改厕，挖掘机四处出动，那些水管不时被弄断。每次弄断了叫人修理，投资方就说，收费里没有收维修费，谁家的管子出问题，得自己出材料费。如果维修工一时没时间，或去外头还没有回家，村民就得有一段时间没办法用水。正因为这样，那些散落的村居往往不肯用自来水，而到后山自己铺设塑料管，引来山泉。

村委会对面的山头发生过山火，烧掉了大片林木，而一直没有重新植树造林。有一年冬天，连续几个月没有下雨了，山谷无水，溪涧断流，水管引不来山泉，村民一时弄得焦头烂额。如果这些问题不解决，就不能做到吃水不愁，就不能算脱贫过关。

为此，饮水问题一时成为县里的重点工作。我们结对干部一家一户上门走访，打开水龙头看看有没有自来水，水质是不是非常浑浊，或看看压水井能不能打上水，去房子附近取水会不会超过半小时。由于移民新村人口集中，我们村又列为首批自来水安装试点村，由县里的供水公司统一投资两百多万，重新铺设了水管。公司的水管是黑色的，为此家家户户门前屋后并存着两种管子，白的是私营的，黑的是公家的。

白管子一直在用，而黑管子又遇到重重问题。首先是水源。鉴于白管子水源的不足，供水公司和村里反复踏勘，确认只有到邻村去取水才能充沛。邻村是一个叫苏地的山村，海拔高，林木盛，我散步登到山顶，就能聆听到邻村山中的瀑布声，就是冬天也能听得清清楚楚。这是一条自东而西的山谷，溪水一路奔腾，自一个高处的自然村流向低处的村落。这条溪河从苏地流出，进入安全地界，成为小禾坑的溪河，汇入下坝溪。然而，由于水源点在别人的地盘上，一直受到当地村民的阻挠。

黑管子铺好后，乡亲们一直用不上水，拧开龙头，总是空空如也，没有动静。村里的干部感到非常蹊跷，明明安装好了水管，就是不见水来，于是叫来公司的师傅，一路寻源，却发现源头被人关掉了。此后断水的情况屡屡发生，经过调查，发现阻挠的其实是个别村民。乡亲们议论纷纷，说肯定是白管子的投资人在搞鬼，担心白管子从此没有生意，失去用户。乡亲们群情激愤，认为邻村的人欺人太甚，干脆集体前去挑明，如果再要断水，我们就给他们村断路，他们村的出山之路必须经过我们村的地界。

但这样互伤和气的事情无疑不容发生。村支书于是带着几个村民代表和干部，开着车子来到了邻村，找到村委会。村委之间却都是兄弟，自然答应一起前往调解，找到了当地的村民。经过了解，果然是一个素来刁蛮的村妇在从中作梗，这个村妇其实是与我们村子里个别村民心存私仇。于是，村委与当地的村民签订了协议，答应我们村取水时首先保证当地充足用水，对方保证不会故意破坏、关掉取水设备。事情调解之后，听说两个村委会的干部以酒会友，大干了一场。

水源的问题终于解决了。但是，仍然有村民不时反映，黑管子不出水，黑管子靠不住。原来，供水公司只负责建设，建好后财产归村集体，建设与管护之间一直还没有办理最后的移交程序。公司忙于在别村铺设管网，村子里有些农户对黑管子不感兴趣，意见不一，有的需要安装入户，有的不让公司安装，公司无法统一推进，就把我们村的管网撂一在边，先去别的村子施工了。这样，白管子一直在使用，黑管子有的用了起来，有的却荒废无用。

黑管子装而未用的现象，在梅江边的不少村子里发生。为此镇里反复引导各个村委会，一定要把供水公司的财产接过手去，及时组建管护机构。黑管子是公家免费为村民投资的，管理机构可以向村民收取合理的管护费用，这样更好保证乡亲们用水。我和乡亲们一样，盼望黑管子早点启用。但村委会一直没有铺进黑管子，一直是白管子供水。这样，每到大雨天气，管子里流出来的仍然是黄泥水。在村子里的时候，最担心的就是雷雨天气，一打雷电网就关闸，为此我事先准备了几支蜡烛，不止一次温习烛光夜读的情景。而雷雨过后，我们又还得准备矿泉水。后来，村委会为了保证大家饮用水，就安装一个净水器。

黑管子的接交一直没有进行。转眼到了秋天，村里进行换届选举。按照法定时间，村两委换届是年前就要完成的，但为了完成脱贫攻坚，保证乡村干部队伍不动，于是县里的选举都推迟了半年。那天，村支委的选举会上，一切程序有条不紊。村支书进行了述职，接下来的环节是听取党员意见时。本以为要和和气气进入下一个议程，但这时一位老党员却有话要说。

他说，村子里谁当干部都行，他没有什么意见，但以后无论谁当，都要为老百姓办好实事，比如我们村用水问题，到现在黑管子用水不正常，我们看班子好不好，干部行不行，新班子以后行不行，就看用水问题能不能解决。

老党员的意见引发大家的议论，支书担心选举不能顺利进行，就认真解释说，目前财产移交还没有进行，接交以后村委一定着手完善供水管护。这时候，我终于懂了平常听惯的一句话，那就是"最后一公里"的问题。

供水的问题，与自上而下的扶贫，真是相似极了。曾经有一段时间，为了完善好贫困户的台账，结对干部投入了大量的精力来走访调查，填表造册。干部怨气不小，媒体也听到风声，推送了应时的评论文章，认为精准扶贫不能弄成精准填表，结对干部不能变成"表哥"。其实这只是工作的第一个阶段，填表其实就是筑渠，扶贫不能只填表，但表格数据是基础，只有填好了才能引来中央的源头活水……事实上，任何重大农村政策都好，"泉源"固然重要，如果有源无流，政策仍然难以落地。只有源头活水来，还是不够的。

一段时间，白管子和黑管子并行不悖，各取所需。黑管子没有水的时候，村里的干部就要出动，前往邻村查看水源。要让远山的清清泉水顺利流到千家万户，还真是不容易。后来，村委终于与原来的私营水厂谈妥，黑管子委托他们一起管理，黑白最终还是合而为一。

丸子

记得第一次来到村子里，是正月初八。我和同事四五个人坐车来到村子里，村支书却不在家。年前年后，腊月正月，正是乡村婚宴的密集期，外头务工的青年们抓紧回乡的短暂时节，谈婚谈嫁，补办喜酒。老支书是一个厨师，这时节正是他最忙的日子。老支书接到我们的电话，一边忙碌一边告诉我们，他会安排村主任招呼我们，村里的干部都上村民家喝喜酒去了，我们进村也一起过去。

知道老支书是一位厨师，我进村后时时喜欢向他打听乡村酒宴的变化。支书细细一想，说，还真是变化不小。首先餐具换了，现在乡村都照城里的样子，撤掉了碗钵，摆上了盘碟。然后菜品变了，猪肉做起了扣肉，而不是当年的斧头肉；炒鱼变了，不再是以往芹菜水煮的滑鱼；吃鸡也变了，喜欢清蒸煲汤，浮几叶参片；炸果子变了，不再是厚厚地垒成塔，而是散落在桌面塑料袋里，慵懒无形……我感到好奇，说，那你一个老厨师，要新学那么多花样，能学得过来吗？何况有没有乡村人家就不学城里的样，而要你按以前的农家宴呢？

老支书微笑着，慢条斯理地说，厨师学技也学艺，艺是可以变化的，无非是柴米油盐的多少和配比，技是一成不变的，就是精通某一道菜品，保持原汁原味，一直承传下去。农村生活发展了，食料自然变化了，你的手艺当然要随着变，乡村厨艺不需要城里那些花架子，那菜做出口味就行，宴席上增加了甲鱼、龙虾、牛肉等食品，那也是容易上手的。

看来没有什么食品会难到老支书。他不但做厨师，后来还学会做生意，知道哪行容易哪行难，知道生意总会有时亏本有时挣。他收过谷子，养过鸡鸭，至今还在村子里卖着化肥农药和种子。我们挂点单位想发动贫困户养鸡养鸭，他不大赞成大规模进行。后来有的贫困户领了免费种苗养了起来，果然销售时节遇到问题，急得找我们帮忙。老支书说，做生意最难的就是活物，卖不出去，还要打米谷喂它，两头亏，你说急不急？

老支书是有阅历的。我于是问他，乡村宴席中有没有不会变化的菜品呢？支书想了想，说，有，就是肉丸子。我一想，还真是这么回事。这么说来，丸子就是老支书学来的技了，或者说，是一项他一直没有丢掉和变化的手艺。

梅江边的宴席，一般有两种丸子，一种是肉丸，一种是鱼丸。肉丸是青的，鱼丸是白的。在宴席上，这两种食品都在汤水里，黑白相映。

肉丸是瘦肉做的。农家酒宴，要订一头猪，杀了之后，分门别类做起各种菜品。瘦肉用来炒油炸豆干，但也用来做肉丸。瘦肉一块块拍到木案上，厨师挥舞着菜刀，节奏密集，声音沉闷，肉块就慢慢变成肉泥。用菜刀一铲，丢进了一个泥钵，倒上几筒薯粉，加上半勺清水，就搅拌起来，让肉泥与薯粉混合均匀，膨胀起来，变成弹性十足的肉粉。这时师傅还不能休息，又得让大锅起火架甑，在甑具中铺上布纱，手伸向钵内弹起一堆肉泥，双指一合，一个圆溜溜的肉丸从指缝间滚出，右手一刮，就丢到甑具中。摆满之后就停下制作，待熟了一锅再接着做肉丸，制作的时间和起蒸的时间是同步的。

我们梅江边的这种肉丸，个头大，像一个乒乓球，身子青黑，咬上一口，韧劲十足。肉丸蒸起来就可以直接食用，在乡村酒宴中就是。但如果是家里招待贵客，一般要把肉丸和鸡块、米果煮到一起，我们那里叫汤，请客吃汤是最隆重的待客礼节。

进城之后，我发现县城里没有这种肉丸。县城在绵江边，与梅江风俗自然不同。县里风行的肉丸个头要小一半，人们叫它羹子肉丸，估计是用羹具制作的，一般是和鱼头一起煮的。在县城古桥边有一家小吃，是专门制作肉丸的，叫捶丸，主人是个外地人。捶丸个头也小，但韧性更足。在县城吃农家肉丸，一般要上餐馆。特别是宁都菜馆，一定有这道菜，肉丸、猪皮、鸡块一起煮，加上芹菜，汤和肉都极为美味。

在村里吃宴席，肉丸是少不了的。但老支书说，现在的肉丸都不是木案上剁出来的，而是机械上绞出来的，所以跟以前的还是同形不同味。和老支书一起去吃饭，我发现他对肉丸这道菜特别关注，总会根据自己的经验作出评判，要么是粉多了丸子松，要么是粉不好丸子太硬。

乡村宴席上保留的第二种丸子，是鱼丸。这种鱼丸做法跟肉丸类似，但起丸子后不是笼里蒸熟，而进锅直接煮熟。与肉丸一样，使这种鱼肉成泥现在也不再是手工，而是用绞肉机。老支书有一次进城，特意到市场考察制作丸子的设备，发现了城里有一种用电的蒸笼，可以代替原来烧柴或烧煤的，速度快得多，非常高兴地购买了一台。

那老支书的老手艺，是不是完全丢了呢？老支书说，也不是，有的人家会要求制作手工丸子。但现在这样的人家十分少，大都讲求快捷。

手工鱼丸，现在成了我们县里的非物质文化遗产。我在县城曾经访采访过一位乡村厨师，讲起手工鱼丸的制作经历。这位传承人叫黄冬庆。

腊月到来，正是外出务工青年回乡谈婚论嫁的高峰期，厨师黄冬庆应邀来到谢坊镇的一个小山村，为一场婚宴主勺。这时，主人为了突出东道主的风味，特意约请黄冬庆拿出传统手艺，做一回地地道道的手工鱼丸。黄冬庆感慨万分：近二十年来，随着机械加工的普及，传统手艺早已式微，一年他已是难得有一回施展自身的本领的机会。

技艺自然不会生疏。一条草鱼抓上木案，敲晕鱼头，刨去鱼鳞，剖膛去杂，解下鱼脯，固定肉块，洗净尖刀，一次次在肉块上来回运刀，刨起一层层肉泥。肉泥堆积，又移至粗糙的钵头里，加上适度的盐、蛋清和清水，开始手掌发力，反复揉擦搅拌，增加肉泥的黏稠度。这个过程至为关键，鱼丸制作俗称就是"打鱼丸"。

肉泥成熟了，抓在手中，小小鱼丸就一颗颗从指缝里钻出来，圆圆的个头，白白的身子，随着娴熟的手势，蹦入了装着冷水中的盆里，加热到六七十度，就成了。黄冬庆知道，制作鱼丸的整个流程，不但需要熟练的手上技艺，更重要的是要凭着长期积累的经验，掌握好放盐、加水的比例，揉擦的速度。特别是因时节而异，黄冬庆摸索了一套自己的秘诀：春天少加水，冬季加得多，热天擦得快，冷天做慢活。原因是春天的鱼肉水份多，冬天鱼肉则干一些，而夏天揉擦鱼肉生热，完成不快易腐，冬天冷就可以慢慢做活。这自然是他几十年时光修练而成，全凭的是一种手感，至于姜要用老姜、芹菜不留底，那只要记住就行。

黄冬庆是随村里的老厨师学习鱼丸手艺的。上世纪70年代，黄冬庆高中毕业后，对厨艺非常有兴趣的，投奔了一位干了一辈子厨师的乡亲黄荣星。乡村宴席的厨艺中，炸果子，煎豆腐，切扣肉，烧猪排，都是平常得很的手艺，非常容易上手，最难的要数制作鱼丸。而客家风俗，宴席吃的就是鱼丸肉丸。肉丸好办，猪肉体大肉厚，案上捣成肉泥就行。唯有鱼丸最难，手掌揉撑容不得一根肉刺，为此得用心精选肉块，而鱼皮下红色肉层又得去掉，案上刨削和钵里擦制都是手上功夫，决定了鱼丸的品质，粗糙还是嫩滑，弹劲还是疏松，那是吃客评价手艺的口感标准。

正因为手艺是慢活，是巧活，在商品经济大潮中鱼丸手艺慢慢受到冷落。上世纪90年代起，黄冬庆看到村里引进了机械加工，他和师傅看到鱼丸的快速加工迅速普及，不论是推向市场做成商品，还是家家户户操办宴席，由于人们一味地追求效率节约时间、减轻劳动强度，手工鱼丸不得不让位于机械加工。黄冬庆在城乡之间主厨宴席，也省了打鱼丸的劳累，村村有机械，只需现成下锅。但黄冬庆也听惯了人们的怀念：鱼丸原来的味道那里去了呢？是啊，肉块精选，弹性生成，口感韧劲，是机械加工无法制造的。而人们跑到市场上，变成商品的鱼丸，不要说手工的口感不再有，就是纯鱼肉制作的，在城区只有两三家了。

在谢坊镇的乡村婚宴中，黄冬庆非常感激这位怀旧的东道主，让他三十年的手艺重有了用武之地。来宾的赞美，东君的解释，证明了人们对慢节奏的生活其实有着更深的眷恋，对鱼丸的传统手艺有着深深的怀恋。他想起了手艺的传承。儿子曾经埋怨他，每当他制作鱼丸时都不让儿子靠近观看。因为他感到没必要传授。所幸村里仍然有几人出于兴趣，随他学到了鱼丸手艺，他们分别是七零后和八零后的青年人。

其实，老支书的境遇，也就是黄冬庆的境遇。但老支书更懂得随波逐流，不但购置了制作机械，还知道更换最新的蒸笼器具，以提高效率。其实，老支书本身就像丸子，或黑或白，圆滑世故，颇为通达。

有一次，我们在一个村民家里吃晚饭，老支书喝了点酒，就开始为一位初中女生讲起了政治课。这位孩子获得了见义勇为的表彰，省里市里各级电视台都前来采访。老支书说，你不要骄傲，看你平时骑自行车像飞一样，那样子就是骄傲。接着，他又颇有经验地说，在外头一切要听领导的，不听领导的就不会有进步……

我和同事赶紧制止他的说教，说，人家还是个孩子，要听老师的话，不是领导的。

我进村里的第二年，老支书离开村委会。看着他饱经风霜的脸，我感觉那是一个乡村社会的缩影。他挑起一个肉丸子，说，做得有点松，粉多了。他又挑起一块猪肉，嚼了嚼说，这个做得不错。看着他满嘴流油，感觉像极了一颗肉丸子。

弥合

当工作队以第三方角色出现在村子里，我似乎感受到乡民们复杂的目光。他们与乡村干部的之间由于或远或近的纷争，已存在一些不可避免的分歧或对立。在我上门走访的时候，他们首先充满期冀，把我们当成"上面来的人"，希望能够听取和解决他们的问题，达成他们的愿望。当然，当你无能为力一味解释，他们立即把你推到了对立面。

老泽是一个老实本分的农民，老伴更是热情好客的村妇。第一次进村走访，去的就是他家。这是我第一次接触村里的贫困户。老泽家的问题在于儿子的脑子。老泽就一个儿子，其实是一个不错的小伙子，成家后生了两个男孩，都上小学了。他脑子原来没问题，可以说是还非常活络，知道老在外省的厂子里打工没用，就起意去学汽车修理，可是在火炮补胎时，轮胎突然爆炸伤了着身体，其他倒没大碍，就是脑子有时不清醒，学技艺的事情也从此中断。为此，妻子还是终究与他离了婚，丢下两个孩子和两个老人。

儿子时而清醒时而糊涂，一家的生活来源自然就不牢靠。有一次他儿子外出打工回来，跟着老泽到村委会，看上去也是老实巴交，露出憨厚的微笑，行止言语都挺正常的样子，看不出一点脑子有问题，事实上也一直没有办理残疾证明，在表格上无法直接就填上因残。老泽两口子已经年过花甲，按照国家扶贫部门的解释，他们都不算劳动力。事实上，儿子出了意外之后，老泽自然是家里的支柱。他是村子里少数还在山坳里耕地的村民。在一条去往外乡的山坳里，我们看到禾苗青青、连绵成片，后来才知道就是老泽种的。为了防止野猪糟蹋庄稼，他还把电线从家里拉到了山坳，在田亩边搭起竹棚，晚上巡游后可以寄身休息，看到野猪出没就起身驱赶……那是我熟悉的护秋场景，非常原始，但别无它法。

第一次走访时听了他家的情况后，我问还有些什么意见，老泽就说，就是入户路有意见，现在村组都通了水泥路，有的还修到了家门口，但去他家的一段上坡路还没有硬化。我回到村里了解情况。干部说，我们村里争取了资金把村组路大部分修好了，去别村看看吧，哪有这么好的交通？乡亲们对这些大事不念好，却计较着入户路没帮他们修好。后来我理解了，老泽家的入户路没修进去，那是资金不足造成的，而让他感到不公平的有几户人家，是由于房子集中成片，所以就算在入组路项目资金里了，不像老泽一家一宅孤单单地坐落在山坡上。后来几次走访，我把情况一讲，老泽显然听腻了，根本不听我解释，依然认为村里做事不公道，为此就留下了心结。他在表达不满的时候，总会来一句"我会向上面反映"。

显然，我由于解决不了问题，也被推到了不信任之列，而身处群山之中的乡亲们，把"上面"当作了另一种模糊的希望。

为了弥合这种隔阂，考虑老泽家的困难，村里为他家办理了低保。为此，老泽很是感激。上级要求拆除土坯房的时候，老泽很是犹豫。他家的红砖房就建在土屋边上，而且只建了一层，许多农具杂物都堆放在土屋里，老屋还是有大用场。但是，他家的土屋有一堵墙体裂开了，而且有部分塌掉，为此被村委认定为危房和空心房，必须拆除。那时候村里拆土屋遇到重重阻力，干部就动员他带好头，不要忘掉了政府给予的关心。老泽想到低保的温暖，就慷慨表示，一定支持村里的工作。他农时在家种地，闲时在邻县的砖厂里做工。约好日子后，老泽特意从邻县的砖厂赶了回来，我们工作队和镇村干部一起上他家帮助搬东西。看到我们把一捆捆柴草搬到露天的坳口，把一些用物零乱地丢在空坪里，他有些伤感，但仍然露出坚定的神色，说，这是政府要求的，他得听。

过了一段时间，村里又请来施工队，帮助家家户户硬化入户路，粉刷了红砖房。摩托车和小车可以直接开到他家门口，上坡路变成了水泥路，老泽多年的心结终于化解开了。为此，老泽一直执意要请大家吃饭，但我们不忍心让他家破费，一次次借故推托，最后他还是买了些酒水果品，送到村委。

像老泽一样"我要到上面说说"的，我真不止一次听到，这似乎已经成为他们一种表达习惯，一种诉求模式，一种无法沟通之后的施压和愤懑。

有一次，我正在吃晚饭，接到一位陌生乡亲的电话。这位乡亲并不是贫困户。他先是故意提几个问题，说，只有贫困户才可以享受粉刷的奖补吗？我说当然不是，全村都一样，只是贫困户享受的政策多一些，比如不但外头可以粉刷，里头也可以。接着他又问，为什么全村的房子都粉刷好了，村里就欺侮他家，到现在不给粉刷呢？我听了一惊，心里暗想还有这样的事！现在村委惟恐工作不周，在全县市的调度会上露出不足，最后三名可是要处理人的，而且小镇已经有几个村子由于排位最后受到镇里批评，干部干脆辞职不做了。

我就对他说，这不可能，工作是全村推进的，不会落下他一家，而且即使落下，他可以自己请师傅做，然后同样可以享受奖补政策，具体情况可以到村子里反映一下。他似乎没有多少耐心听我解释，断然地说，他从来不去村委，如果问题不解决，他就会"去上面走走"。然后他又加了一句，"你也有份！"他立即就把我从第三方的角色上拉了下来，把我们置于同一个对立的阵营，威吓的口气非常明显。我再次邀请他到村委向工作队反映问题，但他以命令的口吻说，叫村干部上他家，然后断然地挂了电话。

我气恼地收起电话，把情况向村里的干部讲述了一遍。村里干部说，没事，别理他，这是村里有名的一根筋。于是，我细细打听起一根筋的情况。

原来，四月份村里开小组会时宣传了新农村建设奖补政策，发动乡亲们自己修入户路、粉墙、硬化水沟、改厕，完工之后村里统一上报申请奖补。但是村子里留守的多是老的小的，还有就是一些照顾老小的妇女，对于单家独户请师傅，热情不大。为了保证进度，村委到外头请来了三支施工队，直接上门为乡亲们服务，超出奖补部分由施工队自己跟乡亲们谈好，施工时村民负责好茶水招待。村子里一段时间里到处是脚手架，到处是泥水工，有的是竹木搭建，有的是专用的铁架。一根筋家里原来是一层的红砖房，看到有了好政策就开始升层，准备建好二三层之后再装修外墙。施工队到他家时看到还在升层，无法粉刷墙面，就跳过了他家。四个月过去了，村里的建设接近尾声，施工队陆续撤退到别的乡镇去了，一根筋的房子升层刚刚收尾，一看急了，就打起了我的电话。

一根筋果然没有来听我的建议到村委会反映。过了几天，他又打来电话，继续以强硬的口气说，村里工作就是有漏洞，没有向他宣传过奖补政策。我问，没有宣传，你又怎么知道呢？他说，我是自己打听来了。我哭笑不得，说，你这么聪明，但为什么你明知道到了吃早饭的时候了，却非得要家里人叫你才吃呢？

我接着耐心地讲起当初动员的过程，实施的过程，指明是他自己不参加村民大会，不主动联系施工队，而且告诫他，这样强调没有宣传、工作失误之类的没什么意义。我劝他不要再纠结，赶紧自己请师傅粉刷，施工之后一样可以奖补，但他并不听，固执地说，要你们请人，别人家都是村里请的，他不请。过了几天，我又接到一个北京的电话，原来是一根筋的儿子。我原以为这位见过世面的青年更容易说话，好好解释了一番，但没想到他跟父亲一个口吻，说，没有宣传到位就是工作有过错，现在给你们一个弥补过错的机会，立即帮他家请来施工队粉墙。

有其父必有其子，我再次无语。我不知道一根筋最终有没有"去上面走走"，当然那"走"的结果我自然知道，因为这些政策本来就来自"上面"。不过，"上面"最终还是关注了这些遗漏，过完年后新春伊始，县里要求各个村子继续查缺，如果还有农户粉墙修路没有到位的，可以继续享受政策，继续请人施工并申报奖补。我问起了一根筋家的情况，村里干部说，已经请师傅在做。由于政策的细致全面，一根筋终于获得满意的结果。

显然，村里干部在此前工作中肯定留下一些后遗症，有的是说话行事解释不到位，交流沟通不细致，我们成为第三方的角色时，明显能感受到乡亲们的好感，说我们态度好、讲道理、有文化、会说话，但仍然会遇上一些村民，对我们送来敌视的目光，也许是跟村委的矛盾纠结太深，难以化解之故。有时候，乡亲们习惯站在自己的立场，全然不理解政府的工作，不知道干部是面向全体，只是一味希望政府给予特殊的照顾。老宋家的情况就是如此。

老宋家在竹茶背最里头。他有两个儿子，大儿子已经成家立业，小儿子长得秀气，但人近中年仍然不肯说亲成家。老宋家建了一栋红砖房，小儿子跟老宋一家搭伙，房子就算是两兄弟的。从硬化的村组路到老宋家，还有两百多米土路。

村里动员入户路硬化后，老宋家始终没有答应。不硬化也就罢了，毕竟施工是自愿的。道路的奖补资金并不充足，只负责两米宽的路面，这样进小车摩托车都不方便，而且施工时由于是机械操作，从装料车倒下来就摊开成三米，如果再回缩到两米路面，施工方认为极不划算，不肯帮村民铺路。别人家都高高兴兴地跟施工方黄老板达成协议，修三米宽，自己负担一米路面的费用。

老宋家的入户路长，一米宽的负担仍然需要一万余元，于是大儿子就打起了算盘。他觉得为了一条路付出太多超出了家庭能力，他脑子转了一下，既然全村的路都要硬化，他家的不硬化政府就会没面子，自然会帮他解决。但是村里的干部告诉他，修路是自愿的，不修的话不要紧，不影响工作。于是他又跟村委说，他想修这条路，但是要算两户人家的奖补，就是说政府要奖补的不是两米，而四米宽，现在修三米还是帮政府省了一米。这样的聪明让大家哭笑不得，但显然不可能答应。接着他又搬出了另一个理由，他弟弟家是贫困户，贫困户就应该照顾，帮助他家修好入户路。但这个理由仍然只是一厢情愿，不合政策。

老宋家的路最后还是硬化了，但修路的钱却留下了后遗症。黄老板一次次到老宋家要修路的资金，最后老宋的大儿子给付了一半，而弟弟的部分却无论如何也不愿意出了。黄老板找到村委，村委说你们自己协议的，村委只负责政府奖补。黄老板说，修路前老宋家明明答应的，现在又不肯出。我们无法为黄老板出面要钱，也无法为老宋出面担保会付钱，这事就一直拖着。后来，老宋的老伴走了，我劝黄老板不要催得太急，让老人家宽宽心，但黄老板是外地人，进来一次不容易，急得直骂娘。

老宋的大儿子一次次找村委镇里，希望弟弟的那笔钱由政府负担，但由于村委没法破例，也没法支付，所以就始终没有答应，为此老宋一家始终认为村委会是不肯关照他家，是由于他家不是跟村里的大家一个姓，是一个小姓。每次有领导上门走访，老宋的大儿子就出来说道这事，于是，他一度被列为了需要继续做好工作的重点人群。

有时候，我惊异于自己的身份和立场，因为我常常在干部与群众的身份中切换。其实，我深深知道底层民众渴望有一种"第三方"或"上面"，来传达他们的心思和愿望。

我父亲从梅江边回到城里，时时会带来一些乡村的问题。几年前，老家的村子公路升级改造，征用了一部分耕地。父亲有一次在镇里办事，偶然了解到国家真正的耕地补偿政策，发现村子里的补偿款居然缩水一半以上，显然乡亲们被镇村干部忽悠了：他们用亩来换算平方公里，故意模糊和缩减了补偿金额。父亲知道真相后愤愤不已一直上访，最终后镇里请我们出面劝解，息事宁人。那时，我当然以干部与群众的双重身份，去弥合一道深深的裂缝。

面对父亲是这样，面对舅舅也是这样。舅舅的家在梅江边另一个村子，知道我驻村后时常打来电话，一谈就是半个钟头，当然不是报告村子的变化，而是诉说自己的遭遇，比如他家条件不好却没有列为贫困户呀，比如邻居是贫困户里里外外都帮他家粉刷好了，比如他家的土屋粉刷为什么是自己掏钱而别人家却不是……我知道老舅有委屈，我也知道村里工作多少存在厚此薄彼现象，但我只能把政策详细解释，并让老舅好好理解和接受。有时听到老舅的急切和愤慨，我又以干部的身份来宣讲和安慰。

那一刻，我发现自己真的像极了一个双面人。那一刻，我真的不知道自己充当了离间者，还是充当了弥合者。

第二章

每一条道路都通向灯火

孩子

　　我一直喜欢观看村里的孩子们。秋天的早上，我去大桥上散步，大雾把长河大桥封得严严实实，对岸村落里的孩子却突然出现在桥头，红红绿绿的袄子伴随几只欢蹦的小狗，我会赶紧拍下这生动的一幕。霜冻的早晨，河湾边的公路上枫叶似火，高大的冬青树上一团团红红的果粒像孩子们一样明媚。一群孩子在山路上跑动，就像微信里的"冰花男孩"。村里的孩子们像蜻蜓一样飘来飘去，以一种相同的姿势昭示了人类的生生不息，欣欣向荣。

　　有一个漂亮的小姑娘说她叫雅丽。山里人这种命名的方式令人吃惊。仿佛来源于某一部热播过的电视机，那故事当然发生在遥远的都市。当雅丽哼起电视里的歌曲，更加证实了她已成为城市文明的支流，在乡村生活的腹地漫漶地流淌。前溯几个年代，雅丽会叫招弟，会叫贱秀，会叫小花小红小英。雅丽，如果它是一条小溪的名字，似乎意味着提前抵达了大海。

　　在梅江边的这个村子，雅丽是唯一的，又是复数的。雅丽的爸爸妈妈在村里开着小店，每天与爸爸妈妈生活在一起，雅丽的幸福令大多数同学羡慕。她的同学，另一些"雅丽"，他们的父母在遥远的城市谋生，虽然他们和雅丽一样有着城市化的名字，但离开了父母的孩子是一些木讷的塑料花，雅丽之类的名字，反而加深了孩子们的孤独。

　　第一年进村时，我们在村干部家轮流搭伙，在村支书家里，我喜欢看着雅丽吃完饭后上学的样子。书包晃晃荡荡，衣服干净漂亮，两只辫子像翅膀一样时时向着天空发力。她是村庄的一块糖，乡村女孩子在不同年代酿造的甜凝聚于一身，并且在空气中不断融化和散发，让青山绿水变得无比明媚。显然，这里面包含着猜测和祝福的成分。

春节时观看了《经典咏流传》节目中那首《苔》之后，我一直有在村里支教的想法，但苦于年后驻村工作忙了起来，没有心境，也没有时间。

我在村子里上过一堂课。那时老同事在小学当校长，我特意约定了一节课，让四五年级孩子集合到一个教室。我上的课叫"语文的美好"，其实就是跟孩子们讲讲梅江边的一位乡贤。乡贤叫陈炽，一直是梅江人家读书人的榜样，我自小也是听着他的故事成长，但我没有想到，这个村子虽然与乡贤同一个族姓，但孩子们并没有听过这个人物。这当然是乡土教材的缺失。我讲起了乡贤小时候的神童传说，讲起了乡贤诗篇中的梅江和小岛，讲起了乡贤长大后的家国情怀……我希望孩子们喜欢语文，希望语文承载孩子们的理想与山水自然。孩子们听得津津有味，不知不觉一堂就结束了，而我准备的内容还剩下一半。

孩子们从此认识了我这个村子里的陌生人，每次去散步，孩子们就在我身边好奇地跟着我，看着我。

六一儿童节那天，我们单位为贫困户的孩子们都送上了一个大礼包。考虑孩子们的自尊心，发放礼包不是在学校里举行，而是在保障房安置点边上。学校举行了一场活动，邀请我们工作队的干部前往参加。我们坐在课桌排成的嘉宾席上，朝六个班级的孩子们看去，就会遇上一些熟悉的面孔，在队伍里挤眉弄眼。

其实，这些孩子在走访时就非常熟悉了。有一段时间，我走访时口袋里会揣上一把糖果。那些还没有上学的小孩看到我上门，常会非常直接地问，叔叔，带糖没有？但我发现，那些上学了的孩子就懂事多了，从来不会主动提起这个问题。我有一个结对户，家里有五个孩子，为了记住他们的名字，我费了一番劲。有时候，我跟贫困户聊天时，常常会羡慕地说，你看，你们多富有，这么多孩子，而我就只有一个女儿呢!

关爱孩子，成为结对干部不约而同的帮扶内容。有的给孩子送书包，有的送裙子，有的送文具，有的送书籍，似乎我们无形中给每一位乡亲发出这样的信号：孩子是他们最值得重视的，把孩子培养起来了，这个家庭就会有最好的未来。记得有一次走访，一位女同事临走时突然塞了一百元给老人，说，给孩子们买点东西吧。路上，她低声告诉我说，看到孩子们落寞的样了，心里就酸酸的。我知道，她指的是那个特殊的家庭，三个孩子一直跟着爷爷奶奶，而母亲由于家境贫寒出走多年。

有一户人家，就住在学校对面的保障房里。家里有三个女孩，分别叫欣、萱、怡，平常跟着爷爷奶奶。母亲是陕西人。由于家里贫寒，加上丈夫和公公脾气不好，不知道理解和珍惜跨省

支教：语文的美好

婚姻，有一次孩子的母亲回娘家后再没有回来。有一次走访，同事钟开玩笑地跟奶奶说，减轻点负担，把孩子送一个我同事吧，他想抱养一个孩子呢! 奶奶说，好呀，你就挑吧。同事就说，带的孩子自然越小越好。他接着就对怡说，今后你跟这位叔叔，他带你到城里去好不好? 怡认真地点了点头。奶奶一直在旁边微笑。临走的时候，怡果然跟了出来，小手紧紧地拉着我。

那时怡一家还没有搬到保障房里，门口是一段下坡路，外头一片漆黑。走到半路，我只好对怡说，过几天再接你哈，现在我们住在村里呢。奶奶拉住怡说，让叔叔走，以后还会来我们家的。怡这才放开小手。傍晚的时候，我每天去山上散步，都要经过她们的家，怡远远

看到，三个小女孩就会喊我的名字，她们从爷爷奶奶嘴里知道了我的名字，听我到朝她们回应着，高兴跑过来，围着我，拉着我的手问，你是不是城里人，是不是镇里的人？怡拉住了我就不肯放手，要我上她家去。

我告诉她，我要去散步。孩子们不懂得散步是什么意思，就是不放。我就说，等下我还会从这里经过。爬山回来，远远地看到三个孩子在玩，有时在保障房的护坡滑溜，有时在攀爬太阳能路灯的杆子，有时在门口的水泥地面上蹦跳。远远看到我，就会大喊大叫，从坡上蹦跳下来，从杆子上迅速滑下来，从家门口远远地跑过来，在公路上拦住我。

其实，她们拦住我，有时只是向我打听两个人，一个是同事钟，一是同事黄。欣会说，钟在村里吗？黄在村里吗？由于两位同事是全覆盖队员，进村的次数少一些，不像我们常驻的每天都待在村里。钟每次进来，都会到保障房里，带着三个孩子读读《三字经》，然后诱惑她们说，如果下次来她们能够背上，如果下次来家里的卫生搞得非常干净，他会带来礼物。三个孩子非常热爱礼物，可惜不太喜欢背《三字经》。

同事钟跟黄是同一部门，走访和散步常常一块。三个孩子看到两人走在公路上，就会围上去，欣就问钟，她是你的人吗？钟说，是同事。女孩子不知道同事是什么，就愣愣地想着这个名词。看到孩子们围在学校前面的小店边，黄就买了一大堆冰糕，发给孩子们，孩子们欢叫着，说黄就像仙女一样。

欣画了一幅画送给同事钟，钟回城后跟妻子说了，还录了视频让妻子跟孩子们说话，鼓励她们努力读书。一天傍晚，我散步时欣在半路拦着我问，同事钟在吗？我说在，她又问，那个女的在吗？我要送一封信给她！我说都在，你到村委去找他们吧。我爬山回来，三个孩子果然在村委会，围着同事黄。我问同事钟，这个女孩要送一封信给黄，有没有收到？钟说，弄错了，信是送给我妻子的，他们来到村子里，结果就跟同事黄玩到一块了。

同事黄在村子里一连待了多天，城里的女儿就用外公的手机拨了视频，要跟妈妈对话。黄就让女儿看三个孩子，跟孩子们说话、聊天，然后一起唱《学猫叫》，一起摆动着手势，边唱边舞。那一刻，我发现黄在歌唱中像圣母玛丽亚，带着一大群孩子在歌声中飞翔。看着动人的一幕，我赶紧录了下来。从此，一到我爬山时间，三个女孩就在路上问我，她在不在村里？我知道她是指谁，就点点头。她们就高兴地往村委会跑。

六一儿童节这天，我们开心地观看着孩子的节目，这时主持人邀请我和黄上去表演。黄那天唱的，是《小精灵》，让孩子们跟着她一起唱。但我发现，她没有那天和孩子们一起唱《学猫叫》那样童心迸发，一副天真的样子。我没有准备节目，临时给他们朗诵了一首诗，白连春的《我和你加在一起》：

> 一只蝴蝶是小的 轻的 飘的
> 只不过是微不足道的
> 和花朵加在一起就大了 重了
> 成了春天的最爱
> 一颗小草是小的 轻的 嫩的
> 只不过是微不足道的
> 和马儿加在一起就大了 重了
> 成了大地的最爱……

那一天，城里的朋友也在学校开展节日庆典，通过他们的文字和图片，我看到城乡的表演水平有巨大的差距，但我们却有共同的主题：孩子，是最好的未来。

我很高兴能够成为嘉宾，能在学校里观看孩子们的表演。轮到四年级的一个节目，一个女孩成为节目的中心人物，站在队伍最前排的最中间，刚好为我的拍摄提供了便利。这是我结对的一个贫困户孩子，叫晶。她瘦弱，说话羞怯，这次穿着漂亮的黄裙子，一出场的时候冲我笑了一下，在表演中却认真极了，从不看我一眼。我频频按动手机，定格一个个美丽的瞬间。我把相片一张张挑选出来，在微信里传给了晶的父亲，一位在东莞打工的男人。

我一直担心，没有母爱的孩子会不会出现心理问题，隔代教育的留守生能不能健康成长。有一天，我到晶住的保障房里走访，意外地发现了晶的母亲。这位离家出走多年的山东女子，利用有限的工作假期，回到了孩子身边。以前，我走访时经常问老人，孩子们有没有新衣服穿。老人都说，有，她母亲会买了送来。我感到奇怪，却从来没有看过这位孩子的母亲。

那一天，我第一次看到她，就跟她聊起了孩子的成长，聊起了孩子需要母亲的关爱，聊起了为了孩子大人应该有所隐忍和担当。我不知道她有没有听懂，只见她频频点头。最后，我才意识到，从见到她起我还没有自我介绍，老人和孩子也没有介绍过我，而我只是直通通地给她上起了教育课。她不知道我是谁呢，更不知道我为什么要这样急切地告诫。

她的回来，是跟家里迁到保障房有关。听说以前她从来没有在家里待过三四天。老家在一个山坳里，后来整个山坳就他们一户人家居住，不但房屋破旧，而且交通不便，与村组的水泥路隔着一垄耕地，要出家门必须穿行一段段田埂，一条条山坡小路，一座座小木桥。当年，她的父母来到这个破旧的女婿家，就劝女儿一定不能待下去。

我去走访的时候，她正与孩子们在席梦思里午休。听到我跟老人打招呼，她就醒了过来，走到屋外，跟我聊天。我看到，孩子们在我们的交流过程中仍然睡得很香，一个个排在床上，吹着电风扇。晶的母亲在一所县城里的学校当厨工。这些年，她虽然离家出走，但并没有走远，留在县城里打工，只是过年时回山东的娘家去。一有空，她就回到村里看孩子。这次，高三的学生突然宣布不能补课，让她意外得到了十来天的假期，她没有再回到山东度假，而是回到了村里。

晶的母亲终究会牵挂和关爱着孩子，但欣的母亲却从此毫无音讯。我不知道在三个女孩的心里，有没有母亲的印象，有没有对母亲的想念。我曾对同事钟说，这三个孩子平时看上去都玩得挺开心的，没有什么心理的阴影。钟说，小的两个还不懂事，但最大的欣读了小学，开始变得沉默寡言了。而我们的走访，欣开始恢复了活泼的天性，经常微笑着迎接我们的到来。

六月底的一天，我和同事三人带着蛋糕来到欣的家里。我们点燃蜡烛，把寿帽戴在孩子的头上。这时，邻居家的孩子，也过来了。四个孩子围着蛋糕，眼睛放出非常透亮的光芒，我们为孩子们拍照，一张张在手机上翻给他们看。孩子在我们的指引下吹蜡烛、许愿，但只有欣有严肃的样子，隆重地合手闭目。我们永远不知道那个愿望是什么，但知道那跟幸福有关。

蛋糕不是很大，我们没有算到邻居家的孩子会一起过来。孩子们一个个吃得津津有味，那塑料用具在吃过之后，摆在纸盒上仍然发着亮光。

蛙声

下坝溪进入我们村地界之后，收了一条来自南山的小溪，波光渐壮，继续埋头行走，却是一片豁然开朗的平畴，形成一个盛大的村陇。陇上土地平旷，溪河从中间流过，虽无高岭却习惯了蛇行，把这一片田畴弄成阴阳双鱼的形状。

以前，乡亲们珍惜耕地，去往下坝圩场的公路想从耕地中穿过，但最终被村民阻止。公路绕到了祠堂的后头，紧靠着峭壁，石崖高悬，听说这样会影响祠堂的后龙，但乡亲们宁愿不利风水，也要保住宽阔的田亩。近年公路改造，这种惜地之心不复存在，于是就重新把风水摆到首位，征地毁田，公路穿过旷野而去。

秋天的早晨，我漫步往安全陇走去。宽阔的公路穿行在一片荷花稻花之中，极是壮观。村陇南边，就是两座祠堂，两头又结满村舍，前头一口大池塘，显然是较为集中的一个村落。在乡野之中两祠相连并不多见，据说这是先祖两兄弟所建。起祠堂是宗族兴旺的象征，据说村子里有个先祖一次就建了四座，安全陇两座中就有一座。

传说这位先民早年贫困，有一次帮助别人修建祠堂，就有乡亲笑他，说，你这样寒酸，要建座祠堂要猴年马月呢！话有些伤人，但却是实情。他并不介意，日子照常过下去。有一次，他妻子去猪圈喂食，却发现猪食常常被其他动物吃掉，如是者三，就告诉了男人。男人奇怪，在夜色中蹲守，半夜时分，看到一匹白马来到猪圈边。他惊讶起身，白马听到动静飞奔而去。男人没有追赶，却看到山坳的隘口地上发光，于是带着农具前往挖掘，却是几口棺木，打开一看，先民一时惊呆，原来全是光洋。

意外得金的传说在中国大地上到处都是，捡拾的快意驱动传史的冲动，往往便成故事。这位先民一夜暴富，就开始了却自己的心愿，就是在别人嘲笑过的猴年马月建祠堂。他不但要建，而且一口气建了四座。起先两座建在邻近的村子。我走访时跟着村干部特意前往参观，雄伟富丽，那墙砖都是定制的，每一块都烙着"乾隆十一年"（注：公元 1746 年）。从天井看出去，还能看到后山上高大的树枝。这座祠堂保护甚好，而南边另一座却是夯土所建，由于疏于管护，墙体倒塌，只留下石门石窗可睹余风，但墙体最终拆除了。而另外一座建于在黄坑口古渡边，是最雄伟的一座，可惜在上世纪红白争战中毁于兵火。

传说这位先民当年知道师傅预算出错、建材有余，就慷慨地说，不要紧，那就再建一座，于是就到安全陇又建了一座。以祠显富，以祠求佑，先民家族发展不错，果然枝繁叶茂。有祠堂的地方，就是曾经繁荣兴盛的地方。但地有高低、枝有枯荣，一个家庭的兴旺，并不等于这里不再出现贫寒。

我一直喜欢行走在这片宽阔的平畴中，这片田亩一直有人耕作，稻花香在溪河两岸流荡。溪河两岸是连绵茂盛的翠竹。这种竹叫篁竹，傍水而生，扎根沙土，母竹种下之后，也许是有着洪水冲刷之忧，根系扩散盘旋，始终非常团结，于是新竹紧密依靠、挨挨挤挤抱在一起，成为一座盆景般的植物。篁竹是造纸的好材料，以前梅江边有人收购，货船运到赣州的纸厂，但水库建起来之后断了通航，于是不再有人开车收购，倒是自由自在地生长着，成为溪河边的一道好风景。

溪河约两三丈，平常浮浅可涉，傍晚时分常能看到有人在溪河电鱼，背着一个电瓶，顺着这条溪河，一路吱吱地叫着，在夜色中忽明忽暗。去安全陇走访的时候，我沿着公路漫步，常常就能看到电鱼的情景。我就猜想，那人是不是贫困户石头呢？

电鱼是村里最简单的渔事，只要花钱置办一副背式电瓶就可以。

石头虽然是个泥工，平常在建筑工地上忙碌，辛苦一天之后并不歇息，吃了晚饭就下河去。有一天去走访，听说他由于劳累晕倒工地上，我劝他不要过于劳累，出医院查看，现在有医疗保障，花费不多。他妻子脸有愁色，说这估计是一种癌症，干不得重活，劝了几次就是不肯去看病。夜色中，石头喝了口酒，跟我聊到好晚。他说，他也想好好休息，如果不是两个孩子读书花费大，他可不想这样拼了！他一直期盼着儿女毕业找到工作那一天，那时他就要好好给自己放假，至少不会白天做工晚上又去捕鱼。

到底是什么原因，把生活的重担变成了一座石磨，压得这位汉子弯不起腰身？妻子闪烁其辞，最后才说，家里的债台，最早是起于抓田鸡判刑。

我头脑一个激灵。天啊，这样巧，十来年前，我曾在报纸上编辑一则公安来稿，就是讲梅江边有一位村民捕捉青蛙被判刑十年！当时，我对这个村民没有一点同情心，倒是充满环保主义者的义愤，虽然觉得抓了点青蛙被判重刑似乎离奇。我和同事还讨论了这件事，我们并不知道，我们自小熟悉的田鸡，原来叫虎纹蛙，是一种珍稀动物。

百度百科说，虎纹蛙又叫水鸡，它的个头长得魁梧壮实，有"亚洲之蛙"之称。皮肤较为粗糙，头部及体侧有深色不规则的斑纹。背部呈黄绿色略带棕色，有十几行纵向排列的肤棱，肤棱间散布小疣粒。腹面白色，也有不规则的斑纹，咽部和胸部还有灰棕色斑。前后肢有横斑。由于这些斑纹看上去略似虎皮，因此得名。据了解，这种动物是 1989 年起列为国家 II 级重点保护动物的，现在已经有人养殖，说明确实有着巨大市场。

石头的耳朵有点背，就是坐牢时落下的。我问当时怎么就被抓了，在这么偏远的地方？何况抓点田鸡吃不是挺正常的事情吗？他妻子说，早知道会落下这灾难，才不去抓那些田鸡，现在她听到田鸡都有些怕，每到春天的时候，那些田鸡在野外呱呱叫着，她就会被吵得睡不着，想把那些田鸡全部抓来杀掉！

我第一次听到有人对田鸡结下如此深仇。我劝解说，这不是田鸡的错，是人的错。听说，当年石头电鱼之后，听到稻花香里蛙声四起，就想起了下坝的圩镇里有人收购田鸡，想这不是挣钱的好路子吗？于是，石头两夫妻不再电鱼，而去电田鸡。其实在乡村集市里，这田鸡并不是商品，当地乡民没有多少人喜欢吃这东西，就算乡民偶尔吃吃，在这铺天盖地的蛙声之中，也无损于生态的保护。但风险出现在贩运，城里人胃口无限贪婪，越是禁止捕杀的野生动物，越是餐馆的招牌菜。

当时有一个小贩，看到城里餐馆有人悄悄吃田鸡，就在集市去收购。有一天，有人偷偷告密，森林公安在进城的公路上拦堵，把小贩抓个正着。公安追问来源，小贩就招供了捕捉者，到村里抓了两位村民，其中之一就是石头。石头说，当时他家里正好还有一小袋青蛙，人赃一起无法抵赖。进去之后，两个孩子正在念高中，看到丈夫被关进了号子，妻子四处筹钱找人捞人，但最终还是获得重刑。她第一次知道田鸡还如此珍稀，如此"咬人"！这起灾难对两个家庭影响巨大，另一位村民在牢里得了病，保释出来之后死在了家里，而石头专心服刑，后来减了几年，出来之后身体大伤元气。

石头的贫困原因，我一直不知道怎么填写才算准确。我填的是因学和因灾。但牢狱之灾又不好介绍。在精准识别"回头看"时，我还担心他家是不是对上了"七不准、四从严"的政策，就是刑满释放人员不得评为贫困户，后来了解到说的是杀人放火获刑而且屡教不改的。石头显然不在此列，我才放心地把他列为贫困户。

在村陇走访的时候，我常常想，石头的孩子在读书的时候，肯定会遇到"稻花香里说丰年，听取蛙声一片"这句诗，那一刻会不会在心里将其视为忌讳？春夏之交，暮色笼罩的时候，平畴蛙声四起，仿佛永不疲倦的乐师。我想象着一株株稻子下，伏着小老虎般的青蛙。据说田鸡的鸣叫是求偶的信号。而美丽的乡村音乐背后，竟然隐藏过如此严酷的命运交响曲，一位妻子多年来，就在这片求偶声里思念着牢狱里的丈夫，把音乐听成了残酷的噪音。现在，在这片蛙声之外，溪河的浪花为他送来另一片欢欣，他背着电瓶，和妻子一起接续着白天黑夜的劳碌。

石头夫妻俩溪河里电鱼，是要把鱼做成鱼干，拿到集市上出售。但溪河里捕的鱼并不多，两口子只是在泥工之外，另外增加一点收入而已。村子里电鱼的人，主要在水电站那头。每到大坝关闸的时候，大坝之下石滩裸露，大群的白鹭是一个觅食的好时机。我亲看眼到，两岸的村民提着塑料桶在石滩上电鱼，一会儿就是满满的一桶，从河滩上提到岸上。岸上，有一个对岸的村民居然搭建了一座木屋，里面铺着木床，可以休息和存放渔具。石头家里离大坝远，自然没有在这批电鱼者之列。

有几次，石头的妻子多次说要表示感谢，送我一包鱼干。我无法谢绝，有一次只好收下了她的一份心意。而石头一家要感激的，其实是我一次小小的募捐。

贫穷，似乎是人类周而复始的疾病，依然记得父亲无法为我们及时缴纳学费的羞报，背着弟弟四处寻医和人财两空时的茫然。当然，它可以培养坚韧、节俭、信心、理想，也可能带来沮丧、懒散、无聊，甚至罪与罚，而我庆幸的是父母能够穷且益坚。驻村的时候，我对贫困又一次有着更加真切的面对。有一种力量扶起了我的决心。有一天，我在微信友圈晨发了一则义卖的倡议。

诗集换来爱心款

这是一本省里扶持出版的诗集，我顺理成章地把自己受到扶持传递下去。我把乡亲们需要的帮助列成清单，希望筹集善款帮助孩子们上学，帮助乡亲们发展产业。我希望诗集也能走进非专业读者（诗人）手上，希望读者在"爱心纪念"的题签中同时关注一项国家战略，一种对贫困的宣战。是的，面对贫穷，唯有爱心才有资格书写诗行。

这是一项不能抱有过大希望的试验，诗歌的小众化决定了它更可能是喧嚣红尘中的一只只水漂。超出我的意料，义卖诗集得到了朋友们的热心回应，消息在朋友圈扩散，从内地流布到沿海城市，一些失散经年的朋友发来带着海水气息的问候和祝福。红包成为微信里最重要的信息，让我的内心不断漾起温热的微澜。在酷热的天气里，不论是城区一次次递送诗集，还是在快递公司写下一个个外地城市的名字，我知道这与自己的初心是押韵的，是合拍的。一位深圳工作的学生寄来 500 元善款，让我寄去五本诗集，他要捐到深圳的爱心图书馆，要我为读者题写一句话，我不假思索地写下《论语》里的句子："游于艺，依于仁。"

自觉觉他，自渡渡人，在现代文明的喧嚣中，我们的心灵容易被风尘包裹，偏于冷漠，这或许是在等候更多唤醒的机缘。在一段日子里，我每每看到朋友圈里晒出了诗集里的几页诗，就会想到所驻的村子。是的，就算诗集只是一片片水漂，并没有酿造更大的动静——事实上它不需要更大的动静，但它让尘世中一条隐匿的河流重现人世。这是一条被小山村扶起的河流，它漂动着一缕缕书香，一缕缕温情。

秋天的时候，我把朋友们的书款送到村里。虽然四户人家，每户只有一千来元，但石头一家非常感激。石头夫妇是一对勤劳朴素的夫妇。那十年刑期，是石头的再生岁月。君子爱财，取之有道，先祖掘地得金的传说，其实包含着世人企盼意外之财的心理，但这个企盼是站不住脚的。那田鸡不是传说中的白马，没有为他家带来家财，反而筑下了高高的债台。但石头仍然有着梦想，期盼两个孩子从大学毕业后，能够找到好的工作。

那个时候，他就能够放下身上的"石磨"，轻松地活着，再一次把稻花香和蛙鸣当成田园牧歌。这对于他，是发家致富观念更新后的一次重生。

渔者

坐在村委会小楼的阳台上眺望，河湾上波光潋滟，还能看到溪河隐隐从上游流淌而来，在两座高岭夹峙之中东奔西突，最终变成静水深流，进入河湾。岭上树木葱郁，有时白鹭踩着学校铃声的尾音飞翔，翻飞一阵之后，就落在岭上的树梢。

南岸的沿江公路右拐一个直角，就是一道通往黄坑口的河堰，堰坝把河湾一分为二，借助一座丈余宽的石拱桥，河湾便隔而未隔。拱桥是水库修建以前就有的，水库蓄水后桥洞就隐没在水里。春天的晚上，我常常被河湾夜半的泼刺声惊醒。开始以为有人在夜渔，往河湾望去，静寂的拱桥如安眠的野兽，桥面上空无一人，水面上竹筏自横，太阳能路灯的光芒射在水面上，一片波光闪闪，分不清那是晃动的波浪，还是反光，或者大鱼的背脊。星辰的夜空闪耀，银河真实地高悬。啵喇之声连绵不断，一次次让人惊疑，仿佛有巨大的动物在水底升腾，深水中的波纹惊心动魄……

第二天，同事吃早饭时说起半夜的响动，说不知道是什么情况，响动了整整一个晚上，像是有人投河，但起来一看桥面又不见人影。我没想到，同事在村里住了多年，居然也对这声音也感到惊疑。村里的干部说，现在正是鲤鱼产卵的时节，那响动应该是大鱼的。我感到不可思议，鱼群对这桥洞似乎情有独钟，那翻滚了一个晚上的大鱼，是一群，还是两条？是鱼群在为爱狂舞，还是恋人在双双逗弄、为爱痴狂？从声音的频次和节奏判断，波起浪耸声声缠绵，并不像嘈杂的集体。

在拱桥的北边桥头，居住着一位断臂的汉子。听说他的手臂是早年炸鱼弄丢的。炸鱼还是在建水库之前的事。如果梅江突然冒起楼层一般高的水柱，接着一阵轰响传来，村里的老小都知道，这是炸鱼了，孩子们于是就一骨碌朝水花跑去。虽然放炸药的人会制止人们捡鱼，但有时河滩上白花花一大片，就顾不上看管，任别人跳进河里一起分享。炸鱼是个危险活，更是一种充满刺激的渔事，政府是严格管制的，但总有人能够到石场弄到炸药。炸鱼的多是年轻人，先在江边溜达，看好某处水域，就悄悄向鱼群摸去。有时不是鱼群，只是一条大鱼翻滚着诱人的波浪，也容易会成为目标。放炸必须眼疾手快，如是是深潭，引线就长些，如果浅滩就得反复计算，点燃后得恰到好处，最好刚刚没水就在鱼群中开花。我不知道梅江边的乡亲们是如何掌握火候的，但知道那时常有年轻人付出惨痛的代价，为此事丢了一只手掌的人，几乎每个村子都有。

拱桥边居住的独臂汉子，多年不从事捕鱼了。听说丢了手臂后，他去外头进了红砖厂，练就为砖窑看火的本领。那窑火与炸药一样，掌握火候不是一件容易的事情，但汉子残疾之后学得更加认真，终于掌握了这个谋生的技艺。这技艺轻松，不需要像砖厂的窑工，采泥、制坯、进窑，处处都累得一身臭汗。这些苦力叫作窑工窑匠，而只有看火的才叫师傅。他只须按时到窑孔瞧瞧火候，指挥窑工加柴添薪，就算完事，却深受老板敬重，工资高、地位显。由于残疾，他被纳入贫困户。我们问他，这么好的手艺怎么不外出去了？他就说，这些年红砖厂早就变了样，不需要那种人工看火了，而且是有仪表控制，做砖有机械流水线，进窑有运输轨道，现在的窑工可轻松了，砖厂的工人也不需要多少。

回到村子里，他一直在村子里闲逛。一只手多诸多不便，没法劳动。冬天的时候，水库时时放闸，河湾顿时露出原来的滩底，拱桥的桥洞重见天日，一条小河仿佛被河湾的深水囚禁已久，突然获得原身，在滩涂上热泪盈眶，翻滚撒娇，波痕中鱼虾涌动，吸引全村的渔者前来网鱼。四五条竹筏都聚集在拱桥下，有的只带上捞网，有的背上了电瓶，桥面上挤满了人，一会儿指这，一会儿指那，惊叹着大鱼小鱼的现身。渔民像是在捡拾，盯着水面波纹眼疾手快往前一捞，就是一条大鱼，一会儿竹筏上的鱼筐就满了起来。独臂的汉子看得心里痒痒的，也和一位同伴借了竹筏下水，但由于没有电瓶，也劳作不便，收获并不佳。

拱桥下鱼水之欢，深深地诱惑着他。于是春天一到，他就想着要学会捕鱼。我曾经听说过，这种炸鱼弄掉手臂的人，对江河，对水族，对炸药，会有深深的恐惧和仇恨。但鱼是一种特殊的动物，在河边生活的人，几乎没有不会梦到捕鱼捉鱼的，而且几乎都认为捉鱼比吃鱼还幸福。正是渔事的重新诱惑，让这位汉子慢慢淡忘炸鱼留下深深的症结，重新投入了捕鱼的活计。但他不便撑篙，置办的只是一种抛网。

河湾人家，只要是喜欢渔事的，几乎家家有网。河湾里的渔网，在抛网诞生之前，只有撒网和拦网。撒网只适合河滩，撒开时像一朵莲花，铁制的网坠拉着渔网往江底坠去，把来不及逃跑的鱼儿罩在网中。库区水深，河湾的撒网从此消失，独留下一种拦网。这种网就像是水下篱笆，浮漂隐隐把一根网线拉在河面，白色的网线浮于水底，等待那些迷路的鱼儿陷进去。放这种渔网，一般还要配备一只竹筏，便于把网线铺展到宽阔的水面。

在河湾里面，在梅江外头，这样的竹筏随处可见，早上起来，不论寒暑，但见早起的乡亲浮在雾中，细心地拉着网线，小心地摘下那些枝叶，如果是网眼里银光闪耀，那就是有了收获，就把网拉到身边，伸手向网眼一摘，丢入鱼桶。河湾每天早上收网的，这几年多是一位老者，就是那位老兵。另有一位中年汉子。独臂的男人早上起来，就到拱桥上站着，观看河湾上或远或近的竹筏，打听收获。兴许是近水楼台，注意到了这种拱桥下特殊的声响，临渊羡鱼之后就退而织网，学着买了几副抛网。

抛网是近年在村里流行的渔具。这种抛网模仿了玩具弹纸的缩拉原理，由几十个方形的铁箍作为骨架，骨架上绑缚着筒形的渔网，用之前折叠在一起，拉长后像一条绿色的蜈蚣。放网的人站岸上，看中某片水域，把网筒向河中抛去，一头系在岸上的草树上，就完事了。我怀疑这种渔网是对篓箍的一种仿制，也是让鱼自由出入，都有请君入瓮的意思。

在建起电站之前，梅江弯曲之处必有沙滩，随着水涨水落变幻莫测，形态万千，像是河神在玩一种积木或沙盘。沙滩可是捕鱼的好场所，落水的时节，人们到浅滩上扒筑沙堰，围挡鱼群。沙堰顺着水流方向上下各留一个进出品，出口处悄悄埋下一只篓箍，这篓箍也叫濠箍，外形像一只放大的鱼篓，口大底小，内层设置了倒竖的竹篾。篓底留了一个出口，套上一只可以取下的小篓。鱼进了大口，顺水徐徐而入，到了篓底就迷了路，在里头乱撞，居然出不了。晚上落潮时，沙堰上头的口子一封，鱼儿就只能顺水而下，全部进入了篓底，渔民把鱼篓拉起来，就有了收获。乡亲们把这种渔事叫扒坝子。坝，就应了词典的第四种字义。但成为库区后，梅江的沙滩消失了，这种愿者上钩的抛网就不知被谁发明出来。

这渔具并不重，简单易学，独臂的汉子居然一次购买了一大一小两副，小的就在拱桥边抛网，他借了一条竹筏，把大的一副带向河湾中，系在一条淹死的枯树上。整个春天，我时时能看到独臂的汉子在河湾拉网。抛网收获时大时小，全凭运气。这也是一种守株待兔的捕鱼方式，比起摇鱼更省力气，但更需要运气。我时常看到乡亲们隔了段时间，就抑制不住期望，把抛网拉起，却只有几根杂草，或者一堆垃圾，有时盘开还是一条水蛇。于是，又把网抛进河湾，开始下一轮等候。由于铁箍生锈，这种抛网用上三五年就会报废，弃于河湾，瘫在水里，有时被新网触动，但无法起死回生。

初夏的时候，山洪暴发，河水泛滥，独臂的汉子特别兴奋，我看到他打着赤膊，跳入江水，一只手臂划着江水朝抛网浮去，壮硕的身子在洪水中一起一落。我微微吃惊，我们在岸上尚且感到薄寒犹在，而他却若无其事，而且一只手臂居然还会游泳。燕子在河湾的线缆上密集地站着，像歌谱里高音区的音符，或者喳喳地欢叫着，掠过河面上的漂浮物，准是找到了中意的食物，重新升空时叫得更欢。它们看着河湾上一具裸着的身子浮向河中，解下枯枝上的抛网，拉到岸边急切地打开，有时收获不菲，也有时一无所获。夏天到了，我们对河湾里独臂捕鱼的场景见怪不怪了，不时可以看到他骑着摩托车，绑着带水的鱼桶，嘟嘟地往邻近的集镇开去，早晨散步的路上遇见了，我总会问，今天收获大吧？

这种抛网的收获一般没有大鱼。最令他兴奋的是有一次居然爬进去一只甲鱼。野生甲鱼的价钱可高，据说卖到了一两百元一斤，一只便可以抵上他几天的收获。我们为他找到新的谋生路子高兴。

独臂汉子娶了一个妻子，是离了婚的女人，乌黑，不能生育。两口子经常拌嘴，几次这女人说要走，不想一起过了。我便安慰，你看看，村子里家庭不完整的人，都过得不如意，谁家两口子不吵架呢？两人后来花钱抱养了一个男孩，一直没有上户口，评选贫困户时由于要求对上户口，派出所就给予了便利，两口子终于放下疙瘩，非常高兴。村容整治时，房子装修政策有奖补，他的三层小楼房全部贴上了瓷砖，安装了防盗网，成为一栋漂亮的江景房。

脱贫的时候，我们上他家算收入账，说，你今年的收入有什么呢？他就说，没有收入，没有外出务工。我们问，没钱怎么把房子装修得这么好呢？他就说，全部是借的，花二三十万元呢！我们说，凭这样漂亮的房子就可以脱贫！这时他妻子着急地说，可不能脱了贫，你看家里一老一小一残，她要带着小孩又不能做工，这样怎么可以脱贫呢。我们笑着说，脱贫不脱政策，该享受的扶持政策还有呢。两口子这才同意。

临近过年的时候，务工的青壮年纷纷回到村里，而独臂汉子却去了四川。我们问她妻子，是不是过年的时候城里更好找事做呢？那女人说，不是的，是由于装修负了债，工钱还没有结清，年前出去是为了躲躲，也是找工。后来，听说他在一个砖厂找到事做，老板收留了他，让他做做杂事，同时看看红砖出窑后的品相，以调整仪表的火候。过年的时候，夫妻带着小孩去了外头。

四五个月后，独臂汉子又回到了村里，为了村里的一起土地纠纷。后来两口子干脆不走了，据说是外头也混不下去。闲着的时候，他终于从河湾的鱼水之欢里听出了命运的启示，于是成了一个渔者。

通达

　　一看到我，他就会热情地招呼，说起当年他在村里当干部的事情，说起我一个亲友当年在这片高岭工作的往事。他叫红，一个精瘦的中年男人。他说，我会支持村里的工作，那老周跟村委的争执，就是一本历史旧账，他清楚，他是支持村里的。红拉着我去他家喝茶，那泡茶的架势，是在外头混过的模样。

　　"过几天我就要去福建走走！"红说。他的儿子还在那头，他自己则在近几年才回到村里。红的妻子是福建人，口音跟村里的乡亲完全不同。看得出，红在那边混的时间确实不短。红好酒，但跟我们打招呼从不说"上我家喝酒去"，而是说，"上我家泡茶去"。泡茶是外头的时尚，表示自己在外头混过的意思。

　　我在他家泡茶的时候，是为了弄清老周跟村委的土地纠纷，听听他的主意。我的同事有十多年乡村工作经验，驻这个村子也先后有五六个年头，村里老老少少都知道他，远远见着就叫：周主任进来了？！同事带着我到红家里，简单听取了红的意见后走了。但我留了下来，我看出红健谈。我喜欢跟健谈的人打交道，听他们讲讲村子的过往，掰扯人世的复杂。

　　红就是那天讲起了大道朝天的故事。他说，人世间没有什么解不开的结，没有什么走不通的路。我听出来了，他是个有阅历的人，是个对世事洞明的人。

　　他说起的事，发生在我进村第一年的事。当时正是国庆假期，通往小镇的公路仍在升级改造，雨季一来，路上一片泥泞，进城的客车已经停了，准确说是被截分成两段，这边送到一个高岭脚下，顾客下车后自己行走一段，到另一面坡脚换乘另一辆客车。这样的客车非常不便，特别是对于有行李的人，去城里办事上学，那就得准备两双鞋。

红说，他那次捎带的乘客，全都是本屋邻村十来个进城念书的学生，但是在半路硬是被交警拦了下来。

我知道，这叫作打击非法经营。但我对红的捎带学生表示理解。那公路确实不好走，我为了进村，就特意准备了一双高帮的靴子。记得有一次同事送我进来，晚上才到村里，然后同事开着车准备去往另一个村子。半夜时分，同事又打来电话，问村里能不能住下，他想回来住一个晚上再走。原来，他的车子过不了那道高岭，只好看看第二天能不能找到另一条路出去。

同事回到村里，说起风雨中冲刺上坡的经历，心有余悸。那高岭在两个村子的交界，公路要经过一道黄泥冈。上坡的路就在梅江边，同事冲了几次，还是打滑上不了，小心翼翼地后退，借着车灯朝外头看去，只见四周漆黑一片，风雨仍然大作，路边就是梅江宽阔的水面。他赶紧打车拐向，退到平地上。最后，他决定放弃冲刺，返回到我们的村子。第二天，他一路寻问，绕到邻县通过另一条弯曲迂回的山路，花了两三个小时，才去往他所驻的村子。

公路改造的时候，我们一直为进村头疼，就像那些国庆假期返城的学生。有几次，我坐朋友的车子冲进泥泞，陷在深沟泥淖之中。朋友当过兵，他并不想绕路，试图凭着过硬的本领冲出泥泽。在最难走的地段，我们下车以减轻车重，朋友坐在驾驶座上，在车上估算着江岸和公路距离，引擎轰鸣着突然提速，像一头豹子呼啸而过，旁边的人群一片喝彩。但大多数司机不敢这样冒险。有几次公车平台的司机载着我们进村，想冒险走这条路，最后不得不折回，无功而返，我们也只好叫村里干部派车子绕路前来接应。

世间的事情总是这样，再不好走的路，都有人能冲过去，而一些人则选择绕行。对于进城的人，学生们当然选择绕行，不喜欢冒险。红毕竟在外头混过，马上看出这里头隐含的商机，于是就开着车子为乡亲们提供接送服务。这里头有非法经营的味道，但乡亲们确实需要通达的交通，并不计较是非法还是合法。国庆过后，回城的学生就约集一起，坐上了红的车子。

他开的是一辆小面包车。这样的车子在小镇慢慢多起来，临时充当客车，方便乡亲们去小镇赶集。有的村子里客人多，坐了小面包就干脆让司机带往县城，省得小镇里下来等客车。由于公路改造要耗时一年半载，这种小面包就频繁地穿行在绕路出城的公路上。村里的人们都知道这样小面包车，可以不要走路行经高岭，能省却跋涉之累和泥泞之烦。

红的车子出城，必须经过小镇，无论是走梅江边南岸还是北岸。这辆车子频繁地通过小镇，被班线的工作人员发觉了。他们决定教训一下这辆面包车。

那一天，红开着车子顺利经过了小镇。他心情大好，和学生们聊着天，往进城的国道开去。车子一路欢鸣着，红往后视镜一看，突然看到后头有几辆摩托车紧紧跟随。他意识到被班线的人盯上了。红加快速度，想摆脱盯梢，但摩托车紧追不舍。上国道前，是三十余里的乡村公路，小面包没有施展身手的舞台。红看到离 309 国道不远了，上了国道，就可以摆脱摩托车的跟踪，于是又放慢速度，不紧不慢地朝国道边的小镇开去。

小镇是进城的必经之路，红穿过了小镇的街市，拐上国道，准备加速前进，突然发现前面的国道上早就布好了检查的队伍。红暗叫不好，准是班线的人事先打了电话，让交通部门出动，有目标地前来整治非法经营者。

红被拦了下来。

红说，我不是经营车子，只是村子里有几位学生国庆假后回城，村子在修公路不好走，请他帮忙送一下。但检查的人并不听，咬定要罚款扣车，这是他们好不容易蹲守得到的"成果"。红转着脑子想着对策。这时，他想到了一个人。这个人也许能压住这群拦路虎。这个人曾经在乡镇工作，现在市里头当领导。这个人当年与他的交情不错。这个人应该愿意帮忙救急。

听到红讲到这里，我就问，到底是什么交情呢，你能这么肯定？红说，那是十余年前我们村里修水库的事情了，当年就是他出面，帮助这位领导解决了征地的难题，两人从此结下很深的交情。

当年，红还在村里做干部。小镇境内陆续规划建设了两座水电站，我所驻的村子就在下游的一座。黄坑口还要建设移民新村，工程浩大，特别是梅江两岸的村落大量征地移民，成为乡镇工作的重头戏。红用自豪的口吻告诉我，当年我们村里的干部非常得力，移民征地虽然麻烦重重，但进展顺利。工程拖着不动，是由于在对岸的村子遇到阻力。对岸是另一个行政村，与他们的村部隔得较远，对他们村委的工作一直以来有意见，认为平时政策落不到他们头上，现在要征地了才来找他们，于是戗在一起，僵持不下。

黄坑口是一个古渡口，由于有个船渡，两岸的村子走得亲切。这时小镇的党委书记来到黄坑口，看出了隔河村落的亲缘，就跟红商量，请他出马到过对岸去劝说乡亲。红答应了，和书记坐着铁驳船去往对岸，一户户走访，把水电站建设的前景描述了一番，又把未来大坝相连两岸相通的情况想象了一番。当然，红的酒量发挥了重大作用，在一次次把酒言欢中，对岸的乡亲动了心，就听从了红的劝说，纷纷签字同意征地。书记大喜过望，水库建成后记着红的功劳，两人交往也一直不断。

书记后来去往外县当领导，这几年又回到了县里，红早就知道。有这样的关系放着，当然值得一试。于是，小面包被拦在国道上之后，红并不着急，先是一番求情，说以后他再也不敢送客了，这次就放他一马，看在这群孩子要读书的分上。红说到一定程度，就发了些狠话，说，如果不放他，扣了车子将来一样要给他送回来，不如大家省去这个麻烦……但拦路虎硬是拦着不放。

红不得不打通那个人的电话，把情况合理地解释了一番，说自己不过就是送送村里的学生，并没有非法经营，但现在车子被拦，要罚款扣车。过了不久，拦路虎就接到单位领导电话，说搞的什么名堂，事情都惊动上头的领导了，怎么国庆假期还上路扰民，人家送送学生为人民服务还拦着不放，影响非常不好，要求立即放行。大道朝天，红开着小面包，又重新欢乐地朝县城进发。

回到小镇后，有一位老乡找到红，说这次真是大快人心，原来这位老乡也有一辆小面包接送乡亲进城，最后车子被扣了。听说拦路虎们居然被弄得灰溜溜的，就怂勇红说，班线这帮人太阴了，居然叫政府的人特意上路，在半路等着捉拿你，你不能这样罢了，一定要找他们论理去，叫他们吃罚酒。

红喝了一口茶，得意地说，那一次他确实为不少人出了口气，他后来找到小镇班线的人理论，对方看到他关系这般硬，只好向赔礼道歉。红的讲述，试图让我明白，通达在心，通达在人，通达在于不放弃。凡事只要努力，一定能够大道朝天。我告诉他，这一点我信。于是我也讲起了村里一件交通有关的事情。

那时公路还在升级改造，村里那一段路基铺垫尚未动工，一如原样。下坝溪成为河湾后，河床整体抬升。洪水季节，有一段公路在陡峭的悬崖下，由于路基下沉成为一片大水洼，孩子们上学无法通行。一天，有个孩子上学时为了绕行，爬上岸边的山坡，从山路滑了下来，掉进水洼，哭哭啼啼不肯上学了。当时我正在城里，乡亲们打来电话，说村里这条路，工作队得管管。

我回到村里已是傍晚，暴雨后的天空阴沉沉的，偶尔裂开的雨云里挤出最后一线天光，照射在水洼上。我和支书赶往水洼边察看，商量着解决办法。查看地形之后，我们认为只能在公路内侧开挖一条临时便道，供孩子们上学通行，预算得花上五千余元。但村委是个空壳村，没有一点集体资金用来修路。于是我们认为应该找电站，这公路受淹毕竟还是跟水库有关。

但书记说，他已经跟电站协商过，没有用，一点面子也不给，现在电站是国有企业，又归赣州管理，对我们当地村镇根本不理睬。我听后有些气愤，就要了电站负责人的电话，聊了起来。负责人说，这是村里又来讹钱，没有电站就没有黄坑口的今天，移民新村建设他们电站没少出资帮助，但电站不可能老是掏钱，乡亲们不能老打电站的主意。我继续提醒，这河床抬高就是跟电站有关，电站得负起责来。负责人说，公路即将改造，乡亲们将就一下再坚持半年，问题自然就解决了。

我看到对方反复沟通都不商意，就说，如果执意不肯，那我只有把问题寄给报社，让读者们一起讨论，是不是电站把河床抬高了，让村子的道路淹没了，把村里的农田淹坏了，把河床的垃圾屯聚了，这笔账到底该由谁负担？那一刻，我又找回了报社工作时的激情，仿佛在进行一次有力的曝光采访。我知道一般不需要等到读者裁判，对方就会软下来。

负责人听到这里，当然不希望自己的企业陷入舆论旋涡，果然松动了口气，答应出钱，但要求把钱直接拨给镇里，坚决不跟村委打交道。我答应了，跟小镇的干部打了招呼。支书听到这个沟通结果，自然非常高兴，说，要是再不答应，他原想集中村民前往电站理论的。

过了一段时间，电站仍然拖着不给钱。村里的乡亲自动集合起来，冲到了电站，把一个管理人员拉到受淹的公路边，要求他们立即修路。电站的负责人给我打来电话，叫我出面调停，要保证电站干部的人身安全。我答应了他。后来，临时便道终于修通了，使用了半年，人们把它称之为便民路、连心路。公路改造之后，村庄的环境大大改变，道路通达的问题，早就不成为话题。人们把那条连心路便渐渐忘在了脑后。

红听了这件事，非常感慨，说，我们这些干部，为村里做了这么多事，村民只会享受成果，并不会把这些事记在心上的。我说，这样也好，我们只是各尽其职，不为留名，你看，那电站、大桥、公路，还有现在村里的发展，哪一个不是干部在背后奔忙？但是大道通天，这世界只看通达的结果，不看过程的波折。

红点了点头，似乎懂了，又似乎不懂。

后来我们有几次交谈，红终于透露了想回村委的打算。但这事我无能为力，我只是告诉他，要在村里树立好威信，到时自然会有人支持他的。他似乎颇有信心，不时把手机送到我跟前，神秘地说，你看，我跟某某某领导认识，当年通过电话，至今存着号码。我只能表示沉默。后来，在换届选举时，红并没有进入村委工作。他当年在村委时所做过的功绩，跟上头建立的联系，毕竟有些遥远。

我一直有些奇怪，迎接评估时，每个村子要选出三四名引导员，镇里对这支队伍非常重视，要求熟悉村里情况且支持村里工作，但村委并没有让红参加。我不时看到他仍旧开着小车，在公路上跑来跑去。这时，我就会在心里默默祝福他：大路朝天。

这不只是对他的祝福，也是给小村子的祝福。对于未来，村子里的人还有许多期待。乡亲们凑在一起说起村子的明天，他们说得最多的就是一条条道路的规划，通过微信发布的新闻，他们隐隐感觉这些大道将为村子里带来不可估量的影响。先是热烈地谈论过瑞兴于公路，说是要从我们村子的边缘经过。然后是两条县际公路，也要重新修建或升级改造。

是的，大道通天，那时村子将更加通达。我们不止一次跟乡亲们说，过不了五年，这库区一定会成为景区，这么好的江山，非常适合开发乡村旅游，你们等着过好日子吧！红听了自然也非常激动，他这个外头闯荡多年的生意人，早就盘算着新的出路。

老家

老陈最后的悲剧，与他难舍老家有关。我听到老陈的葬身山火的悲剧，心里久久不能平静。

这是一个春日发生的事情。老陈的儿子在工业园区做工，四个孩子也跟着父母在移民新村"梦想家园"居住，在当地的小学读书。老陈并没有跟着在城里居住，这是我意料之中的事情。他和老伴不习惯城里的生活。那是没有土地的生活，没有农耕的生活，没有庄稼的生活，没有祖宗的生活，没有老屋的生活。老陈最终和老伴一起回到梅江边的村子里。

正月一过，他就忙着春耕。房子确实老了，田园的杂草汹涌了。他用最原始的办法来除灭杂草，烧起了田坎，却不料引起了山火。当干部们扑灭山火时，意外地发现老人也在火场里头，但已经没有了生命的气息。老陈要么是怕山火烧着房子，要么是怕大火烧山受罚，以一把年迈之力，奋力地扑向了山火。最终把自己永远留在了老家。

在村子里，土屋和老人总是互相眷恋，成为最倔强的泥土，最难解的家园。

第一次去老陈家，感觉小山村的土坯房是非常可爱的。那时正是春天，走过一条小溪，一座小桥，一片桃花，老陈的家就到了。这是山坳里的人家，周围的住户纷纷搬离，有的红砖房也是大门紧锁，屋前的院坪上芳草萋萋，仿佛要与门窗"举案齐眉"。在这个小山坳里，老陈是最后一户人家。

我跟老陈聊起了这栋房子开基的时间。老陈说，那是上世纪60年代的事情吧。但老陈更乐于谈起的，是他在城里的另一套房子。我知道，那地方叫梦想家园，是专门为贫困户提供的保障性住房。我还去过那个小区，在工业园的里头，一条小河在小区里流过，房子都是六七层的楼厦，绿化和基础设施非常好。我看到老陈眼里闪动着希望的光芒，似乎对未来的城里生活充满向往，心里不禁有些感慨。

当然，这些梅江边的乡亲进城，迟早会适应那里的生活，我的父母就是一个例子。但进城之后，如果他们发现没有土地可以耕种，估计也会像我父亲一样，频频回到老家，耕种那劳作了一辈子的田地。显然，我以一个城里人的眼光来看，这个山坳就是另一种意义上的"梦想家园"：七八亩良田，三四口美池，五六丛桑竹，还有母鸡、斑鸠、鹧鸪之属互相唱和，陌上花开，桃花源的溪水从小桥下流过……但我再次感到，我们欣赏的目光代替不了乡亲们实用的目光，我们的乡愁只是一种个人化的情绪。

"梦想家园"，是一种特殊的安居政策，贫困户通过指标和摇号，梦想家园的套房可以政策补助入住，像老陈家正好人口多，每个贫困人口补助两万元，光这块他家就享受了十六万元，而这里的房子提供给贫困户，每个平米只要一千多元，远远低于市区的四五千元。一套房子本来只就要十四五万元，减去补助，老陈家一分钱没花。但是开春过后，我们发现，按要求入住的老陈仍然居住在山坳里，只有儿子和媳妇住在城里的梦想家园，而且就近在工业园里打工。

老陈家的计划我早有预料。这里有四个小孩子读书的问题，还有老人习于耕作减轻负担的打算。用老陈的话说，到城里生活，连口水都要花钱，住不起呀！他眼里再也没有原来跟我说起梦想家园时憧憬的目光了。上头在督查村里老人住土坯房的问题时，我们一次次提到老陈。村里干部一直拖着不上报，说老陈答应到时他会去外头居住，会去梦想家园，要不然在新村临时租个房子。几个孩子都在村里的小学念书待在家里，突然去外头，找小学和进幼儿园，显然不容易。

老陈就这样拖着，一家分两地，城乡两个家。其实这样的乡亲，我们村子里还有几户。有一次，上头要求我们在村里全面排查，看看还有没有家庭困难的乡亲漏掉了评选贫困户，并且要拍下照片作为资料。我走访一个山坳时，意外发现一栋有人居住的土屋，一打听，住的又是两个老人，儿子在外头县城有房子，但老人喜欢山村里的生活，就回到了村里。后来听到村里禁止老人住在土屋，两个老人只好又回到城里去生活了。

我结对的一户贫困户，也是这样，由于政府提供的保障性住房，变得一户两个家，一会儿住老家，一会儿住新居。

这位老乡是一位盲者。我曾经和村里的老支书，去他家商量土屋改建的问题。土屋实在破败，老人也不讲卫生，房前屋后的水沟垃圾都懒得清理，由于连日大雨，厨房边有一堵墙倒塌了。早年政府曾有土坯房改造政策，每户补助一万五，但自己还要掏钱，老人就没有起意改造。老支书帮他家谋划建房时，批评的口吻多于鼓励。老支书举了村里几户人家，也是老人双目失明，但人家争气，自己勤劳也会教导孩子，最终一家子发达起来。而这位老人，却凭着政府的低保、抚恤，过着得过且过的日子，特别那个儿子，全村里人都知道他会赌会嫖，不是正经人。

后来打听到，老人的儿子婚姻状况不好。我们在评定贫困户时发现，认定的是一家六人，但户口本多了一人，媳妇的户口还在，只是离家出走多年，一直没有回来。老人的儿子相貌堂堂，在外地务工时又结识了一个山东姑娘，而且是中专文化，但家里破败的景象实在让她待不下去，最终丢下三个孩子走了。此后儿子不时带回女人，但最终都没有成婚。儿子并不安心在外打工，回到村里后无所事事，乡亲们在传说他在赌桌上挣了十来万元，老支书劝老人一定要制止儿子再赌，赢来的那笔钱赶紧用来改建房子。但是一年过来，老房子旁边是打开了一块地基，但迟迟没有动手建房。

我们试图让这个离婚青年在村子里找点事干，能够创业，建起新房子，让出走的外省妻子能够顾念孩子而复婚。这青年倒是有了热情，在老家附近的山坳里搭起了养殖的大棚，我们单位资助他家发放了七百只爱心鸭苗，又送给了起始的饲料。我还鼓励这位青年说，外头有个壬田镇，有位廖奶奶做咸鸭蛋网上销售，现在名气大着，由于当地农田普通种白莲，不能大规模养鸭，合作社就跟偏远的几个乡镇联系，不少贫困户搞起了养殖，把鸭蛋销给合作社做咸鸭蛋。

可惜这位青年没有养殖蛋鸭的打算，而只打算养殖肉鸭，准备到年底时出栏销售，冲着腊月有做腊鸭子的习惯。养殖场在一处山坳里，荒废的田地蓄水变成池塘，几百只小鸭子喳喳叫着，黄绒绒的一大片，把一个荒芜的山坳弄得热闹起来。但是，最终由于技术不好，他家的鸭子是销售了，但挣得不多，辛苦半年也就六七千元，建房子的事情，为此又搁了下来。雨季来临时，这栋风雨飘摇的老房子一直让我们担心。村里于是为他家申请了保障房。

那是黄坑口的一个安置点，临江而建，两栋平房共五户人家，连着医生服务中心，基础设施建得格外漂亮。夏天的晚上，这里江风习习，路灯明亮，村民还习惯到护栏边散步纳凉。但是，盲人一家一直拖着不肯搬进去，保障房里只是买了两张新床占着。他的想法是，如果他搬走了，村里就会把他的土屋当空心房拆除。后来我答应让村里不拆，但一家人必须搬到保障房，老人才勉强同意。

那一天，我们开着村里的电瓶车到他家，帮忙搬运家具。老人说，土屋都是些破旧的东西，留下吧，把电视和冰箱搬走就行。村支书说，这里头真不能住了哈，把电视天线剪下来带走吧。

老人家搬进保障房之后，三个孩子上学方便多了，不但更近了，而且再也不要走那些弯弯曲曲的田埂路。孩子在学校里吃中餐，两个老人中午不需要照看孩子，于是吃过早饭后，两个老人就互相牵扶着回老家。有几次，我去保障房走访，大门紧锁，打电话一问，说是在老家。原来，老人家在土屋留下了完整的生活用具，那些破旧的家具虽然不中看，但仍然中用。土屋前面就是耕地，老人目盲不能下地，但阿姨却不放闲。养鸡养鸭，种芋种菜，处理柴火杂草，还种了一季水稻，阿姨开心地说，收了几百种粮食呢。就这样，老家丰衣足食，在家业上似乎仍然是更大的保障，而新村的保障房，倒像是一座客栈。

就说柴火吧，这是保障房无法保障的问题。新居装修漂亮，我们本来就动员乡亲们在门前屋后不要乱堆杂草，何况保障房只有一间屋子，前后屋檐下也堆不了多少，那些每天都要用上的柴草，就只能留在老家。柴草堆放，一直是乡村环境整治的重点内容。虽然现在农村做饭用上了电，用上了液化气，但大部分人家仍用柴草做饭。乡亲们保留着早年雨季无柴的恐慌感，一些土屋堆着的木柴根本无法烧完。我们的新村本是圩镇模样，店铺式住房前后临街，尽管经过装修焕然一新，但柴草一放就大煞风景。我们曾经组织人马上户整理，不少人就感到委屈。阿姨倒是非常听话，柴草都留在老家，每天回去带点出来，这样回老家成为她生活的必然节目。这方面来说，阿姨简直是一个楷模。为此，我从内心完全承认了老家的物质意义，如果那土房子拆了，她家的柴草只能露天堆放，要重新建一个柴棚是不可能的。

学校上课之后，我在村委会往河湾望去，远远就能认出两位老人搀扶的身影，他们急冲冲地走上公路，朝老家的方向走去。而到了下午，又能看到两位老人出现在回新村的路上，这时盲者往往一个人挂着拐杖，而阿姨在前头拉着，一边肩担手提，有时是鼓鼓囊囊的塑料袋，装着芋头菜蔬，有时弯腰背着柴火枯枝。过年的时候，老人高兴地说，老家还打了米果呢，到时给你送几条过来，带回城过年。我赶紧向他表示感激，谢绝他们的好意。我不想他肩挑手提跑一趟，那么费劲地送出来。

老人曾经推托，自己眼睛不方便，习惯了老家

保障房里安居梦

的地形，来到新村会找不到北。但搬到新村之后，老伴经常牵着他的拐杖走来走去，也就熟悉了。有几次，镇里通知上头有人下来检查，我打电话给老人，他说在老家，于是叫他们赶紧出来。阿姨不肯回来，她正忙着农活。盲者就一个人拄着拐杖匆匆出来。但一个上午过去了，却没有人进村，盲者又匆匆回老家去了，因为老伴准备的午餐在那山坳里。我有时感到内疚，老人倒是非常理解，从无怨言。

但老人的电话有时打不通，有时是欠费，有时是信号不好。我们一直担心，如果哪一天他们回老家去了，正好有上级督查，得怎么解释呢？

一年后，老人的儿子终于在广东东莞和人合伙办起小型加工厂，电话中时常说起很忙。我于是祝贺他生意红火，并且时时劝导他一定要多挣些钱，多积些钱，把老家的土屋拆了改建，这样就可以走出保障房，完成父母的心愿：回到老家。脱贫两年后，他家果然在老家自建新房。

隐疾

我和一群城里的干部进驻梅江边之后，发现他们尽管有时牢骚不小，但说起村里的乡亲们，总是熟稔得像一位亲戚。我感觉有一种担负已悄悄植入他们的脑子。有一个诗人朋友，面对结对群众的境遇，尽管自身在一场金融陷阱中受伤，却立即为乡亲的饮食起居操起心来。我怀疑这是中国文人的骨气在承传。

在行藏进退的哲学中，独善与兼济始终是中国文化的底色。我曾经对"扬州八怪"之一的郑板桥的传世之作非常好奇。"些小吾曹州县吏，一枝一叶总关情。"一段时间，上上下下都喜欢借这样的句子以言志励志。郑板桥有焚琴煮鹤、放旷自任的一面，但由于官职在身，曾为小小州县而难以释怀。事实上，进入一片土地一个村居，总会有些事情让你挂怀。

村子里，最让人担心的莫过于那些老病之人。疾病是最主要的致贫原因之一。

老杨是个木匠，得了重病住进了赣州的医院，几个月后治好了回到村里，对医疗保障政策一直非常感激。深秋的一天，我们去看望他。他正在河边的菜地里劳作。看到他身体非常虚弱，我们聊起了他的木匠手艺。

一技在身，胜过百亩粮田，这是乡村的传统格言。我一直以为老杨有了木匠手艺，应该家业兴旺。但这些年，由于家具门窗等材料的彻底变革，乡村木匠的手艺基本没有了市场，老杨陷入了第二轮时代变革带来的人生困局，彻底变成了一个赋闲的乡民。

早年集体时代，河子背是一个生产队，这个小集体里没有一个木匠，农具坏了就要到别村去请人，非常麻烦。于是队长就叫老杨学起了木匠手艺。那时老杨才二十来岁，从此专心于木工手艺，对农事完全无知。老杨说起手艺，非常自豪，说，你们知道吧，现在学校对面有个高大的水塔，那里原来是个林场，后来外地人到林场办起了松油加工厂，要打制一个非常大的油桶，没有那个木匠敢揽这个活，但他敢。

到了分田到户的时候，人到中年的木匠家里却意外陷入困窘。他虽然也会走家串户做木工，但不可能完全靠手艺换谷子养家。他家分到了责任田，这种取消分工的社会变革让老杨很不适应，他只能跟着乡亲们照葫芦画瓢，从头学习耕地播种，但如何打药下肥，总是过不了关，为此家里粮食一直紧张，只得向乡邻借谷子。还谷子的时候，乡亲们不要他直接还谷子，因为质量不好，就叫他直接挑到粮管所，替他们还公粮。

有一次，借谷子的乡亲对老杨说，看你这样年年借谷子，真不是长久的办法，你得放下斧头好好学地里的活了。老杨幡然醒悟，从此果真把斧头丢下，认认真真地学起种地，终于靠自己的力量解决了家里的温饱问题。后来，又凭着手艺挣钱，成为村里活得比较滋润的一户人家。

但是，随着建筑和家具的变化，乡村木匠活越来越不能养家了，而江边的耕地又沉入了库区，于是老杨又变得无所事事，身体也越来越不济事，终于一场大病让他元气大伤。幸亏孩子们外出务工找到谋生之路，而老杨就只能在家里照顾孩子了。不论怎样，我们看到老杨的病稳定下来了，顿时感到一阵释然。

村子里不时有人得重病。有三个癌症患者，老曾是幸存下来的那一个，他得的是鼻咽癌。深秋的一天，老曾来到村委会，跟我们说，家里的脐橙卖不出去，想让我们帮他想想办法。

老曾是贫困户，原因自然是因病。老曾在屋后的山坡上种了三百余株脐橙树，这几年正是旺果期。谁知道老曾得上了病，老是吃药，无力去果园看管。老曾其实不甘心把果园荒废，曾经有外村的果农联系表示愿意前来经营，但老曾觉得很不合算，投入了那么多年最后回报被别人分离，于是想自己强撑着身体上果园做些零星活。但脐橙管护不容易，要除草剪枝，打药保果，喷剂防虫。老曾撑到秋天的时候就顶不住了，身体吃不消，于是挂果之后疏于管理，那金黄的果子就成为虫子们的最爱。其实这些虫子只是侵蚀表皮，于是本该金灿灿的果子变得长藓的头皮，难看极了。

老曾把一袋脐橙放在地上，说，你们吃吃，就是不好看，但其实味道好着呢。我们取来刀子，剥开肉瓣，放进嘴里一品尝，果然如老曾所言，是"败絮其外，金言其里"。老曾诉苦说，拉到集市上一放，根本没人看，偶尔有熟悉的人前来，问起果子的因由，都表示叹息，可惜了就差最后一道劳务，损害了果子的品相。

我们安慰老曾说，只要多加强宣传，知道这果子其实是没有打药自然生长的，说不定大家就喜欢上了，现在乡亲们都讲究起绿色健康来了，知道漂亮的东西常常中看不中用，多半是用药物的结果。为鼓励老曾的信心，我和几位同事每人买了几十斤果子，带回城里去吃，而且答应到外头帮他们宣传宣传，甚至可以在公众号里出一个专题。我还反复拟写了微信内容，介绍老曾家的扶贫果，准备择时推送。

但是，有一天我们问起老曾，果子卖得怎么样了，老曾乐呵呵地说，现在不需要我们干部操心了，他家的一万多斤果子已经基本卖完了。我感到惊异，真是神奇莫测的市场！我不知道老曾的果子是如何赢得顾客的，是同情贫困，还是冲着绿色无害，还是两者兼而有之。总而言之，老曾的脐橙后来挑到圩镇上据说不愁销售，他把我们干部的一番言行向乡亲们渲染了一番，确定了果子的最佳卖点，于是乡亲们终于接纳了这种好吃不好看的果子。

我们顿时有了一阵释负之感！当然，这种释负之感，是甜蜜的。感到深深的内疚，那是听到另外两位癌症患者离世之后。

一位是老曾的邻居，得的是肺癌。我几次接触他，发现他说话偏激，容易得罪人，跟村委的关系也并不好。有一次上他家走访，他又蹦出了一些愤慨之语，把政府的所有工作都往最坏处想，把干部的各种缺点无限放大。他妻子劝阻他说，你呀，就是这样不分好歹，不分场合，不分对象，难怪你会得上病！似乎每一位这样的男人，后头总会有这样一位焦急和劝导的女人。我笑笑对她说，说说就说说，但不要当真，现在有困难可以说。

村里为他申请了临时救助，办理了低保，但考虑他家有孩子在外头打工，而看病费用也没有多大，原来村里并没有为他家评上贫困户。他的怨气也由此而生。我们劝慰说，给他家评上低保，也是为了解决看病问题，跟贫困户一样能够享受90%以上的报销。这位老乡走得很快，半年时间就发病进院，没有活着出来。得知他的死讯，我们心里又是沉重，又是松了一口气，但不知道松这口气的内涵到底是什么。是为他自身的解脱？是为他家的释负？是为工作的包袱？滋味莫辨，但我们隐隐感到这种释负之感，是辛酸的。

另一位乡亲是年近古稀的老妪，得的是官颈癌。病情是评选贫困户之后发现的，为此要等到一年之后才能重新评选。村里为她申请了临时救助，发放救助公示时，把她的救助原因说得过于具体，把病情公示出来。为此，家里人很是着急，担心传到老人耳朵里，会让她受到沉重打击，加重病情，并且要求下一个季度发放公示时不能写出病情。村里答应了。

老妪的老伴也还活着，但两人分开过日子，由于两个儿子议定的赡养方案，是每家各领养一个，父亲跟大儿子，母亲跟小儿子。由于大儿子家里儿孙多住房挤，老人就仍然住在老房子里，是公路边的一栋一层的红砖房，由于独居老人和一层房子，列为重点人群里，我们只得做好资料，把大儿子家的小洋房和小车子拍下照来，作为佐证。小儿子一家以前外出务工，老妪一般也是跟着老伴过，但发现病情之后，媳妇留在家里照顾老小，孩子也留在村里读书，老人就被接到了新村的房子里。

老妪去医院回来后，知道自己得了病，就问儿子，会帮她看病吗？她不想走。孩子们点点头，但没有把实际的病情告诉她。幸亏她年纪大了，不大听乡亲们说话，乡亲们对她病情的议论最终没有传到她的耳中。她仍然像往常一样生活，下地种菜，淋肥，除草，摘菜。但身体的虚弱，日益明显，她回到家里就念叨，说，怎么力气越来越小了。孩子们仍然把病情瞒着她。

虽然老妪由小儿子赡养，但让老人留在家安享余年，是两兄弟商量的结果。知道癌症的诊断后，两兄弟知道把老人家送进医院化疗不但救不了人，而且折腾之后仍然人财两空。我走访时听到这个决定，觉得孩子们的想法是对的，虽然在外头听起来会受到颇多非议，担负不孝之名。我安慰他们说，乡亲们会理解这个决定的，只是平时要对老人好好的，现在乡风文明倡导孝老爱亲。

有一天，督查组来到村里，听到老人是重病户但不是贫困户，特意前往了解情况，要确认到底是不是漏评。我们带着工作组来到老妪家，老人瘦得慢慢变形了，嘴里喃喃地念叨着什么。我们知道跟老奶奶无法交流，就叫干部找到她的儿媳。儿媳正在村里的制衣车间做事，接到电话后，赶回了家里，介绍了老人的发病、看病情况。老人在家休养后，两兄弟张罗着找到了民间医生，开了几次中草药，已花费一万多元。工作组得知儿子的决定后，也认为不送入医院不是不孝之举，在家保守治疗反而对老人更好。

老人两个儿子的家，都在新村的房子里。老人走的时候，是一个夏日。我一大早起来，听到新村里乡亲们低声说着老人去世的消息，神情里既有对老人离世的奠念，更有对病情发展的吃惊。老人送往外头火化了，骨灰带回村里，在老家的祠堂里举行了葬礼。村子里没有请外人参加葬礼的风俗，但我知道一切都按旧俗进行着。

我想起了老人的大儿子当初不肯拆掉土屋的一番理论。老人最初家在祠堂边。那是一栋两层的土屋，占地面积不到九十个平米。当初，由于达不到面积标准，房子没有享受补助政策，所以一直没有改造，为此他意见很大，认为村里就他没享受政策，村里做事不公平。动员拆土屋时，他就说，拿一万五来。他说的正是当年土坯房改造的补助金额。后来几番动员，我以亲戚的名义反复劝导，不要再纠结这些过去的旧账，要认清当前的形势，毕竟还待在村子里，有些事情得村委会帮助处理。但这番劝告并没有效果。

他解释说，他一直留着土屋，其实是考虑将来老人家一旦有个三长两短，可以退到土屋里照顾，因为病人在新房子里离开属于不吉利的事情，万一老人情况不对，还是得送到土屋暂时居住，那边进祠堂也近。从新村到祠堂有两三里路，而他家的土屋就在祠堂边，显然他确实想把送终之地尽量变近。老人进祠堂，是村里的一项风俗，也是老人们的一个心愿，表示能够认祖归宗，不会在外成为游魂野鬼。后来，他觉得拆了重建代价高，就粉刷了一下外墙，保留了这栋土屋。紧邻的土屋是老支书家的，为了支持村里的工作，老支书最终把三栋土屋全部拆了重建，祠堂边留下的这栋土屋就格外显眼。

老人的病逝，让这栋土屋终于派上了用场。老妪病逝后，外出打工的儿孙都陆续回村了。入殓，进棺，出殡，都在老祠堂里进行，而葬礼所需的物件，都经由土屋仓储。做白事所需的饮宴食料，柴火锅灶，都会由土屋提供。如果没有这栋土屋，就没有盘桓退身之处，为此老人的葬仪更加验证了留下这栋旧宅子的意义。

按照一种对灵魂的解释，老人在死去之后最终会寻找自己原来的居所。某个意义上说，老妪最终回到了她最初的栖息地。

听到老人去世的消息，我既为老人不知情而去世感到难过，又为这个家庭感到释然，毕竟这是一个未知的负担。这个结局虽然悲楚，但儿孙的决定也是无奈。特别是土屋的处置，超出了政策的指引，获得了另一种价值，我们为此也生出释然之感。

命途

在乡村生活久了，会发现乡亲们的生产生活，最终被一种无形的观念所控制、所左右、所改写，那就是风水观念。风水无处不在，平安无事兴旺发达是受益于风水，而灾难连连家境惨淡更是风水所致。风水师的职业让人嘲笑，让人惊疑，又让人顺从，似乎所有的人都会被这只无形的手驯服。

明的房子被判定为风水有大问题，所以他家人一直很少在家里居住。我去明的家里走访，只有一次遇上他在家里。明的家前临河湾背靠青山，一条公路从后山经过。山上的公路拐向河湾边，自然会有一段陡峭的山坡，而明的房子就在下坡路的西侧，另有一个路则紧靠房子的后背，通向西头的村落。每次来到河子背走访，懂风水的那位干部就会说，这房子怎么住得人呢？你看，屋后就是公路，与下坡路又形成一把剪刀，把房子硬生生地夹住了嘛！

明家里的情况，我们不止一次向镇里市里进行陈述。村里56户贫困户，三年来陆续脱贫，余下不能脱贫的，必须严格控制，说明具体原因，上头才给予同意。每次汇报明家里的情况，人们都会被他的祸不单行而震惊，同时又为他坚强的生存意志感动。

明家里一共三兄弟，一个病逝，一个车祸去世，而自己也在福建一次矿山事故中压断了腿脚，变成残疾。更加悲惨的是，明的妻子生二胎，妻子在小镇的医院里生产，孩子留下来了，但妻子却大出血去世。明说，他其实根本没有生存的信心了，妻子走了后，他一次次想投河而去，结束尘世的苦难。但他最终掐灭了轻生的念头，他看到了两个孩子还需要他抚养，一位年迈的老母亲需要他照看，他明白自己的生命不属于自己，而是属于家里的老小，他残疾的身子还要在尘世担当为人父、为人子的责任！

面对命运的打击，明冷静了下来。兄弟故去，遗孀带着孩子去了外地谋生。而他，则把女儿寄给他岳父家里，自己带着一老一小去往福建石狮，一边带孩子照顾老人，一边进车间做一点简易的活。明在车间里剪线头，由于腿脚行走不便，一坐就是一个上午，顺利的话一个月能做上二三千元，生活算是有了些基础。石狮的工友、老板以及乡亲们，都对他的境遇深怀同情，在租房、生活等方面给予力所能及的关照。尤其是老人们，对明的孝敬母亲特别赞扬。

但命运却毫不留情，对明的打击仍然没有停止。有一次他回到家里，明看到孩子从门前走过，被门坎绊了一下，就要倒向地面。明习惯性站起来，要前往扶住孩子，忘掉了自己的腿脚不方便，还没有迈出步子，自己却倒了下去。送往医院后，被诊断为骨折，用钢板固定起来，才勉强可以支撑行走。手术花了一万多元，虽然他享受了"四道保障线"的扶贫政策，但由于钢板等国外器材属于不可报范围，仍然要自己负担一部分。

接二连三的打击，人们劝告他要好好省思一下原因。人们习惯性地想到家居和坟茔的风水问题。风水是一个倒追性的解释，家里不顺必定会指向生死两方的庐墓，方位和朝向，青龙和白虎，甚至同样的风水，细微的差别都会改变原来的好风水。村里的风水师说，许多人家以为自己得了好风水，但可能修建时忽略了精细度，产生细小的改变，于是好风水就这样葬送了，另外修建的时间和空间，也是综合一起发生影响。总而言之，如果家有不顺，肯定是风水有问题，只要请风水师去查看房子或墓地，就能看出问题和症结。

明当然也相信了风水，他受不了再三的不幸。房子要重建，他自然没有能力，何况他为了谋生干脆移居到福建，远远地躲开房子的风水折腾。但墓地的修改，似乎是一件更容易进行的事情，费用也可以承受。做清明的时候，他回到了家里，为父亲的墓地"洗风水"。洗完风水之后，他又回福建去了。

每次去明的家走访，能看到一个宽阔的小院，院子里芳草萋萋。村子里都在粉墙、修路、硬化空坪，但明一点儿也不动心，他没有劳力，也没有财力，更没有心力。这栋房子是两兄弟一起建起来的，大门上挂着两块贫困户的公示牌。走访的人自然一看就知道这里有两户人家，境遇不佳，但这两个牌子只是一个空壳，我们无法从中找到具体的生活内容。脱贫的时候，我们要为贫困户改善家居环境，送上缺少的家具，解决居家的水电，整理内外的环境，村子里做得热火朝天，但只有这一家没有动静。送来的东西，也是亲戚代他领去，暂时寄放。

那次看到明在家里，颓唐地坐在门前，几根来自外国的钢板正在他的骨头里，支撑着他回到家乡。他给我们讲述他的境遇。明高大英俊，无奈命途不佳，像一只被命运捆绑的困兽，幸亏他懂得自己挣扎，而外援又能关注围拢，送上支援的力量。由于钢板一年之后仍然要做拆除手术，还需要七八千元，结对干部就在微信里和社会扶贫网上发布爱心求助信息，帮助明募捐了五千元，以解他的燃眉之急。

风水是一种无形的东西，你无法和它进行直接的对抗。看到那房子像一座冷官，坐落于梅江之畔，你无法对它产生巨大的仇恨。它给予温暖，升起炊烟，遮风挡雨，完全是一副济世的神态，你无法从它的外表看出什么不吉利的东西。事实上，明曾经请教了不同的风水师，却得到了不同的答案，有的认为房子并没有问题，有的认为是房子确实有风水缺陷。在互相矛盾的解释中，当事人左右为难，只好宁愿信其有。

我在梅江边行走，时常看到山岗平地上有一些房子并不破旧，却挂着铁锁。如果你仔细打听，这些离弃的房子有的全家顺遂，只是事业发达举家搬迁，这样的房子一般仍然有热闹的希望，或是春节，或是清明。但有的房子却永远交给了荒草统治，那多半是家里遇到重大的变故，被风水师指点后房子成为被唾弃的对象。

我们村里的扶贫专干，是一个年轻人，后来居然也相信了风水。这些年她的家业确实出了不少坎坷。如果不是这些坎坷，她不会从广东回来，年纪轻轻留在村里上班。

她来到村里的时候，是国庆假期过后。当时县里头为增加扶贫力量，特意要为每个村配备了一名扶贫专干，最好是愿意留在村里的大学生，将来可以发展成为村里的干部。我们在村子里反复寻找了一遍，都没有人选。于是我们又转向邻村寻找，在一位乡村医生的介绍下，她从深圳回来了。从某种意义上说，她是被老人绑架回乡的。她坐在电脑前一边做资料，一边不断地嘲笑自己，说，我发现自己真的好傻，为什么要回到村里来呢？现在还有谁愿意待在村子里？

从深圳大城市回到小山村，对于一位在外面工作生活得好好的年轻人，确实显得"好傻"。在小镇开会时，发现仍然有几个村找不到合适的年轻人，专干岗位只好空着。当然也看到确实有那么一批年轻人加入了这个队伍，但那都是暂时回乡栖身的，有的刚刚毕业，有的刚生孩子，大都还没有在外头立足，在等待时机外出。在陆续的言谈中，甚至在一些辛酸的讲述中，我听出了专干的境遇，才知道这份傻其实是出于孝道。

她是医学专科毕业生，在当地的医院工作过一段时间，村子里的人为此认识她，对她突然出现在这个村子里感到好奇。遇到别人的问询，她微微一笑。她无法解释自己的到来，也还不完全明白自己现在的岗位。此前，她和丈夫在一个城市生活，她生了三个孩子，孩子上幼儿园之后，她并没有留在家里当全职太太，而是一边接送孩子，一边找了一份工。她想有自己独立的经济来源。

这几年，她家里的经济发生了很大的变化。她丈夫原来是一个公司的职员，一万余元的月薪即使是在沿海特区也算不错的收入。由于这份工作，丈夫还把户口落在了特区。但丈夫不满足于稳定的工作，最终还是辞职自己创业。创业是一个充满无限可能的事情，但一切从零开始，而且需要资金支撑。为此，丈夫提出，要把县城的房子卖了。

丈夫事业顺遂的时候，早已为她和孩子谋划了未来，在自己老家的县城购置了一栋房子，将来供她和孩子们上学读书。丈夫的户口迁到了深圳，但她和孩子们的户口仍然留在村里。从特区回到内地县城带孩子读书，她没有话说。但突然又要把城里的房子卖掉，意味着把城市的根拔去，意味可能有一天要回到老家生活。她一时无法接受。但她还是相信丈夫，相信这一切不过是跳高前蹲下的预备动作。

然而，更大的变故还在后头。夫家的人口结构非常奇特，公公原来生了八个女儿，最后才生了一个儿子，妻子去世后，公公又娶了一房，生下一个孩子，就是她的丈夫。姐妹都先后出嫁了，他丈夫和大哥是同父异母兄弟，现在家里只留下了婆婆一人，带着大哥的孩子在家里念书。大哥先是生财有道挣了不少钱，但一场大病突然又他让从峰顶跌落低谷，不但百万家财弄光，而且还欠下了巨大的债负。更不幸的是，丈夫创业还没有稳定，自己也突然患上一种急病，生命岌岌可危，幸亏经过抢救捡回了一条命。她在家庭的变故中，没有弃家离夫，而是带着三个孩子坚定地站在丈夫的身边，赢得了亲友的赞扬。

卖房子的钱，并没有用到投资上，反而用在了应对灾难中，像精心准备的种子却变成了食粮。丈夫于是谋划在老家建房子，而他的理由是那么充分。母亲身体有病，不时发作，老人家也不愿意进城生活，只愿意留在村子里。而哥嫂是外省婚姻，常年在外头打工，加上母亲也不是亲生母亲，大嫂自然不愿意待在家里照看。早年大哥帮助过自己，现在他需要钱还债，他不能袖手旁观。总而言之，城里的房卖掉之后，一部分给大哥，一部分回村子里建一栋新房子，一部分作为生活费用，是一个非常好的盘算，似乎一计定天下，把家里的所有问题都解决了。

在村委的时候，专干每次说起这个抉择，那口气模糊不定，忽而是一种理解，忽而是一种愤怒。她瘦小的身子里隐藏着巨大的坚韧，和历经家庭劫难之后的沉稳。她与城市的上班族显然不同。现在的年轻媳妇，要么是以带孩子为借口待在家里，要么是以上班为借口把孩子丢给老人。要么是沉浸于网络在虚拟的世界里不能自拔，要么被一部手机控制把家务工作荒废。显然她知道，丈夫的盘算天衣无缝，而她面临的不过是一个乡村媳妇的两难境地，一个乡村女人的宿命。

"我为什么要回来？"每当她微笑着自嘲，就像开始了一次长远的审问，对于乡村，对于城市，对于命运，对于自己。她没有娜拉的勇气，也不可能选择离家出走。她只能回家。她似乎没有选择的权利，她能自力更生自食其力，哪怕是带着孩子她也能一边工作，但是，丈夫终究是家庭的最大支柱，她只能作为配角存在，只能帮助丈夫分担家庭复杂的人际交往和沉重的负担。有的时候，我听到她在复述那几个理由，仿佛是对丈夫的赞美，又仿佛是对丈夫的幽怨。她事实上已经回来了，她需要给好奇的乡亲一个注解，需要应对同事聊天时一个必然的话题。但这个注解也是丈夫设计的注解，她又总是禁不住愤懑地说埋怨丈夫："他当然会打算，一切安排得好好的，苦的是我，而不是他！"

三个孩子陆续进村里的学校念书了。现在，孩子成了她全部的希望。她不知道要在村子里待多久，这取决于老人的残年。即便老人走了，房子在村里，孩子上学在村里，至少还要十余年。那时，她即使进了城，也不再年轻时那样开始时尚现代的城市生活。

每天早上，她送完孩子上学，就匆匆骑着黄色的小电驴来到村委上班。她在这片美丽的高岭出生、出嫁、工作，分别在三个村子里辗转落脚。是扶贫专干的特殊岗位，把她召回了乡村。在回村之前，她尝试过把孩子留在村子里跟着奶奶，而她留在城里打工。这是村子里许多年轻夫妻的选择，他们在外头的工薪明显高于村里，只要老人和孩子能够相依相伴，他们就觉得这是最好的选择，他们可以用钱来弥补和填充亲情的缺失。但孩子与母亲之间的牵挂，一个月的折磨，仿佛让她已经尝够了，当亲戚介绍这样一个陌生的岗位，她决定回到孩子们身边，回到梅江边的村子。

有时候，看到她带着孩子们开心地在村子里玩，我觉得她的选择才是最好的，毕竟陪孩子成长、与老人相处，三代同堂的热闹家庭，是多少人羡慕的情景。

　　有一天，村里的风水师聊起了这一家那一家的房屋和坟茔，专干听了后若有所悟，说，早就听说公公的坟墓有些问题，什么时候帮她家看看。风水师说，她家的墓地他其实早就看过，肯定有问题，想想你家里这些年的不顺利，原因都在这里。

　　她将信将疑。

　　风水师走后，我们和村里的干部对她说，你如果听信风水师的话，房子和墓地永远会有问题，家里总会有不顺利的时候。

　　她还是将信将疑。

晚境

　　进山坳有三四里路。第一次进这个小组，是评选贫困户。这个小组叫竹茶背，有六户纳入贫困户。那天晚上，我坐着村干部的小车进去。从江边的公路右拐，弯曲蜿蜒，但车子开得飞快，因为他熟悉这条山路，他是驻这个小组的干部。村民聚集在小组长家里，我们把六户的情况介绍了一下，乡亲们都没有意见。有些人家没有派出代表的，就只能打电话告知征求意见。

　　当然，到场的乡亲并不算多，村里大部分青壮年都到外头务工去了，来开会的都是些老人、妇女、小孩，用媒体的说法，前面可以加上一个"留守"的前缀。但我注意到一位穿着整洁的青年，村干部说，这就是贫困户之一，叫海。我感到意外，青年人都到外头创业了，他为什么待在家里，还当了贫困户？一问才知道，是得了肺结核病，在家里养病。

　　会后，大家聚在一起喝擂茶。我问起就业产业的情况，这位青年说他参加过电商培训，一直想在村里创业，但他对黄坑口开办网点没信心。我跟他聊起了外头做电商的情况。有个叫万田的偏远山乡，一位年轻的幼儿园老师白天上课，晚上做电商，而且利用英语软件做境外贸易，一年收入十来万。海有点心动，他也想在村里找点事做，但可找的路子太少：发展养殖，得和别人合伙经营，他不能强体力劳动；去黄坑口新村的制衣车间，工价又太低；开办电商，得租个店面，但母亲又还在家里……他叹了口气，对生活有些迷惘。

　　海的家，在这个山坳的最里头。一个秋天的清晨，我起了个大早，走路去竹茶背走访。乡亲们熟悉了我，打着招呼。我问海的家在哪里。他们一指，山那头。一条水泥路远上寒山，有几处极其陡峭。上了陡坡，峰回路转，又是一个自然村落，房子倒大都是红砖房，而且不小外墙贴了瓷砖，没有一户住在土屋里。我知道，这些房子都是靠外头务工建起的。在乡亲们的指引下，我来到了海的家里。

海的家在水泥路尽头，是栋漂亮的砖房，内外装修得不错。我看到一位老妪，头发花白，在房前的空坪上挥动锄头，铲着路上的草皮。老妪做得极其认真，一看就是熟悉这劳动的样子。记得集体的时候，草皮可以收集起来积肥，分散经营后草皮喜欢用来种菜。秋风送凉，草地上凝着露珠，老妪做得并不轻松，铲一会儿就得歇息一下，看得出手脚还在颤抖。这年纪该不会耕地种菜，老人也许只是喜欢清洁齐整。我想起了另一个村子的盲者，那家老小就从来不觉得房前屋后需要整理，于是对老妪肃然起敬。

我问，阿姨，铲这草皮干吗呢？

阿姨说，路面杂草多，弄干净一些，别藏了虫蛇。

海并不在家。他觉得身体能够支撑，最终还是出门务工去了。他妻子在外头务工，两个孩子在城里读高中，趁现在母亲身体还行，就单独把老人留在了家里。

阿姨成了一个孤单的留守老人。

阿姨年纪快八十岁了。我问起身体情况，看到她的脚掌肿得厉害，原来是一次磕伤，一直在上药，虽然有些秋凉，脚上仍吸着一双拖鞋。我问有没有看医生，阿姨说，医生进来过几次，帮她上药，但这皮肉一时好不

嬉头笑脸

了。"人老了，好起来慢，没办法。"海的母亲幽幽地说，继续铲着草皮。

我打电话跟海说起了他母亲的脚病。海说，跟村里医生说了，不时进去一下换药，照看一下，有一次母亲有病，就打电话给村干部，帮着用车子接去了医院。我发现，海的门口贴着医生服务的牌子，有

名字相片和电话号码，但估计真正上门服务的多是村里的赤脚医生，他们乡里乡亲互相熟悉，也愿意帮忙。

过了年，村子里又走得空空的。早春二月，海打来电话，说能不能在工业园附近租到民房，想接母亲一起过去，一边做工一边照顾母亲。我说试试。记得工业园有不小的园中村，许多土房子并没有拆掉。我有一个堂姑就租住在那里，应该可以找到。但海说，他去找过，但直接告诉房主要接老母亲一起居住，房东一听母亲年高有病，就怕老人家寿终于此，影响以后出租，走了几家都不肯出租，无奈之下才想叫工作队出面帮忙。

海是一个实在的人。我们想成全他的孝心，但也只能像海一样实在，告诉实情并让那边的乡村干部帮忙。最终老人租房难，成为一个"不治之症"。

海一直滞留家里，心里有些焦急。他说，只有妻子一个人在外头务工，而家里两个孩子面临上大学，如果他在家里陪着母亲，以后负担就重起来。我给提建议，能不能叫乡亲们帮忙照看？一打听，才知道海其实还有个长兄。只是按村里的风俗，兄弟有了一个约定：父亲归老大养，母亲归老二养。父亲前几年走了，海的兄长没有了养老的负担。海试图叫留在村里的大嫂看护，但觉得这样又违背了协定。

我听了，就说，虽然兄弟有协议，但按照法律兄长还应该赡养母亲，何况现在有这个条件，从帮助弟弟的角度也应该援手。我问，是不是我们工作队前往说说，把这个道理跟兄长摆一摆？海却果断地阻止了我。他说，他不想为此兄弟伤了和气，他知道这样做的后果。

海后来又想到一个办法：把母亲送进城里的老年公寓。寄养在村里的敬老院，会招致乡亲们的非议，说后人不养老，而送到城里去，就避开了乡亲们的口舌，他还可以不时从工业园去看望母亲。于是，海回到村里跟兄长和姐妹一说，大家都觉得是一个好办法，几家人还高兴地说定，共同负担老人的花费。但这个谋划最后又不了了之。海闪烁其辞地说，大哥后来又不同意，可能听了大嫂的意见。

海最终没有走出这个赡养的困局。他留在家里，母亲有几次病得不轻，幸亏他在家里照顾着。后来，海自己的隐疾发作，吐了不少血，送到赣州的医院治疗去了。母亲又是一个人在家。我们担心，这个家庭原来脱贫了，如果不注意又容易返贫。虽然县里头有医疗保障政策，贫困户负担很少，但毕竟海是家里的顶梁柱。我叮嘱村里，每季度的临时救助金，一定要给他一份。

像海的母亲一样，孤单留守村里的老妪，还真不少。村主任家的邻居，就是这样一位。也是贫困户，干部经常上门走访，只看到老人家坐在门口，朝我们微笑，打着招呼。我们进了屋子，聊起天来，老人家能够说话，但一大堆话我们无法听懂。老人说着说着就会自己笑起来，沉浸在一大片的往事之中，而我们就像在电视机前选台的状态，那些偶然滑过的电视剧让我们无心流连。

这位老妪的儿子在外头务工，嫁到外村的女儿会不时前来看望。而让儿子放心外出的，是作为村主任的邻居，有些什么事会帮着照看。我们曾经聊起过赡养老人的事情，儿子说，没办法，不出去做工，这房子怎么建起来？现在装修还要花钱，我们还得在外头奔波。家里头，就搭帮干部看着了哈！这位三十出头的青年冲村主任笑了笑，感激地说。

这些有孩子牵挂的老人，终究还算是幸福的。儿行千里母担忧，母留家里儿牵挂，乡亲们在外出务工的劳碌岁月里，渐渐老去的父母是份沉甸甸的乡愁。也许在外省的车间厂房或公司楼厦里，那些青壮年忙碌并快乐着，但他们背后的乡村，仍然有一份抹不去的沉重。

在村子里，我看着老人们容颜苍老，他们有着各自的忙碌和悠闲。有的牵着牛，有的背着柴草，有的带着孩子……我对他们的过往充满猜测。他们冬天的时候喜欢凑到一块，说着各自的儿女：现在哪里做工，哪个省份什么厂子，一年回来几次，回来会怎么孝敬老人，媳妇是哪里人家，外省的媳妇回村里习不习惯……这些话题永远在更新，而他们的晚景就跟聊起的儿孙们息息相关。

　　的确，村子里老人们的晚景，大部分跟儿孙奋斗成果有关。他们现在居住的砖房，大多是儿孙辈外出打工挣来的。当然跟自己早年的劳苦也有关系，儿孙的出息毕竟也来源于他们的培养。幸福的家庭家家相似，那就是老人健康、儿孙出息，两头互报平安。而不幸的家庭各各不同。每一个老人其实都是个重要的棋子，突然的疾病或灾难，会改变整个家庭的幸福。

　　有一个村里原来的老支书，这几年突然瘫痪了。但他的儿子并不在家里。这是一个奇怪的家庭。老支书的儿子跟媳妇是童养媳，但生了一个女儿后就离婚了，儿子离家出走，常年不回家，但儿媳妇却留在了家里，照顾着这位瘫痪的老人。工作队为他申请了轮椅，看着这个老人艰难的行止，我常常想，是不是一些老人的晚景里，还包含着早年的错乱？！

　　总有一些老人充满委屈。有位阿姨在小学校当厨工。有一天，她来到村委会找村支书理论，说，这个书记可真会当，怎么一上来就把她家的低保给撤掉了？支书说，这不是他要撤的，而是上头有精神，非贫困户不能随便评低保，保留下来得有特殊的原因。老人并不听这些道理，一段时间总是来村里，说，不把低保弄回去，她一直会闹下去，每天都来村委。

　　我们感到好奇，在调解时问起老人，吃低保真是件那么光荣的事情吗？你不是有房子有工资有儿子？老人说，他不是亲儿子，都怪那个死老头，没儿子硬要买一个，结果带大了就成了白眼狼，不认母亲。我们问，儿子不给吃、不给住了？老人说，住是还住着，但媳妇回来就不给好脸色，她迟早会受到亏待，得自己有钱花，所以低保不能取消。

　　我们听了，哭笑不得地告诉她，现在政府要求贫困户与低保户要重合，她家儿子的收入和住房算不上贫困户，低保暂时不能给，除非儿子真的把她赶出了家门。老人又说，这是迟早的事。老人继续纠纠缠缠，镇里的干部升起了火气说，如果你指认儿子不赡养，我们现在就把你儿子抓起来，行不？老人说，不行，不要抓人，只要给低保就行。

村里不少老人，就这样把低保指望为养老金。其实贫困户家庭政府代缴了养老保险金，六十周岁后每年可以领到 960 元。但老人们更喜欢低保。似乎在儿孙赡养方面，老人们总是存在一份危机感。村里有一个阿姨，有一次悄悄地对我说，书记呀，你这么关心我们家，我对你的工作真是满意，我只有一个要求，到时能不能帮我办一份低保。

我非常惊奇，连这位勤快的阿姨居然也想着低保了。我说，你不是儿子媳妇在外头打工，家里收入不错吗？再说你自己在油茶基地务工，每年还有七八千的工资呢！阿姨说，儿子不是她的亲儿子，她是后来进这个家门的，以后肯定会吃亏。老阿姨担心的是以后。接着，她愤愤不平地说，某某家都吃了低保，那老头成天抱着收音机听小曲，儿子则成天赌博不做事，难道低保就是照顾这样的人家？难道她一个勤快的人不该受到政府鼓励帮助？我说，那是个残疾人，双目失明，情况特殊。但老人仍然絮叨不止，我只好含糊地说，以后真有困难，我会跟村里头说说的。

从此，我觉得村里每一位老人，都对政府充满了期盼。事实上，他们的儿女大都在外头工作，即使发展得不错，老人们身边也是空落落的，就像身边是一堵悬崖，让他们觉得不安宁，不踏实。如果儿女在身边，即使有时言行不合，毕竟还是有人依靠。看得出来，村里留下来的妇女，大都是为了照顾孩子或老人，特别是老人，带往城市不便，老人们大都也不肯离乡，而留在家里又不放心，就只好委屈女人们留守。

老人们终于发现，几代人在一起的家庭，才算是最好的人家。事实上，村子里这样的家庭，老人们才有一个安宁的晚景，虽然它的比例并不太高。

秋天的一个下午，我再次来到竹茶背走访，看到海的家门紧闭，没有人在家的样子。那个铲草皮的老妪去哪里了？结核病的海去哪里了？我到附近的贫困户老宋家走访时特意问起，老宋说，上个月那老人走了。我心中一紧，又一个老人离开小山村，去往天堂。显然，老家彻底清空了，只留下一栋房子的空壳，海不需要再为赡养的义务焦虑了，他们一家全部去往了外地，打工或上学。

看到老宋坐在屋坪里，我们随意地聊了起来。我说，坐在这里，能听着流水声和鸟叫声，这么好的养老条件，该是非常开心吧？谁知老宋却说，以前手脚方便时，可以到地里劳作，那才是快乐的日子，现在不能劳作了，坐在屋前闲着无事，心里倒是烦得很！我大吃一惊，我们一直以自己的猜度，想象着所谓的山清水秀和世外桃源，原来于当地村民，却是另外一个看法。

我问起老宋的身体，问起老伴走后的生活。老宋说，大儿子前不久出去了，小儿子特意从外地回来了，为老人做饭洗衣，照顾他的晚年生活。我和他的小儿子聊了起来，这位中年单身的男子没有家室之累，他的家室就是老父亲，他的人生责任，就是在这个小山村里陪伴父亲最后一段旅途。

但寡言的儿子与老迈的父亲，能好好相伴吗？我猜到了他们之间的矛盾和烦恼。我一问，果然是两人经常斗气。于是，我想到了敬老院，打电话联系后，敬老院同意接收，就劝老宋过去。我说，每月六百元的费用交给敬老院就行，两个儿子都说了愿意承担，你过去和老人们一起，生活就会快乐得多，儿子也得到解放，可以出去挣钱，过年过节回来看望就行。

但老宋说什么都不肯去。他说，当地的风俗，没有儿女的孤寡老人才去敬老院呢。我知道这是观念的束缚。我劝解说，现在的年代不同了，观念得变一变了，城里的敬老院，大领导的父母都送进去，没有人会说这是不孝顺，相反这也是一种孝顺了，让老人生活得更开心。劝了几次，老宋犹豫着答应了。但后来上他家走访，他还是没去。

老宋的事情，成为儿子的一件心病。乡村养老，仍然是一个有待社会共同破解的困局。

第三章

人间与人生

戏客

在村子里，我虽然知道他是一名老戏客，但从来没有看过他演出的土戏。我曾多次去过他家，可惜没有看到他那些神秘的道具。

他表演的土戏，乡亲们叫"吊脑子"，有点像北方的皮影戏，我们南方叫傀儡戏。这种戏客是凭真本事走江湖的，它不光是靠嘴吃饭，讲究的是一种综合能力，独个儿敲锣，独个儿打鼓，独个儿提线，独个儿说唱，手和脚并用，声音与动作协调，没有五年六载是摆布不了那套道具的。

我自小生长在梅江边，熟悉这里的土戏，半班呀，茶灯呀，要么就是正统的采茶戏。但我从小听过还另有一种叫"蚊帐戏"，只是大人们说起时带着让人不解的微笑，后来我们追问什么是"蚊帐戏"，他们就笑起来说，就是男女之间关起门来在床上做的戏！我们再问，他们才郑重地注解一番，说就是提傀儡，那可是绝活，偶像在幕前，戏客在幕后，所以大家又称为"蚊帐戏"。我对这种全能的戏客充满好奇，可惜直到现在还没有看过这种土戏。

真没想到，我们这个小村子里居然有一位这样的大神。第一次看到这位老戏客，是去动员拆除空心房。那小组叫禾坑，在公路左侧的一道缓坡上，一栋众厅废弃已久，虽然只是一栋土屋，但从房梁和天井来看建得甚是雄伟。但再好的土屋经不住人气虚无，左边的厢房开始塌圮，东边有一条渡水，天井上侧的部分已天光大泄，几根木头支着一堵断墙，看得令人心惊。而渡水的下头，就是戏客的居所。

"叔，这房子真的住不得了，拆了建几间红砖房吧！"村支书说。

老戏客快八十岁了，矮小，精瘦，但眼睛活泛，一副精力充沛的样子。听到我们的劝导，戏客说，这是他们后人的事情，我一个老人家怎么会打算去建新房子呢！老人招呼我们进房入座，他的老伴搬来塑料凳和竹椅，用衣服擦拭一番。

饭桌就摆在下渡水，是一张玻璃桌面，红艳艳的支在几根铁架上。阿姨搬出来的果品，都不是农家自己制作的，酥子、芋线、咸花生、面粉条，都是集市买来的商品，饼干、瓜子、葡萄，更不用说。老戏客拿来一瓶白酒，说，家里没有自家酿酒，这些果品呀酒水呀都是儿子孙子们送来孝敬的，大家将就吃吧。

"叫孩子们凑钱帮你建红砖房吧，这房子实在不能住人了！"村支书趁机又提起拆空心房的事情。

一番聊天，我听出了老戏客两口子和儿孙相处并不那么融洽。谁知道呢，在农村老人和孩子分开住，那是常见的事。戏客有两个儿子，小儿子在外省工作，是一个正式的国家职工，每年会回来一次看望父母。大儿子在下坝圩镇里建了店面房，做着生意。问起为什么不一起搬过去住，阿姨说，他们没这份心，当初搬家的时候，根本就没有把我们的东西一起搬过去，过年的时候，他们送来几条米果，虽说是问候，但我们知道那是叫我们在这老房子里过下去。

于是，村干部又来开导戏客，说，叔，谁都知道你会挣钱收入高，不如自己在这里拆开来建它一层，也是为儿孙留下点产业，老来也该享受一下红砖房了，不能一辈子就在这土房子里……但我们的建议很快被他微笑着否定了。离开戏客家，我好奇地问起老人和儿子之间是不是有矛盾，到底是个什么情况？村干部说，儿子对父亲有怨言，说他挣了点钱就往外头的女人身上撒，自己风流快活却没有一点顾念家庭和后人的心思。我一听，知道调解父子矛盾还真有难度，这拆空心房的事，就一直拖着没有下文。

我们再次上门，不是要拆空心房，而是退一步，催戏客老两口子搬离，而且不搬不行。那天戏客不在家，准是到外头唱戏去了。我们反复问阿姨，为什么就不愿意搬呢？是留恋老房子吗？阿姨不置可否。我们就说，要为孩子们留个面子，现在政府正在倡导乡风文明，对儿子住新房、老人住老房的不孝之举正在进行曝光呢，你们老人可得为孩子们的脸面想想呀，孩子这头我们会去做工作！阿姨听了，没有点头，却流下了眼泪。我们不知道内里，却撤了出来。

我对村干部说，还是得找到这个老戏客，农村都是男人说话。

村干部笑着说，这老戏客可难找，他一个跑江湖的，估计现在就在某个女人家里，我们敢上去拉他回来吗？说不定他正在唱"蚊帐戏"呢！这次我听懂了，蚊帐戏指的是什么。我说，他一年到头就这么忙吗？有这么多地方请他去唱戏吗？村干部笑着说，他可不一定唱戏，还会上门请神送神、摆弄香火，何况没有活计他也不愿意在家里待，他在外头有的是家呢！

戏客似乎永远有一颗年轻的心，不知是戏文教给他的世界观，还是跑江湖养成的老习惯。他在娱乐乡亲的时候，自己也得到了莫大的快乐，而且把自己的生活完全弄成了一台折子戏，有滋有味，兴味绵延，为此在梅江边的村落留下许多生动的传说。

大家都以为，这老人家到了七老八十的，该收收心了，何况他不会骑车开车，跑江湖也得有好脚力不是，谁知道他却还有了专职的司机！所谓的专职司机，就是某个村子的一位相好，三四十岁，戏客有钱也舍得花钱，为这位相好买了一台摩托车，于是老人要出行了，就打个电话，有接有送，倒是不费脚力了。但有一次戏客却把那辆摩托车烧了，原因是相好又有了其他的相好，这让戏客很不高兴。但过了不久，他又原谅这位女人，重新为她买了一辆。

这戏客，跑到什么地方，什么地方就是家！老人还有一个爱好，就是玩手机，他用的是智能手机，听说手机里下载了很多视频。他可不管什么雅不雅的，正如他知道戏台上只有雅文是不受欢迎的。他没事时就看得乐呵呵的，而且乐于分享，有事没事打个电话约个村妇，有一次还把电话打错了，打给了村里的另一个妇女，说了半天才知道弄错了，于是就笑呵呵地挂了电话。

乡亲们一看到他，都习惯问，到哪里唱蚊帐戏了？！那"蚊帐戏"自然是双关，老戏客也知道内涵，就两个答案都讲一讲，只是讲得不具体，让人摸不着头脑，白问也白听了那么一阵子。就这样，老戏客离开家，一半是多种营生逍遥挣钱，一半是在外头混迹快乐惯了。这时，我才明白阿姨眼泪里包含着什么滋味。

但如果找不到戏客，就劝不了搬离。我叫村里干部一定得逮空找到他说上话。话倒是传回来了，说他本来就不大回家，用不着搬，一年半载他不回来，不影响你们工作就是！倒还挺为我们干部着想似的。

于是我们就来到下坝圩镇，找到了戏客的大儿子。房子果然是一家深长的店铺，再住两口子不成问题。我们问起了近年的生活和收入，拍下了他的营业执照，作为他们不是贫困户的证据。我们谈起接养老人离开土房的政策，这个四十多岁的中年汉子倒是爽快，说，现在家里就他在，儿子在外务工，媳妇生了孩子需要照顾，他妻子也去照看孙子了，他早就叫过老人到店里住，做的生意钱归老人用，但老人不愿意离开，说是家里养了头牲。村子里把鸡叫做头牲，这些家禽自然不好搬到新房子里。于是我们说一定要把他母亲搬过来，但当地有月底不搬家的观念，就同意转了月再说。

过了几天问起，一打听果然搬了，只是老人每天还会回去喂养头牲，她终究还是放不下那个土屋。

几天后，上头下来督查，村里干部赶紧打电话给戏客的大儿子，说她母亲是不是回老家喂鸡了，得赶紧骑摩托上去接她去店里。我们陪着检查的干部来到戏客的老家，正好他大儿子接到母亲骑着车子从我们身边走过，我们暗暗朝他挥挥手，感觉真险。检查的领导摸了摸门上的锁，又转身走进厨房看看锅灶，得出结论说，是没有人居住了。我们随即赶到老人新居住的地方，对儿子进行了一番教育。干部摸了摸阿姨的床说，老两口子可过上新生活了，好，好。

我们没有说，本是两口子，但搬迁的其实是一口子，另一口子由于是戏客，常年跑江湖不着家。

初秋的一个黄昏，我散步时终于在桥头发现了这种土戏。一座门楼前搭起一个临时的竹棚，里头坐着十来个乡亲，凝望着前方一尊橱柜造型的戏台，台子一丈来高，下部是布幕遮挡，上头有一个电视般大小的窗口，里头两个木偶正在推演才子佳人式的故事。我隐隐看到幕后有一张脸，正在操纵两具木偶，而戏台右侧，正是一个年迈的乐师在拉着二胡。我感到好奇，这是两人合作的木偶戏，我赶紧问乡亲们，幕后的是不是我们村的那位戏客？乡亲们摇摇头，说，是上游一个村子的。

原来，这种傀儡戏是一种小型的土戏，相当于大家围着一台电视在观看，这种土戏便宜实惠，一天五六百元，适合于香客有求有应之后的谢酬，有戏之处就表明这里的神明就成全了一个愿望，而神婆往往借助这种土戏做旺家神的香火，娱神娱众。为此戏客与神婆往往是互生的。而我们村子里的那位老戏客傍附的是另一个山坳里的神婆。让我好奇的是，新村的村场上，村民从来不请身边的这位大神出来唱戏。也许这种土戏傀儡戏只能制造小范围的热闹，而上不了村场里的大台面。

事实上村里每年都有两次唱戏：正月样灯，五月样神。村里有一个理事会，专门负责向村民筹资和外头请戏客。黄坑口的住户有上百家，有外村的，还有外县的，为了统一迎春接福，正月就筹资样灯，散灯时余资用来接戏班子，热热闹闹唱几个晚上。临河边有个福主庙，每年五月初一要样神唱戏，戏资来自村民捐集，家里生了小孩考了大学娶了媳妇或挣了大钱的，都热心捐上一笔。村场里有个我们驻村单位捐建的农贸市场，正好成了唱戏的所在地。理事会置办了一副搭戏台的木板，平时拆开堆在一边，有戏时就搬出来临时搭建。农贸市场平时只是摆两三副肉案，没有多少人溜达，而一到唱戏，人山人海。

近年来赣南开始振兴采茶戏，而民间的戏班子不需政策鼓励早就火爆起来，这种野班子大多来自邻县于都。梅江的戏台实在繁多，从瑞林寨沿江而下到下坝境内，几乎村村有戏台，家家爱看戏，当然爱看的多是老人，年轻人就是喜欢看热闹。

村里戏开场的时候，一般先唱些流行歌曲，预热预热。我一般这个时候先听听那些年轻的演员唱几曲，对这个戏班子的水平作个判断，但我往往是失望的，没有多少正规训练过的唱腔。正场的采茶戏我听过了一阵子，却听不下去了，记得那次唱的是《雪山育子》，男女角色嬉笑逗唱，并不是我期待的乡土味儿。我于是很失望地离开，一个人回到村委会，开灯看书。远远地听着村场上人声沸腾，我时常会从书页里抬起头来想想，那个老戏客是那个偏远的山坳里唱戏去了呢？于是我的脑子里会浮起一幕真正的乡戏：一个老头坐在幕后，手忙脚不乱，一根线牵动无数历史人物，一张嘴唱尽万千爱恨情仇……

台上的戏完了，生活的戏也完了，他于是会突然回家。他沉迷在自己的世界里，从不管村里发生了什么大事。我们有时候担心，如果上级来村里，而他突然撞了回来，正好坐在破旧的土屋里生火做饭，那就会是一场真实的乡戏了。

生年

　　每到年底，贫困户的信息要进行动态调整，离世的要减员，出生的要新增，录入扶贫系统。刚好在调整之际，贫困户源又生了一个孩子，录入系统时还没有取名字。让我感叹的是，源的孩子，一出生就受到国家的关注。生年，带着如此明显的时代特征。

　　婴孩是母亲所遇世界的一个证据。母亲最终是把一部分自己生了下来，留在孩子身上。每个婴孩的诞生都是一个生动的谜，着时代的烙印。"在你的怀抱之中，我曾露出谜底似的笑容"，翟永明在《母亲》一诗中说，婴孩是母亲的谜底，生命的谜底。

　　其实，也是谜面。在饥馑年代出生，我的雄健就是一个谜面。我哥大我两岁，但年小时我远比他雄健，摔跤他根本不是我的对手。有一年正月的时候，我哥不服，叫上走亲戚的表哥一起和我对阵，下决心要通过二比一的方式来打败我。战场就在我家的木床上。表哥与我同年，大我几个月份，但一番塵战之后，我硬是把两个对手放倒在床板上。少小的我，有如此之大的战功，自然非常得意。但亲朋却在笑谈中隐约表达了这样一个意思：需要赞美的不是我，而是我母亲，是我运气好，是我生逢其时。

　　我雄壮的战绩成为一个谜面。而我在亲朋的言谈中找到了谜底，慢慢懂得了先天，懂得了力量之源。在母亲的六个孩子中，刚出生时候就数我的体格最好。其实在上世纪六七十年代的梅江流域，我的家境并不好。沿江的田亩不多，集体经营效率也不高，工分换来的粮食青黄不接。但我又是何其幸运，美丽的世界通过一只母羊眷顾了我。母亲怀着我的时候，山上的一只母羊也怀上了它的孩子。但这只母羊非常不幸，不知道它是遇上了猎手还是掉下了山崖，最后被村民弄到了集市上。难得一遇的羊胎，就这样被我父亲果断地买下，成为母亲那时稀缺的营养品。

我有一位同事，他的虚弱是一个谜面。他大我五六岁。他喜欢让我们猜一个有意思的谜：他有个双胞胎兄弟，但两人相差一虚岁，这是怎么回事？脑子转得急的同事就脱口而出，你们是大年夜出生，一个年前，一个年后。同事就是后出生的双胞胎。他告诉我们，母亲生完孩子后，她自己根本不知道肚子里还有个肉胎，剪好脐带后就忙一些还能忙弄的家务活。后来感觉身子下有动静，流出来一个什么东西，随手一摸，肉糊糊的却是一个人形。又是双胞胎，又是早产，母亲手上的婴孩显然太小。在母亲和奶奶的眼里，这是一个无法养大的生命。

出生的故事，总是有鲜明的时代特征，这位同事自然也是。那是上世纪六十年代的事情。他母亲已经生育了四个男孩。第五胎，他父亲一心希望再要个女孩。父亲在别的村镇教书，母亲常年在家里制作豆腐，支撑家庭。由于家境不宽裕，母亲身体一直非常虚弱，但直到肚子疼时还舍不得放下手中的活。同事的意外降生成为家里一道难题。但他的奶奶坚定地要把孩子养活，幸好家里有个豆腐作坊，豆浆是不缺乏的。这就样，在奶奶一口一口的喂养下，老鼠般大的婴孩最终养大了，虽然体质一直不强健，但并没有影响他后来成为一个优秀的人才。只是身体乏力的时候，他就回忆起出生的故事。

生养孩子是人类美好的本能，无论是战争还是和平。当代人已经无法想象长征途中生育孩子的艰难。在红军渡过赤水河后的一个雨夜，贺子珍在路边的茅屋里临盆。警卫员用平时洗脸兼盛饭用的脸盆给婴儿洗了身子，据说第二天用来打饭时，盆沿儿还沾着血迹，而这种时候，出生就是告别，贺子珍的孩子只能被寄养在老乡家。在过赤水河之时，女红军陈慧清也分娩了。由于难产，她疼得在地上直打滚，没有别的办法，只好用骂丈夫的方法减轻痛苦。生产的时候，产妇的宫缩和追敌的枪声一阵紧似一阵，董必武派人告诉断后的红五军：女红军正在生孩子，请他们务必顶住。董振堂命令一个团的战士勇猛阻击，顶了两个多小时，直到生完孩子才撤下来。有的指挥员不理解：为了一个婴儿，牺牲这么多战士值得吗？董振堂说："我们革命打仗，不就是为了孩子的未来吗？"

战争年代的动荡，制造了许多生育的传奇。我父亲是在抗战结束那年出生的。爷爷说，1945年日军轰炸赣州，人们纷纷从城里撤退，去往偏远的城镇，从赣州往宁都的梅江一度白帆点点，纤绳悠悠。我的老家就在这条水路中途，爷爷在走排和渔事时，常能看到江上被炸弹掀翻的船只，而那常常意味着一个家庭的全部覆亡。爷爷常常感叹，如果不是恰好这一年日本投降了，如果鬼子继续从赣州打往宁都，我们的老家也不得安宁，父亲这一年能不能顺利降生，还是一个问题。

这几年，国家放开政策之后，生育成为不少六零、七零后的一个痛点。要不要生育，能不能生育，牵扯着方方面面的因素。正因为这样，在脱贫攻坚最紧张的时候，我看到一些准妈妈拖着隆起的肚子坚守在第一线，会再次感觉到生育的庄严。我们单位有三个挂点村，都在一百余里之外的小山村。单位安排了三位第一书记，除了我，都在准备第二胎，一个是准爸爸，一个是准妈妈。按照驻村工作纪律，我们每周都吃住在村里。去往梅江边的小山村，开车要走一个多小时，而且有些路段并不好走。

最苦的当然是准妈妈，后来回忆那段经历，她总是感慨万端。那时她寄住在一个村干部的家里。刚知道有宝宝了，担心的是能不能保住，而驻村时总有零零碎碎的事情需要走动。脱贫质量要提高，要上户调查有没有家具家电，卫生间有没有建好，玻璃有没有破裂，墙体有没有开裂，房前屋后柴草堆放有没有整齐……每一个脚印，都伴随着一份风险。幸亏同事是一个性子悠缓的人。去往每一个小组，每一户人家，都是穿行在山坳里的蜿蜒小路，坐在村干部的摩托车上，只能反复叮嘱开慢些，再慢些。走访时最担心的是狗，一见有人进村就汪汪大叫，这时候不能怕不能跑，只能慢慢地与这些动物熟悉，言和。她最庆幸的是没有被狗咬，否则那就麻烦了，不打疫苗对自己不好，打了疫苗对宝宝不好。

当然，婴孩躲在妈妈怀里，是看不到外面的小山村的，不知道妈妈的汗水让乡村发生了什么巨大的变化，但也能感受到小山村充满的温情，比如土鸡土蛋，时令蔬菜，比如夜静时分旷野的蛙鸣，乡野的传说。这些食品的信息，声音的信息，人文的信息，会成为人之初最隐秘的编码，通过母亲传递给小小的生命体。

有段时间，我非常喜欢观看婴孩，或带着羡慕的眼光欣赏准妈妈。在城乡看到摇晃走路的孩子，或者还躲在母亲肚子里的生命，我总是会想，这个世界会以一种什么方式，在幼小的身心里留下"胎教"的烙印呢？

2018年冬，我去赣州参加扶贫脱贫故事宣讲活动。宣讲团成员来自各县市，又将分成小组奔赴各县市。为提升宣讲水平，宣传和扶贫部门组织了试讲。我看到一位准妈妈走上了讲台。她戴着眼镜，身材瘦小，在我的印象中，那隆起的肚子和走路的姿势，与紧张的脱贫攻坚战役难以匹配。但她坚持走上了讲台，我知道现场多了一个隐秘的听众，有一个小生命躲在肚子里，聆听着妈妈的扶贫故事。我一边听一边想，多年以后，妈妈会不会讲起这些故事，让孩子知道人生的庄严呢？

生命是平等的，但生存的环境并不平衡。贫困户小金，妻子秀是一个精神病患者。几乎每次进村，都能看到她晃荡的身影，抱着一个小女孩。乡亲们一说到疯女，就说，那样的女人也有人娶，算是服了！更让乡亲们奇怪的，小金不但娶了，还生了两个孩子，而后来生的女孩，就是中途新增录入国家系统之中的。

这一家原来住在破烂的土屋，后来村里为他家申请保障房，住到了新村的安置点。保障房在一处江边，风景宜人，但小金家里却空空荡荡，只有一张木板床，一个燃气灶。我们找来捐助、衣橱、碗柜、饭桌、电视、冰箱、充实了起来。村里组织了妇女志愿队，上户帮助整理家庭环境，把散乱的东西归置整齐，把家具搬到屋外擦洗晾晒。总算有了新家庭的气象。

有段时间，去他家走访时我会带着一些糖果。小女孩才一两岁，每次都会叫叔叔好。经过一段时间接触，感觉孩子是正常的，聪明的。我于是对小金说，把两个孩子养大，就是你家最大的希望！有时，我行走在村里的街巷，能听到那个小女孩前来叫我。看着路灯下小女孩的笑脸，我心里不禁想，她当然也算是生逢其时，成长的环境突然有了这么大的改变。

有一次，朋友发来一篇学生作文，写到妈妈下乡扶贫时带着刚出生的孩子，走在乡村道路上，就像一只袋鼠。我立即脑补了一下这个生动的画面。是的，在脱贫攻坚中出生的孩子，不论是扶贫干部，还是扶贫对象，都带着特殊的烙印。我们曾经笑谈，要为这些孩子取个统一的名字，就叫"扶二代"。

有时，给予生命的母亲，不只是指一个母体，还有母体所携带的那个时代，那个能让一代代人顺利降生、成长的美丽世界。而我们，都曾是这个美丽世界的婴儿。

醉汉

每天早上从村委会醒来，就能听到河湾上的各种动静。而这个老汉，是河湾最常见的身影。他要么在河湾里拉网捕鱼，要么在桥面跟江上渔者交流着。刚进村子，就知道他是一个酒鬼，酒鬼话多，唠唠叨叨，村干部跟我说，不必过多理会他，他总是纠缠不清。但在村子里，我与他估计是说话最多的一位乡亲。我以一种强烈的好奇心，把他的身世探得一清二楚。

也许是村子里越来越多的乡亲不愿与他交谈，他对进村的陌生人特别感兴趣。我刚来村子里时就是这样。从后来的情形看，他为引起陌生人的交谈兴趣，似乎设计了一套固定的套路：突然给你一个拥抱，转着浑浊的眼睛紧握着你的手，凑到耳边说了一句自豪的话：我杀过人，但你没有；我到过外国，你也没有！哈哈……这时，陌生人就自然被他的得意劲给诱惑了！当你有了交流的兴致或耐性，他又抛出下一个套路：老拳当胸搐你一下，说声好同志、好首长，手指头朝你额上一顶，发出虚拟枪击的声音，最后又在胯下划上一掌，就开始了声声述说：我为什么要活着？全连就剩下六个同志了，我为什么要活着？如果那一枪不是打在胯下，而是打在额上，我就不会在这世间了……如果你的聆听是真诚的，他就会老泪横流，身子蜷缩下去，像一只虾米伏在地面悲恸难抑。

我不知道他这个套路用过多少次，反正最近有位同事由于工作变动第一次进村，就遇上老汉，交谈了一阵子。同事奇怪地跟我说，我就告诉他，这是个套路的开头。当然，这个套路由于聆听者的耐性，演出的长短不同，特别是醉酒之后，程序上会有一些紊乱，估计完整的流程，只有我获得细致的观感。

我当初确实是被他迷惑了。对于神枪手、战争、老兵，我有一种油然的敬意，我想到马尔克斯那个小说《没有人给他写信的上校》，对老汉更是有着探解的真诚。他刚从村场里游逛了一圈，就突然缠上了我。第一个套路过后，他就跟着我到了村委会。那时，围墙还没有砌好，我们就在短墙边，蹲在一堆红砖上交流。我打问得非常仔细：为什么不愿意当文艺兵，怎么训练成了神枪手，当兵上战场是不是感到很幸运？他为自己遇到知音而高兴，又为我不断发问不满，于是不停地阻止我说，你听我说，你听我说。第二个套路过后，我立即向他表示了真挚的敬意，说，你是老兵，值得我们尊敬！从他打开的话闸和恸哭的深度来看，我的配合让他的套路得以超常发挥，并给予丰富。

当然，我曾在一篇小说里，对他的人生细节进行了深入的整理，最终认为他的讲述并不是一个套路，而是发自真心。是我们的交流，触动了他内心深处最细致的记忆。部队番号，枪械型号，战友的意外死亡，余干灾区的病人，战士遇害时的愤怒，都是那么清晰。而讲到后来退伍后打野鸡野猪的经历，又是那么开心。

差不多是一个上午的时间，我们行进在他的往事之中。老汉入伍参军是在上世纪 60 年代。他初中毕业，跟着父亲学过篾匠，后来在村里搞宣传，唱唱跳跳的，为此进了部队的文工团。但他不喜欢在文工团待，说是背台词的压力比枪炮还重，各种慰问演出和军地联欢也多，况且文工团全是男兵，干了三年他就要求下部队。他发现在部队里，机枪手最受尊重宠爱的。一个连一百二十多号人，机枪手是分配到各个班的。枪身九十斤重，枪托二十八斤，还有备用枪管二十多斤，全班战士都为机枪手扛枪。野战军各班还配备了一匹马专门拉机枪。老汉为了当上机枪手，练枪时动了不少脑子。机枪手练枪法是在晚上，三百五十米远处有盏灯泡，黑咕隆冬的要把它打下来。怎么打？白天他用一根火柴精确计算了瞄准仪的刻度，晚上掏出火柴在刻度上一比，一梭子弹打出去，对面的灯泡就暗了。这就样，神枪手的称号在部队里叫响了。当然，那比划火柴的功夫，其实也是他反复训练的结果。机枪手配备了五四式手枪，手枪步枪，就只能苦练了。

老汉当了十多年兵，烟瘾深。那时抽的是黄金叶，三毛五一包。他一个月六块钱津贴，三年后八块，居然买过一块上海牌手表，一百二十多块钱，差不多两年津贴。那表真好，戴在手上有气派，可老汉回村里后没钱花，就卖给了村里人。表不戴也可以过日子，没烟他过不下去，但他也有一次舍得下烟。有一年在九江鄱阳湖，他抽着烟，突然发现前面有一双眼睛盯着他，伸出手来向他讨要。他津贴不高，舍不得给，但能不给吗？他看到有人挺着一个大肚子，眼勾勾地盯着他。那不是孕妇，而是一个男人。那时节余干闹血吸虫病，他看着那个大肚子，把身上全部的烟都送给了那男人。他跟我说，他跟随部队走了大半个中国，看到许多地方富裕，但穷的地盘真不少，那日子看得他心疼，最穷的是贵州。

老汉当兵的年代，当然得面对死亡。有一年周总理从九江车站下来要上庐山，老汉的部队负责路上警戒保卫。车子就在他背后驶过，他也想转过头来看一眼，但不能，他只能紧紧盯着街巷两边的窗户——首长说了，只要哪扇窗户开了，就可以朝它开枪。居委会的干部早就通知路上居民，开窗的看作台湾特务。有一次在九江机场警戒保卫，他和战友发现了机场上有一具老百姓的尸体，特务在向军队和政府示威。看着无辜的百姓躺在地上，他满腔怒火，他到现在还记得那尸体，那眼神！战友之死更是叫他难忘。有一个战友叫王友法，同一个班，萍乡人，父母都在医院工作。这位战友只有十七岁，其实还没有到当兵的年龄。部队到景德镇野营拉练，跑在大街上得到就地休息的命令，倒地就座，四十斤重的背包压在身后作为坐垫。这时一辆车子开了过来，司机是个年轻人，带着个漂亮女子。王友法丢下背包，准备到街上逛逛，不料被那车的后角撞了一下，就倒在他的怀里，耳朵出血。部队把他送到上海抢救，还是没救过来。

老汉参加越南战争，是在 1976 年。他是从云南上的战场。他没想到我会提一个深奥的问题：你后悔遇上那场战争了吗？一个军人遇上战争，到底是幸运，还是不幸？记得老汉那时吐了一口烟，说，遇上战争没什么后悔和可怕，最痛苦的是看着战友一个个死在你身边，而你还活着！一个连，一百二十多号人哪，只留下六个，只留下六个！老汉弯下腰去，悲痛得放声大哭起来，头压得很低很低，两个手指却朝我伸出，高高地竖在我跟前，一个六的数量符号冲向我的眼前，又像是一个胜利的手势。声音恢复的时候，老汉说，我不想谈战争，不想谈了，我受不了！一向诙谐的老汉仿佛换了一个人似的，神情凄切，蹲在我的面前。

也许就是我们的这一次深谈，让他的套路加入了痛哭这个程序，是我挖开了他的泪腺。事实上，我后来还是很少见到类似的场景。让我们难堪的是，他有一次竟然把这个套路，用在了前来调研的领导身上。

这个老汉的房子，原来是一栋土屋，至今还没有拆除。土屋右边，镇里集中建了六套保障房，一套是分配给老汉的。保障房五十多个平米，两房一厅，一个厨房，卫生间，说实话，是有点儿小，特别是对于老汉的六口之家。保障房建好后，别人都乐呵呵地乔迁新居。安置点是两层的楼房，基础设施也建得非常漂亮，水泥路，太阳能路灯，庭院还安装了围墙和花坛。漂亮的保障房，就在公路边与升级改造的小学校园隔路相望，相互映衬，但老汉硬不领情，赖在土屋做饭住宿。

有一天，我们特意过去帮他搬家，发现土屋一片零乱。敞开式的大厅里，堆放着渔网、木器、谷仓、冰箱，厢房里的床桌边更是挤满了东西。我们决定帮他搬主要用物——冰箱和电视。打开冰箱，发现里头堆放着一层层猪肉。我好奇地问，怎么堆得这么多？不要钱的吗？老汉笑着说，到集市里走走，屠夫都是好朋友，散集时就要我帮助销一点，这不，你说砍两斤，他就给你四斤。我们听了，又是高兴，又是哭笑不得。冰箱肉多，这可是一个脱贫的缩影，他还常唠叨家里脱不了贫呢！冰箱太沉搬不动，我们把猪肉一片片拉出来，堆到盆里，减轻了分量，三四个人才一起帮着抬到了保障房里。

按我们的预想，老汉一家享受了保障房，老房子就必须拆除。村里全面整治之后，家家户户粉刷修路，环境优美，这栋土屋更显得刺目。老汉的儿媳是北方人，后来回娘家再没有回来，留下三个孙女。儿子还没有再娶，平常在外打工，有一阵子回到村里，想学父亲和大哥那样打鱼为生，但老汉脾气不好，常常在集市上醉酒，一出事就叫儿子前去接，两人于是时时发生口角，最终有一次儿子愤愤地找到村里，说不认这个父亲了，要把户口分开，村里没有答应，他当场把户口本撕了，扬长而去，从此外出不回。

我们安置了两老、三小住下，答应帮他另建一个厨房，新添一些家具，原来厨房预备给儿子回家时住。由于厨房一直没有动工，老汉一直两头居住。

有一次，县里头的领导来到村里视察，要看一看贫困户的情况，我们带往老汉家。老汉刚从外头回来，满身酒气。看到涌进来一伙陌生人，老汉很是兴奋。老汉把自己的烈属证明和从军证明都贴到墙面，领导视察时看到这些光荣的物件，很是崇敬，握着老汉的手说，向你们致敬，你们是国家的功臣！老汉得到敬重，分外开心，在醉意中，那个完整的套路又涌现脑际，只是程序混乱。我们看到老汉抓住领导的手不放，一会儿说杀了人，一会儿说领导好。我赶紧对他说，以后我们好好谈吧，现在没时间。领导认为这样不好，就让老汉讲下去，老汉又开始了一套肢体语言，挥拳攏胸，竖指点额，弯腰划胯，弄得我们旁观者很是尴尬。好不容易摆脱出来，我们把老汉扶到房里休息，镇村干部忙着解释，这是村里的一个醉汉，不容易对付。领导却一直笑眯眯，并不介意老汉的粗俗无礼，而且指示镇里村里，一定要及时帮他建好厨房，彻底解决安居问题。

有了领导的过问，厨房果然很快就建好了。但是，老汉的老房子一直没有拆除，虽然全家安心地住进了保障房。其实那次深谈的时候，老汉也对自己的现状非常不满，他觉得自己是一个老兵却还要政府照顾，还要干部来关心，他觉得脸上无光。他隐约知道乡亲们对他的态度，认为他一事无成，没有顾念家业。

据村里干部说，村里有三宝：戏客、墨镜和酒鬼。话说老汉越战受伤回到后方，治好后退伍回乡，时常扛着一杆猎枪过着逍遥日子。他早年像戏客一样，到那里都是家，他上山打猎，在外头晃荡，享受着充分的自由，而且以猎物为礼物，又把许多乡村女人当作猎物，也算是乐于助人。他就这样就图个自己快活，转而到了晚年，没有给儿子留下多少家业，还在一栋老房子里。那天的痛哭，有一汪泪花是晚境触动的。而他的嗜酒，也多少与自身的颓败有关。

但村里干部对于老汉的贫困还有另一种解释。他们说，老汉家这块地盘，几家都是长房的，几家都不怎么发达，要不你看老汉的小儿子，连生三个女娃子。下坝七个村，都是同一个先祖繁衍的，少有杂姓。传说先祖当年从外地来到下坝，对这片"美丽的高岭"很是满意，先祖当年是两兄弟，开基建祠之后，风水先生说，这祠堂是亏长房的。两兄弟为此甚觉不安，苦思破解之策。两兄弟当初好不容易通过埋物为记、争执胜讼，谋得祠堂宅基地，弃了重建显然不甘，于是就到外头买了一位同姓兄弟回村，尊为兄长，替宗祠的缺陷担过。于是长房一直不怎么兴旺。于此看来，老汉的逍遥倒有了先天的理由。

老汉最终也列为不稳定人群。村里担心的是，如果上级来到他家，看到他一片醉态，拉拉扯扯，那影响就很不好。

三年后的初冬，我和同事去村里走访。同事钟问，你们有没有发现，老汉的精神现在好多了。大家一想，果然是。原来，老汉去年大病了一场，后来谨遵医嘱，戒了烟酒。老汉不再是醉汉了，那戒烟戒酒的意志，倒真像是个军人，果断。

军人

　　这一年教师节，正是送兵的日子，村委早早地热闹起来。村委拉来了移动音箱，播放着嘹亮的军旅歌曲。村里干部自己上阵，和请来的三个村民组成一个器乐班子，唢呐是乐手带来的，而器乐是祠堂里置备的。我们一班人从村委出发，吹着唢呐，敲锣打鼓，捧着一个"参军光荣"的牌匾，送到新兵家里。军属家里放一挂鞭炮迎接，村委放一挂庆贺。支书把大红花披在一个年轻小伙子身上。

　　小伙子腼腆，帅气，在全家人的陪伴下被接到村委。村里安排了送别宴，自然新兵和父母被安排在上席。参军光荣，在频频的祝酒词中得到真切的体现。送别宴后，大家在村委休息，约了十点钟送新兵去县城。时刻一到，众人簇拥着小伙子往村边的公路走去。车子离开之际，我看到后排的小伙子离愁郁郁，不断挥手。这个梅江边的村子，那新修的小桥，那刚开学的幼儿园，那抹着眼睛的母亲，都被笼罩在喜庆的鼓乐声中成为他难忘的记忆，带往遥远的新疆，陪伴服役的岁月。

　　在地方，特别是在我们乡村，军人是神圣化的符号。边疆那么遥远，但那是最具体的祖国，最切近的天下，而兵是被选出来的代表，替广大乡亲去抵达一种宏大的家国观念。我自小到大，就知道送兵的锣鼓不亚于一场村庄的婚庆，是乡亲们最喜庆的日子之一。送兵的日子，是兵与民的告别，民与兵的依恋。而这种依恋，曾被经典的影视演绎，楔入一代人的记忆之中。从《送郎当红军》《九九艳阳天》到《喀秋莎》，当告别的旋律加入爱情，更是触动人心。

送兵的锣鼓，自然让我想起回到村里的军人。我无法想象，这个小伙子将来的前途会怎样鹏程万里。让我感觉尴尬的是，在我们的村里，有几名贫困户就曾是军人。在偏远的乡村，他们军人的身份已经淡却，已不为乡亲们所钦羡。但我在长期的接触中，总觉得他们身上有一种被尘封的军魂。虽然经济上陷入短暂的困境，不过他们更像是潜入敌后的战士，由于长期告别了战友，在孤独中坚守着特有的信念。而在送兵的日子，送兵的锣鼓于他们更像是一道久违的集结号。

一位当年的神枪手，成为醉汉，成为贫困户，有时会让我对"军魂"两字产生疑问，是不是只有战争和军营，这"军魂"才会附依在普通民众的身上？或者说，我们的民族一直崇拜军旅，其实是种群的个体对优秀担当者的讴歌。当日常生活的磨难遮蔽了军人曾有的荣誉，在乡亲的眼里，他们已是世俗的人子，像不为人知的"东家丘"，像深藏功名的张富清。

有一次，我在进村的主干道上，看到有一块石碑盖在下水沟的上头。开始我以为是一个普通的墓碑，凑前细看，却刻着烈士的名字，原来是前几年民政部门统一花钱制作的散葬红军烈士纪念碑。照理说，这块石牌应该在某个山头或村场某个角落，隆重树起来，给村民特别是小学生一个瞻仰纪念的场所。但是，它居然被随意丢弃一边，成了水沟的覆盖物。我给镇村的干部一说，他们也觉得不妥，于是把石碑翻了一面，重新盖上，说，不要让外头来的人看到了，说我们村子不敬重烈士。

我苦笑着点了点头，打听这到底怎么回事。村干部说，这烈士的后人不是亲血脉，得到民政的补助款就了事，感觉墓碑于他家无益，于是就弃在一边。敬重军人，崇拜烈士，这片高岭没有蔚然成风。为此，我在一次村里的会议上讲起烈士碑的事情，并向参会的乡亲们大声疾呼，我们不能忘恩负义！但乡亲们显然对这种历史的恩义缺乏体认。我对此事一直耿耿于怀。后来，上面要求各个村都要建设"新时代文明实践站"，而乡亲们还不知道实践站该干些什么，我总是抓住机会宣传，以此为例跟乡村干部交流，把烈士碑竖起来，把老兵的光荣讲出来，就是实践站的意义之一。而在我们赣南，这样的人文随处都有。

当年苏维埃时期，这里虽然远离故都叶坪，扩红时参军的人数并不少。就在下坝境内，有一个比安全更偏远的山村叫里布，有一个老红军叫王汝申，我在报社工作的时候曾经采访过他，人很清瘦，参加过长征，当时八十余岁，说起长征和抗战的印象，记忆零碎，但知道长征就是日夜不停地行走，知道林彪指挥打仗很是厉害，知道日本兵很正规、战斗力强。他当过营长，解放后认为自己没一点文化，就回到梅江边的老家。后来他又随子女在县城居住，一直活到一百岁才逝世。

他是我们县里最后一个离开人世的老红军。对这位老红军，家乡人是敬重的、知道的。不过这里的乡亲们无法把老红军的军旅历程说清楚，更无法把现在的时代与他的足迹联系起来。后来，县里为每个村配备了一个扶贫专干，帮助村里完善各种台账资料。我们村里来的一个专干姓王。村干部介绍时，就说她是王汝申的后代。专干就解释，老红军是她大爷爷。我多少会为这个身份对她多一份敬意。

也许是对历史文化关注不同，他们更关注当下的实际，觉得这是一种虚无的血脉，与现在的时代很遥远。据说，老红军为家乡并没有直接带来什么。十余年前，他听到乡亲们说小村子就是不如城市好，没有自来水，就向县里头一反映，县里花了几十万为他的村子铺管线安装自来水，我为此特意远赴老红军的老家，亲眼看过那些白色的水管。但那自来水管听说后来没怎么用，山里人家大都喜欢用塑料管接山泉水。随着老红军的逝世，后来的军旅人生，更是不怎么引起乡亲们的关注。难怪酒鬼得到我们的敬重，显得格外激动。

也许是留在村子里的退伍军人，大都没有在乡亲们面前显露过人的本领和业绩，所以泯然众人矣。村子里另外有两个退伍军人，也是贫困户，外表看都是朴实的乡民。其中一个营生本领不错，还懂得利用河湾发展水面养殖，可惜前几年妻子重病导致人财两空。而另一个军人淳朴本分，倒像是酒鬼的另一个极端。同样，这位在上饶当过兵的中年汉子，也是我敬重的一位乡亲。我曾经在村场上正月看戏的时候，对他进行了一次探究式的深谈，主要是了解他的外省婚姻。

我刚去驻村的时候，去他家走访，就对他的处境感到奇怪。那是大坝边一栋破旧的平房，是红砖搭建的简单住屋。听他介绍，房子原来在河边，当年修电站征用之后，就在大坝边临时搭建了一栋简易住房，作为工地的一个小卖部。军人英武高大，而且写得一手好字，我奇怪这样一个人才何至于如此沦落。简单一聊，才知道是妻子早年离异出走，母亲年迈多病，他守家照看老小，在村里又没有耕地，生活来源自然是个问题。

后来频繁去走访这位军人，是为他家搬迁的事。这位军人后来在水电站做保洁员，好不容易攒了点钱，就电站上头的路边建了一栋红砖房。原是一层，这一年由于政府有免费帮贫困户内外粉墙的好政策，他又加建了一层。原来的房子过于狭窄，而且门窗破烂，我们建议他加紧搬迁，但用电却是一个大问题。虽然房子就在电站边，但不是拉根电线接上这么简单的事情。原来在简易平房里，他家就一直是接用邻县于都的线，而新房子离于都的村子远了，接不了。供电所的干部来了几趟，都觉得单独为他家拉线有点困难，成本太大。规划一番之后，发现只有从对岸的村庄拉一条过河线，但实施起来要时间。于是，我们临时让他接通邻近住户的一厢线，单线，只能供照明，以作搬迁暂时使用。

那年正月，我们在村场上看戏聊天，我反复打探的就是他家建起了新房子之后，他和外省的前妻有没有复婚的可能。

这位退伍军人，退伍后去外省务工当门卫，认识了一个湖北女孩。两人恋爱后最终走到了一起。但这位军人是一位孝子，十余年前，听说村里要修建留金坝电站，就决定回村，因为他的母亲病了，需要他照顾。妻子跟着他回到村子里，生了一个儿子一个女儿。艰难的家境，终于让湖北的娘家人放心不下，于是特意前来看望，看到简易平房里的一家子，娘家人让女儿狠心离开，把儿子留下，带走了女儿。我问他，当时你有没有去追过呢，说不定你追过去，她就回心转意了。军人沉默了一会儿说，追过。当时他在工地做事，回来发现妻子和女儿不在，知道是出走了。他追了两个村子，但沿着梅江边的公路，但追着追着，又最终放弃了，他觉得自己本来就对不住妻子，他比妻子大十一岁，他那么年轻，却跟着他没有好的生活。军人后来一直没有再婚。

我问他，这么些年头，就没有重新找一个的念头？军人说，怎么说呢，他这个人对感情比较专一，他是在别人介绍下看了几个，但最终都觉得不合适。对妻子旧情不忘，对母亲无条件孝敬，我觉得，这就是军人忠诚的本色，只是在村里人看来，这算不得什么，反而会认为是呆笨的表现。

军人的妻子回湖北后，再婚的家庭并不如意，夫妻双方基本不在一起，丈夫回家她就离开。我问他，有没有复婚的可能呢？军人遗憾地说，希望很渺茫，她为那个男人生了一个女孩，家里的老人需要照顾，那男人不会轻易离婚的。但是，前妻答应回到村子里来看看，离开十多年后，村子里发生了很大的变化，军人希望前妻回来看看新居，看看儿子，带着久别的女儿。其实，每年军人都要带着儿子到县城，让母子相会一次，而这时，前妻却不带着女儿，因为丈夫担心她带走了女儿，就不再回去了，于是女儿成为母子相会时留下的人质。

这是一场有点悲剧色彩的外省婚姻。在这场婚姻中，从旧居到新居，成为军人生活的两次转折，是我一直希望看到的剧情。后来一次，我和朋友去看大坝，经过军人的旧居时发现大门上有一把锁，房子里空空如也，我知道，军人终于告别这个伤心之地。记得军人曾经说过，他老母亲原来是不愿意搬过去的，她习惯了那里的气息，轰鸣的水流，翻飞的水鸟。儿子念初中寄宿，他时常晚上要出去捕鱼，如果母亲一人留在房里，他放心不下。现在看来，母亲克服了她的心理障碍。而梅江边的这栋新居，也一直在等候缺位已久的女主人。

这位退伍军人，后来成为我一个中篇小说的原型。那是 2018 年春天，一场惊动全国的交通事故加上军人的外省婚姻，便在一曲《大鱼》

的音乐背景中生成了《轻轻敲醒沉睡的心灵》。小说借用福克纳《我弥留之际》的第一人称，在结尾为外省婚姻预想了一个意外而美好的结局。但直到 2019 年第五期《红岩》发表，退伍军人的婚姻并没像小说结局一样出现转机。有一天，他在村委的书屋里借书，说是想养蜂，而村里帮他申请了养蜂的扶贫项目。我问他为什么，以前养过吗，他说没有。后来他又羞赧地说，他前妻老家就是养蜂的，而他常常看到房子边有成群的野蜜蜂飞来，所以就想养蜂。

这位老兵的深情，一直让我深为感动。是的，退伍回乡的军人，慢慢有着固定的人生。所幸经过帮扶，这些村里的老兵都已经脱贫，都住上了新房，都有一些稳定的收入。

退伍在家的军人，慢慢有着固定的人生。而每一年，村子里都会有人当兵。村干部有一个儿子，在导弹部队当兵。这年春天回村里度探亲假，每天在电脑上玩着各种游戏。他讲起现代军营的见闻，讲起水下的军库和导弹的维修，讲起他们的业余文艺生活，全然是另一种气息。小伙子参军，寄托了家族的厚望，每家都请他去做客。回部队的前夕，家里特意在祠堂里回请家族父老。

送兵，终究还是村子里的大喜事，隆重而热烈。这是民与兵之间血肉联系的再次确认，鱼水之情的深深延续。如今，又一名小伙子的军旅生涯拉开序幕。与军人的回乡不同，对于军人的出发，村子致以深深的祝福和敬意。这是一种不随年代更易的光荣传统。一个军人，俨然是一个家族的希望，与考学成功无异。这些年轻人将来退伍之后，多半不会回到村里重复前辈军人的平淡人生。

当然，送兵的锣鼓为新兵而响，更为民族古老的传统而响。在我们国家，没有人不懂得是谁保卫了民族的平安。

神婆

像老戏客这样上门请神画符的，我们村子里就只有他一个，但能通神问吉的，倒另外还有三个妇人。神婆都是上了年纪的，定然要陪着她早年设下的神位，所以一直都留守在土屋里。又是老人，又是土屋，符合贫困的表征，这让我们有一阵子真是犯难。

有一栋土屋，就在梅江大桥的南端。我每天早上去大桥散步，就能看到那栋土屋，一个厅堂，左右厢房，是一种普通的客家户型，不普通之处在于大厅是敞开式的，没有大门，但有一道门坎，门坎两头各有一堵矮墙，但门坎高深，进去必须抬腿。远远一看，这大厅似露未露，似隐未隐。我非常奇怪这样的建筑，再贫寒的人家，墙壁还是要完整的，何况是正面，冬天怎么遮挡寒风？这样留着豁口有点不合常理。在乡村，时常能看到奇特的正门，墙壁和门户并不平行，折扭起来，大门改了方向，为符合了风水师所说的好朝向。这还好，总算是完整的家园。

留个豁口是什么意思？引导我们猜测的，仍然是风水师的要求。而这家房子的男主人，后来一打听还真是个风水师。不过现在年纪大了，早已把手艺传给了一个儿子。儿子虽然选举为村里的干部，但由于经常走南闯北，即使是村里最忙的那阵子，也照样常常发微信请个假，说有事出门去了。回到村里，有时带着歉意说，他也不想把工作耽误了，但没办法，家里负担重，村干部工资低。有时他就请大家吃一顿，感谢大家多多担待。这样看来，这栋屋子可真是神仙世家了！难怪那房子的门墙如此古怪。

我内心对这栋房子并不反感。在梅江边，这样有人住着的土屋真的不多了，政策要求拆空心房，而土屋一般没有人家居住，自然就容易判决，往往难逃提前被推倒的命运。我不反对乡民改善居住条件，红砖房比土屋宜居是他们自愿的选择，特别是年轻一代，我们不必为乡愁发出不满，作为外来者欣赏的目光大于实用，就容易偏离乡亲们的立场。但每次走上大桥，我都会对这栋房子表达敬意。它的存在，是由于里头还有人居住，容易让我切换回自己的青少年时代，回到乡村的过往。当然，这真是一个经不住推敲的话题。

房子门前是一条水泥路，通往下游的水电站。隔着水泥路，又有一堵独立的墙体，上有瓦檐，下有门廊，大概是一种叫门楼的建筑。如果你细心把土屋和门楼联系起来看，就会发出会心的微笑，门楼相当于从大厅的正门腾挪移动了三四米，就像人的嘴巴不在嘴巴的位置上。这只是为了风水的需要改变房屋朝向，但它是独立的附属建筑，比墙体在原处起伏折叠好，增加了家园的美观。这栋门楼朝向东边，正对着滚滚而来的大江和让大江拐弯的山体。春天的时候，门楼边那几株桃李次第开花，像是为土屋点睛，真个好看。

村里的土屋，在公路旁公然存在，引起了上级的关注，认为我们村工作做得不到位不踏实，不愿拆除也就罢了，但至少不能滞留居住，无论如何得搬走。这样，我们把老人也列为了重点人群。老人的儿子是村里的干部，这要求一说就通，并说早商量过一起到新村居住的事，但老人迟迟不愿搬走。有一天，我陪着镇里的干部在村里踏访，转到了桥头，就朝这栋土屋走去。几条狗叫得凶，但见我们并不害怕，也就不再喧闹。我们走进屋去，问起了老人的生活，并问起为什么不和儿子们一起去新砖房。

老妇自豪地说，在这里我们钱有得花，菜自己种，生活得好好的呢！老妇身材高大，身体健朗，从篮筐里拿出一颗大白菜，说，你看这菜长得多好，全是我家老头子自己种的。

后来在村里一问，老人不愿意走的真正原因是她是一个神婆。平常散步时,我就常听到门楼边噼里啪啦地放鞭炮,原以为是老妇热衷于此。后来有一阵子,我看到门楼边围起了竹棚,以为家里走了老人,天天焚烛放炮,过一阵子这些道具又撤走了,才知道那门楼边的地盘就是一个神位,那篾笞围护的,应该是隆重的六天道场。

在我的记忆里,梅江边村村有神婆。少小的时候有一回我出了天花,裹了床小被单不能出屋子,正好叔叔家里请来的神婆,村里的乡亲们围了前来,我也挤前去看热闹。只见神婆穿着朴素,头指在碗里蘸了水,在木桌上画着古怪的符号,闭着眼入了睡眠之态,嘴里头先是嗡嗡几句大家不懂的话,不久好像与天神接上了天线,就正儿八经成了先祖的替身,交谈起生前身后的事体。

进城后,我仍然能听到妻子跟着大姐问神,传说城中有个"三岁妹子",特别灵验,然而发愿落空,又带着供品回到梅江边,说是有个神婆闻名,要为高考和生育之事努力求问一番,最后都如愿了,又提了谢礼前往还愿。最奇怪的是我父亲,原来一点儿不相信这些事体,后来母亲带着他体验了一次,居然彻底变成了有神论者。他跟我们说,神婆通灵时发出了他奶奶的声音,真的非常像,就凭这点他信了!近年孙子考学和考工作,他都要从梅江边带来神示,缓解我们的焦虑。

在梅江边,大人们对生活现状和前景有了疑惑,常常会去求神问神,进庙烧香只是许愿,而求问神婆还可以交流。常常有人上供敬神,神婆的日子当然是好好的,从来不愁吃穿。六月底的一天,村里向桥头的神婆发出搬离的通知,那天一大早,我从大桥上散步往回走,看到两位老人挑着被子用物,往新村走去。后来村里干部告诉我,说老人家由于搬离还哭了一场。我不知道老妇是为自己哭,还是为神位哭,还是为朝神的乡亲们哭。我们安慰说,搬开一阵子,兴许会更好。

不出所料,秋天的一天,我们去桥头散步,两位老人又回到了土屋居住。我们还发现,门楼前又围起了竹棚,里头坐着十来个乡亲,我们好奇地走进去一看,却发现是在唱戏,门楼边堆满食油之类的供品。据乡亲们介绍,这是香客求子或求考学成功如愿了所许诺的一场戏，这种傀儡戏可以提旺神位的香火。梅江边的风俗，农历八月初一起吃素养神，一直延续到中秋节前。这半个月里，天天都仿佛是集日，路上人来人往，人人都是香客，提着香火炮竹，见庙就进，见神就拜，各村子神婆家里，享受着跟寺庙一样的待遇，家里堆满了供品，大方的香客还许下一台戏，这样香客围坐在神婆家里，听戏聊天，吃茶聚餐，半是敬神半是娱乐，正是唱戏客们和神婆们生意最兴隆的时期。显然，这里的土屋在神明的眼睛里，是无法与乡亲们的生活剥离的。

比大桥边的神婆更早搬动的，是村委会后头的一家。我原来并不知道这也是一个神婆，只知道有两位老人一直住在河湾边，那是一栋完整的农家院落，有围墙和门楼。我们同样以孝老敬亲的名义劝离，老人的儿子是医院医生，而老人又是退休职工，为此非常配合。后来，村委会后头频频响起鞭炮，开始是农历的初一、五、九早上，这成为一种声音的日历。但后来白天的时候也突然一阵鞭炮声，前往一看，原来是别人在医生家门口放的。一棵尚未长成的樟树下，不时就新出现了一堆炮屑、几支香烛。

神事是可以移动的，倒解放了风俗捆绑的土屋。而另一个神婆，却从来没有搬离老家。那是分水坳小组的一家贫困户，丈夫卧病多年，刚刚逝去。我们一直担心她居住的那栋土房子，墙壁一道裂缝，我们认定为安全隐患，但老妇却说，不要紧，这土房子结实，她心里有数，别看它扭扭差差，还能保千年万载。但土坯房终究与脱贫要求不相符，干部一次次动员拆除和搬离，儿子的红砖房就边旁边。许是催得紧了，老妇请人粉刷维修了一下，看上去光鲜多了。

有一次我去她家走访，却发现家里没人，土屋的厅堂里却香火正旺，一对年轻夫妻跪向神位，聆听喃喃经语，发出层层愿心。屋场上，停着一辆宝马。向邻居一打听，说，这神婆香火旺呢，你看外头挣大钱的都回来，听说是她家亲戚，孩子有些毛病，特意老远赶回来聆听神婆的指示！结对干部总是有把握地说，家里有尊神，脱贫没问题，只是这种收入不好认定名堂。是工资性收入？又不像。是经营性收入？

也不是。到底该算在账本里哪一项呢？

　　村子里这么多神婆，我不清楚乡亲们最相信那一家，那三个神婆形貌各异，供人敬奉的地方也各不相类。也许为了求得护佑，乡民宁愿见神就跪，见庙就进，这样才能求得安稳。有时候，我发现乡民的宗教信仰并不是真正的信仰，只是没有其他的指示，就指着一些虚无的东西，宁愿当真相信起来，聊以宽解。带给我们的问题是，这些神位会永远留在土屋里吗？生生不息的代际繁衍，这些神事还会传承下去吗？有信众，就有神婆，有神婆，就有信众。在这个美丽的高岭，这也是一个怪圈。

　　无神论者与有神论者之间，总是相互好奇，但又能和而不同。土屋里的神啊，我们当然不相信那种虚无，但我们又希望她们真有，保佑村子的安宁。每次看到土屋前的炮屑就担心：在上级检查的人看来，这些神婆是贫困的，还是富裕的？

寡妇

清明节前一天，我准备回城过节，早上起来，突然看到村委会旁边的民房里，停着一辆奥迪车。一个穿着光鲜的青年从村委会前面走过，手里端着一个保温杯。我隐隐猜到，这就是老周的大儿子。老周是个寡妇，房子就在村委会旁边。但是，老周待家里的房子装修好了以后，却把大门一锁，跟着儿子到上海去了，平常难得一见。

我们村子里寡妇还真不少。在评选贫困户的时候，寡妇基本上都纳进去了，丈夫走了，带着孩子，家里没有根顶梁柱，这样的家庭大家似乎都会给予足够的同情。但是，村里干部说起老周，却从来没有同情的意味。特别是由于村委会与她家比邻，引发不少矛盾，这份同情更是荡然无存。

矛盾是村委会改造开始激发的。村委会是十余年前建起来的楼房，门窗破旧，楼顶渗水，我住的房间一到春天雨季，天花板上就凝着水珠，地面有水渍，为免被子弄湿，只得把床移到安全地带。这几年上头投入的建设资金不少，沿江的公路改造了，对岸的小学成为最漂亮的房子，村委会却显得有点落后，于是上头下拨了资金，要把村委会改造好，上头来检查扶贫工作时，不至于观感不佳。

村委会是从四月份开始改造的。我们暂时搬到村干部的家里居住和办公。村委会的改造，主要是大门更换铝合金，留下的门窗上漆，内墙做水泥漆，外墙贴上瓷砖。另外一个设想，就是把村委会左侧围起一个小院落，临路的一面安装宣传栏，里头可以停放车辆和宣传牌。

但是砌墙的时候，就被突然回村的老周闹嚷着阻挠了，围墙将起未起，高低不平，很是难看。于是村委会试图跟老周商量，把矛盾化解。

据老周说，村委会左边的空地，是她家的，但是却拿不出凭据。十余年前建电站之前，黄坑口还是一片丘陵山冈，老周在进村的拱桥上游不远处建了一栋红砖房，为了获得土地耕种和建猪圈牛栏，她家跟一位村民对换了一片山林。谁知道后来这里成为库区，老周家的房子在水淹区域，于是被征用另建，就在原来的房子后头山坡上和村委会并排重建。老周家的房子地基原来是临近道路的东头，后来听信了风水师的建议，突然要求跟村委会对换，村委会小楼就移到了外侧。水电站修建时，黄坑口建移民新村征用大量土地，老周对换出去的土地卖了个高价，老周一家后悔不已，但又没有办法，指望着对换之后的土地也能升值。看到村委会要用地围墙，就提出按照地价补偿。但村里无意扩建，只是想把空地整理美观，并不同意征地，双方为此争执不下。

老周原是在上海帮儿子带孩子，但她也许是安排了眼线，及时获知了村里的动静，突然回村。双方谈判后，村委会提出给一万元补偿，但要求是入村口的猪圈牛栏要拆除，浸没水中的老房子要推掉，空坪做成共同使用的院落。老周原来答应了，但表示要征求儿子意见，最后又临时变卦，不同意这个数额。那段时间，老周与村里的干部呛得非常凶，在我眼里完全成为一个泼妇的形象。

村委会周边环境的整治工程一直被耽搁了，而村容整治的工作正如火如荼，老周正好利用在家时间搞建设，砌起了围墙，硬化了空坪，粉刷了墙壁，一待就是几个月。村委会在讨论贫困户调整时，考虑要把她家清退，理由是大儿子在上海开公司了，列为贫困户村民有意见。但老周2014年底评选贫困户时，儿子正在上大学，当时申报的理由就是因学致贫，只是2015年儿子毕业后在上海找到了工作，当时成为首批脱贫的村民，但脱贫后不脱政策，医疗保险、产业扶持、就业培训等等，仍然照常享受。为此，村里没有将老周家清退，考虑的是致贫原因过得硬，就是寡妇拉扯大儿子，直到上大学。

但老周对村委一直有意见。特别是由于土地之争，她担心村里干部会把扶贫政策吃掉，每次做贫困户资料签字认定，她都说不认字，要拍给儿子看过。我对她的认真较表示理解。她对工作队倒是没有恶意，我也让她放心，说，我们就是来监督工作的公平公正。她家的环境整治补偿都和大家一样测量上报了，有什么惠民政策，我也一一对她讲清楚。她感觉到我的善意，为此提来一些饮料，跟我们谈她家老房子的事情。

原来，她家的老房浸没水中，政府已经征用，本来早该推倒。特别是现在村里在整治环境，如果推掉后河湾砌好护堤，村委会和她家都会变得清爽漂亮，进出通达。但是，她就是要保留这栋水中的房子，并叫上海的儿子写了长信给镇政府，提出保留的理由，大概是三个方面的。一是存放了不少生活用品，暂时可以充作仓蓄用房，再是将来要就地拆旧新建，因为她家有两个儿子，而房子现在能住的只有一栋。最后一个理由是她有个亲戚是风水师，说现在的房子前面不能空无一物。

上海的儿子念了大学，长信里论述得头头是道，让村里干部很是恼火，他们跟老周呛起来时就说，现在大学生那里都是，我家也有几个，这算什么？在上海混了这么久还不会讲理，白读了几年大学！

于是老周又是一顿大吵。

老周哭闹吵架时，喜欢说一句，干部欺侮她是个寡妇，如果不是寡妇，谁也别想欺侮她！我于是好奇，她男人到底是怎么走的？村干部气愤愤地说，就是被她害死的，自己老公都害死的人，怎么会是个好人？

我们无法还原当年的真相，只听说老周的男人是吃药死的，死在菜地里。人们的猜测似乎有凭有据，说当天男人从地里回来，却意外撞上不该看到的一幕，最终受不了，有一天突然带了农药到菜地喝了下去。这是中国最具传播力的话题，人们虽然没有真切地看到一切现场的细节，丰富的想象力足以构想完整的情节。

那种事体永远是乡村最泛滥的谈资，是不能当真的。有一次，老支书还说起一个更为离奇的故事，也是发生在这美丽的高岭。据说有一个村支书，儿子一连生了几个女孩，计划生育问题影响着他的仕途。支书为了继续当选以掌管村子的大权，反复劝儿子把媳妇休了。支书为儿子买了小车，带着儿子到邻县重新找了一个，却是一个小姐出身的人，回村养了没有多久又跑了。儿子发现父亲的建议害苦了他，这时离异的前妻跟他继续有来往，并且为他生了一个儿子，但他不能确定是不是自己的骨肉，因为他发现前妻不但跟父亲有染，离家在外头时还结识了不少男人，那些男人一直劝告前妻不要复婚，认为这样的家庭无情无义，为此前妻一直在外头流浪。在农村，这是权和色的另一种畸形演绎。

老周的守寡，没有得到乡亲们一丝的同情。村里干部在与老周争执的时候，还会提到她的公公，说干部做事不能没有章法，她也算是干部家属，应该支持村里的事业。但那种提示，其实还包含另一重别有意味的讽刺。我跟老周交谈了几次，老周后来还是回上海去了，每次打电话宣传政策，她都非常感谢工作队，叫我得帮她看着点，村里的干部是指望不上，会把她的政策吃了。我总是劝她放心，发放免费赠送的保健箱，捐赠家具，送上春节礼物，都会跟她说一遍，有时叫她让亲戚前来领取。

老周常年在上海生活，只有过节和清明节才回到村里，但那时我们工作队正好离村回村，所以交集很少。她和儿子回来那次，我也由于赶早班车，来不及打招呼。但在不多的交谈中，我感觉老周仍然不是一个不明事理的真正泼妇。我隐隐感觉到，正是由于家里男人先后去世，家里没有了顶梁柱，寡妇就以一种表面的凶悍来维护自己的利益，提防别人的欺侮。回村的时候，她看到村委会把围墙砌平了，乡亲们原以为她会找村委会闹一场，但老周并没有说什么。

有一次，我在村委会小楼上，跟老周讲起我的太祖母。我的太祖母也是年轻守寡，独自在梅江边把两个孩子拉扯大，让我的家族最终没有在风雨飘摇中散落，重新兴旺起来。我跟她说，你把两个孩子拉扯大了，真是不容易，我非常理解，现在两个儿子都挣钱了，你用不着这么辛苦操心，要把眼光看远一点。但老周反而说，儿子有他们的家业，我老后将孤单一人，希望政府给我办一个低保。

其实村里的寡妇中，老周算是走出了困境的乡亲。村子里最难沟通的，是另一个寡妇。其实她丈夫没有死去，只是多年外出不归，丢下妻子和两个儿子。这个人根本无法交流，宣传政策的时候，她总是把话题岔到别处去了，说家里土屋拆了没处居住，说村里人进了保障房弄湿了她家地板，说低保是上头给的不算什么照顾……久而久之，我们猜测她丈夫离开的原因，也许就是这种性情的不堪。为此，宣传政策的时候，我们只好找她的亲友。这位寡妇在城里做了一个手术，医疗费用没有报销，我让她把凭据交给亲友，找到医院咨询后，原来是没有住院。我交待她的亲戚，好好跟她讲一讲，我和她在电话里无法讲清。

村干部讲到寡妇的脱贫时，也会讲到几个正面的例子。一个寡妇非常勤快，常年在外头打工，不但把孩子拉扯大了，还在新村建起了三层红砖房。这位寡妇在村干部的撮合下，与另一个死了妻子的贫困户一起生活，一起在外头做工。有一次我们把上头赠送的电视送到她家，寡妇正好年终回村，在房子里搞卫生，就说，把电视机送到另一栋房子吧。原来，两人虽然走到一起，但家庭并没有完全合并，财产还是分开的。

这样的妇女，才真正是半边天，能够让家庭在残缺中继续发展和兴旺。这样的女性，是梅江边一种独特而坚强的群体。我的太祖母就是这样的人。我的长篇小说《灯花辞》，就是为梅江边这样的女性立传。

两年后，村委前的桥梁要改造，老周家几间土屋就在桥头边，如果不拆无法修路。为此，老周家土地房屋征用问题再次摆在村委会面前。村委召开了党员大会，希望大家为村里的发展，共同劝解说服老周。

老党员纷纷表示愿意一起出力。于是我写下了一份意见书，村里党员都在上头签了字。

在大家的调解下，老周还是支持了村里的工作，把几间土屋拆了。道路通了，老周的形象在大家眼里也有了一些改变。

疯娘

几乎每次进村，我都能看到她的身影。她抱着一个小女孩，在公路上游荡，在拱桥上闲晃，在村场上打圈。有时甚至是大热天，衣衫褴褛的，一大一小都晒得黑黑的。不知道的人以为是个叫花子，但她并不向门户走去，也从不低眉求告，反倒是对过往行人扔来冷漠的眼光，仿佛这世界都欠她的。

看到小女孩定定地看着我，我有时会大声叫一下小孩的名字，然而并不敢跟那位母亲打招呼。只见她紧紧抱着小孩，并不理睬我，仿佛她的世界是一个独立的王国，与我们并无交集。

这是一个贫困家庭的二分之一。另外一半，是父亲和男孩。此时父亲可能正在某个乡亲的家里忙碌着，做些泥工零活：挖土，搬砖，搅石灰，扛冲击钻……在灰头土脸的忙碌之际，还不时抽空瞧瞧一边的儿子。遇上孩子哭叫起来了，就前往一阵斥骂，扯扯衣服，拍拍泥尘，简单安抚一番又忙碌去了。

表面上看，这个家庭还算分工明确、平安无事。但乡亲们一说到疯女，就说，那样的女人也有人娶，算是服了，那真不是人过的日子呀！他家被评为贫困户，没有一个乡亲有意见，仿佛那就是一个贫困的标本。

最开始去这个家庭走访，还是老房子里。一进村，就听到一个清秀的女子走出来，说叨个不停，但语速过快声音含糊，听不太懂，就像在堆乱麻里你无法抽出一根丝线，只好任凭那些声音在嗡嗡响着。男主人多半不在，小孩子在村子里乱窜，时时跑到邻居家里。一打听，邻居就说，这是癫婆子，如果女人去她家，会闹得更凶，说不要去勾引她家的男人。

我隐隐感觉到，这疯女的身世跟不幸的婚恋有关。

后来，村里为她家申请保障房，就在新村的临江安置点。有时前去走访，老远就能看到女人发作起来，喃喃地说着话，在村场转着圈子。仿佛有一个躲在暗处的魔鬼支配着她，像线偶一样在人间忽静忽动，忽上忽下，那些永远无法翻译的言辞隐约是身世的控诉，但由于从一片混乱的神经中输导出来，就像冒泡的浊水，让人永远无法看透。

有一次，女人似乎非常安宁，在房子外呆坐着。两个孩子在屋子里乱滚，男孩拿着笔在纸上乱画，说，叔叔，写字。我一边逗弄着孩子，一边拿起一张零散的纸页，却看到上头清秀的笔迹写着几句话：我的命为什么这么苦……我问男孩，谁写的字呢？男孩说，妈妈，妈妈写的！我大吃一惊，朝那平静的女子看去，却见她并无反应，一副沉思的模样，像一位正在构思的作家。

疯女叫秀。村民告诉我，这女子初中毕业后，跟一位男青年谈婚论嫁了，但后来那男的移情别恋，跟另外一位女子结婚了，从此她时常神志混乱，但时而清醒，时而发作。嫁到村里后，她不能打理生活，一切家务都得男人操持。男人叫金，家里穷苦，遇上一个不花彩礼的婚事，能续上香火，也算是称心。对婚后要承担全部家务，金倒也不介意。

秀先后生了两个孩子。让男人犯愁的就是孩子，放在家里不放心，带在身边不方便，自己在家带孩子又无从谋生。这一家子，就这样靠着低保过日子。走访时我劝男人，还是得出去揽点活挣点钱，光靠低保过不好日子，孩子正是长身体的时候，得多买点肉蛋增加营养。金总是无力地摇摇头，说，孩子没人带。

慢慢地，男人试着让女孩跟着母亲，自己带着男孩。女人抱着女孩在村场上游逛，不久又会抱着回来，并不会把小女孩弄丢。男人渐渐感觉到，女人的母性并没有丢失，正在被儿女唤醒。男人很是欣慰，就不时把男孩带走，外出做点零活。我时常看到他骑着摩托穿行在公路，车子上还有一个小男孩。

这当然不是解决问题的根本办法。国家有免费治疗精神病的政策，于是我们上门宣传，但男人说，知道这个政策，但是要家里人陪着，两个孩子没有人照看。原来小女孩出生的时候，儿子就送给兄长照看，疯女回到村子里后，赶紧把男孩抱回了家里，胡乱指责兄弟虐待了孩子，想抢走她的孩子，吵吵闹闹了一阵子，弄得两家不高兴。虽然知道女人神智不清，但别人从此不敢帮着带孩子了。

于是，疯女一直没有进病院，留在村子由男人看护。而为了生计，男人只好把女孩留在家里，疯女就成了照看孩子的疯娘。

秀只是一个半疯子，与正常人的世界至少还有一半的交集。常人无法理解的是，一个半疯的人，清醒的时候会反思发作时的丑态吗？从秀的字迹来看，她不但知道过去时的不幸，也明白进行时的命运，但无法控制自己滑向混乱的旋涡。而这个时候，只要正常人的世界拉上一把，也许会有救赎的希望。就像老式的录像机，绞带时人们总是冷静地停了机，把磁带拿出来，把录音带一圈圈理顺绕回去，轻轻塞回机子重新播放，于是就能恢复正常的声音。很显然，精神病院的治疗，进行的其实就是这样的工作。

秀是一个受到刺激的女子，那大脑神经就像那卡住的磁带。金说，刚结婚的时候，她不会癫得这般浓。村子里的人用浓淡来形容秀的病情。有一次，家族在宗祠里聚会，秀那时病得不浓，清醒时还经常上哥嫂家坐坐，于是被族人叫上一起参加宴席。秀并不懂得让坐的规矩，看到有一个桌面上席无人，就填空般地坐了过去。这时，一个年长的妇女埋怨秀不懂礼教，多说了几句，秀于是愤愤地反驳了几声。金看到秀弄得家族不和，就前去喝斥了一番，秀夺门而出，从此跟所有人划清了界限，不再搭理任何人。

秀的病情越来越浓，看到男人女人，都会一番责骂，唯有对自己的孩子懂得照看。家务事完全压在金的身上，做饭，洗衣，搞卫生。

金的保障房原来只有一张木板床，一个燃汽灶，简直是家徒四壁。我们找来捐助，衣橱，碗柜，饭桌，电视，冰箱，充实了起来，但终究是一个男人家里家外，往往就懒得整理。有一次我们叫他要搞好卫生，他努力整理了几天，还打上了空气清新剂，但过了一阵子又是遍地狼藉。我批评他，金就说，没办法，弄好不久又乱了。

村里组织了妇女志愿队，挨家挨户指导家庭场景提升，房前屋后的柴草堆放一边，家里家外的东西清理擦洗。志愿队来到疯女家，却不让进门。后来等来男人开门，一走进去，几位年轻妇女待不了多久，就跑到屋外呕吐起来。年纪大点的妇女耐心地待了下来，把散乱的东西归置整齐，把家具搬到屋外擦洗晾晒，光这个家庭，就花了整天的时间。疯女看着志愿队在她家忙里忙外，虽然是清醒的样子，但没有一点感激之态。有的妇女愤愤不平说，看，她倒好，没事一样袖手旁观，好像我们就该帮她做事的，这成什么样子？！

同伴就说，难道你也想当疯子？

家里环境可以帮助整理，但疯女身上的穿着却无法帮助改善。疯女时常季节颠倒，冬天吸着一双拖鞋在外头游走，夏天的时候身上挂着一件破衣，半个身子裸露出来，很是不雅。有一回上头检查的来到村里，看到这种情形非常惊讶，说这样子怎么能够脱贫呢？于是我们叫金想办法把疯女的破烂衣服暗暗丢掉，我们帮助弄一些整齐一些的衣物，但金却说，如果秀知道了，会跟他大喊大叫，病情又会加重，他可不敢轻易动她的东西，这样又会刺激她。

于是，我们只好收起正常人的思维，随她去，但是跟金约定，如果有人进村检查，就带着她去邻近的集镇赶圩。

疯女似乎只有在带孩子一事上，还算是一个明白人。这是她与正常人的世界唯一可以交集的地方。男孩到了上幼儿园的年龄，送到哪里去呢？村里的小学有学前班，收费也不贵，一个学期也就四五百元，而且贫困户可以享受学前教育补助，一年一千五，两个学期的学费还有结余。但如果送到小学，上学放学要就得专人接送，秀自然不能承担这个角色，这样金在外头做工就不方便了。

邻近乡镇开了家私人幼儿园，开着校车进村子里招生，虽然路程有十多公里，但有专接送，中餐留在园里，为此不少家长都舍近求远，虽然学费贵了五六倍，但人可以解脱出来，跟一年所挣的钱比起来，学费的数字便显得不大了，何况学前教育补助一样也可以享受。每天早上，黄色的车子按时开到村子里，把一个个孩子接到车里。秀看着孩子被拉上车子，却并不哭闹，也许正是她清醒的时候，她知道幼儿园是怎么回事。这让男人松了一口气。

与秀一样在婚恋中受到刺激而疯癫的，村子里还有另一个女子——云。这女人跟秀一样，年轻，留着短发，长相俊秀，平时坐在娘家的大门口，清清净净的，根本看不出是一个疯女。

有一年国庆假期，水电站关闸门蓄水，大坝下头礁石裸露，大群的白鹭在河滩翻飞，跟人们争抢着水洼里的鱼儿。正是放假时候，大坝上游览的人骤然多了起来。村里有五六个小孩，也结伴到了河滩上，爬上一条竹排，不料竹排往深水区域滑去，孩子玩得不亦乐乎时，竹排侧翻，掉落水中，一位邻县的快递员正好带着妻小亲朋在河滩游览，听到呼救声迅速跳进江滩里，把孩子一个个推到竹排上，这时一位小男孩滑入深水区，快递员跳进江水，却自己没有起来。村里一个女孩正在旁边，看到男孩漂到下游，赶紧前往拉了起来。这个接力救人的事迹受到省里的表彰，上头的领导特意前往女孩家慰问。

那位救人的女孩，正是云的妹妹。我们正在她家向女孩了解当救人的情景，这时云走了过来，指着妹妹大骂，厉声地说，你该死，就是你把孩子们推到河里去的！

云不像秀那样含糊不清，而是一板一眼地表述。这让我们大吃一惊，对这个来自疯癫世界的判决。这时云的母亲走了过来，说，别听她胡说，她脑子有问题。

村里的干部介绍，云原来嫁了人，还生了一个男孩，但男人又跟别的女子好上了，两人闹起了离婚，云争着要带走儿子，但夫家坚决不肯，云一心想打官司，不知不觉心里就堵塞了，神智出现了问题。云倒是能够生活自理，穿着整洁，但发作起来会做出一些反常的事情，比如对看不顺眼的人痛打一顿，比如看到男人会紧紧抱住不放。乡亲们称之为花心癫，说是只要嫁了人就不会再发作了。但是，疯女又还有谁会去娶呢？

云比秀的运气差一些，没有遇到金那样的男人，所以一直收留在父母家里。我时常能看到她母亲无奈的眼神。人世间，这是另一种无法稀释的沉痛。似乎女娲造人时不小心把人分成两种，一种看得开，遇有挫折事，能解脱、将就、随缘、自化，变得潇洒、放纵甚至堕落。而有另一种，却是执念而疯，那无法驱赶的魔怔就像希腊神话中的戈耳戈，把活人变成顽石，成为社会的另一个族群。

我曾经在网上读到一则大学生写的热贴——《娘，我的疯子娘》。我有时想，秀和云的孩子长大后，如果知道自己的母亲是疯女，会不会这样热切地叫一声疯娘呢？我走访的时候，发现秀的两个孩子非常聪明，我跟金说，你应该欣慰，应该对未来抱有希望，两个孩子好好的，比什么都值得你去奋斗。也许，只有读到了大学，孩子才可能有反思和感恩的觉悟，对秀叫一声疯子娘！

后来，云发作得特别厉害，到保障房把一位老阿姨痛打了一顿，阿姨拉开受伤的手臂，找到村里的干部说，你看，无缘无故地打人，这样的人不送走，我们在村里待得不安生！云无缘无故打人真无法解释，也许那老阿姨形似原来的婆婆，跟她争抢过孩子而已。村委会把云的父亲叫回了村里，他常年在外头务工。大家一起商量着，办好了手续，把云送进了县里的精神病院。

云离开了村子，保障房的老阿姨终于轻了一口气。

第四章

我看到了风的形状

广播

　　驻村的时候，我对学校的广播独有好感，这真是一朵美好的文明之花。早上七点半，学校的广播准时响起一首献给孩子们的台湾歌曲——《鲁冰花》，歌声在河湾飘荡，是上课的预告，也是上学的召唤。在梅江边的山路上，孩子们三三两两远远近近，听着歌声在晨风中不紧不慢地赶赴，像在乐谱中滑动的音符。在村子里的时候，我经常早上去散步或走访，与孩子们上学的方向正好相反。我有时喜欢紧紧地盯着他们一会儿，把自己想象成他们中的一员，遥想当年背着书包上学去的情景，满足于岁月带来的欣悦。

　　这一切是那么熟悉，那么亲切，又那么遥远！风景不殊，正自有河山之异，且不说那书包，那书包里的文具，那脚下平坦的水泥路，就说那上学路上从容的节奏，也是三十年前的少年所无法想象的。记得当年的作文课，我们逃不了《上学路上》或《校园的早晨》之类的题目，但我觉得自己从来没有写好这篇作文的能力。对于一个要走上三公里的孩子来说，上学路并不轻松，路上的泥泞，时间的紧迫，鞋子的破洞，手上的饭盒，我们只盼望着路上并没有故事，我们一心要忽略路上的所有风景。当我们气喘吁吁地走进教室里，我们的心才有最后的安宁。

　　小时候，乡村的炊烟是如此散漫，而我们村子里谁也并没有掌握时间的器械。由于上课铃声，我们平生第一次感受到时间是那么严肃，那么认真，又那么调皮。那时，学校并没有广播，铃声也不是电脑设置好的既定程序。有时我们坐在教室里，心里有一阵发虚，不知道上课铃声有没有敲过，直到小镇的同学懒洋洋地走进教室，我们才确认铃声并没有响起，懊恼错过了校园里一段自由的时光。

那时上课的铃声由学校指定的打铃人敲响。从小学到初中，我忘掉了好多同学，但学校的打铃人却记得牢牢的。打铃人一般由一个高年级的学生担任，他成为时间的确认者，冷静，精准，富有责任心，绝对可靠，这些良好的品质让我们羡慕和敬佩。事实上这样的选民数量稀少，因而成为一个非常光荣的职责，像军队里的旗手。有时候我们在蜿蜒的道路上觉得快要迟到了，心里不由得生出歹毒的心思，希望那位打铃人生病了，或者由于玩乐而忘掉了打铃这件神圣的事情。但这样的可能几乎没有，在我们快到学校的时候，那铃声总是惊心动魂地响起，毁灭我们的幻想，让我们不由自主地加快脚步。

学校一直是时间的划定者。学校让村子里的岁月拥有了国际化的标准。但是，三十年前的乡村，这个标准是通过老师的钟表和打铃人的敲打合作完成的。学校的作息时间成为村民生活最大的公约数。但早年的乡村由于远离学校，无法得到掌握这个确定的公约数，只能用日出和炊烟来简单地界定。分田到户，外出务工，乡亲们有了掌握时间的欲望，也有了掌握时间的能力，电子表，电子钟，后来的手机，都成为寻常物件，孩子们上学的时间越来越精准。学校先是有了广播、电铃，现在广播又代替了电铃，录制的女声直接播报上下课的时间、对师生的问候，温柔可亲，时间的规约更加靠近国际的轨迹。

一直以来，孩子们读书的事情，是乡村的核心事件之一，为此他们慢慢习惯了一周七天的公家算法，尽管他们仍然生活在农历之中。乡亲们也会用农历来推算岁月的进程，比如周边几个集日的时间，三六九是瑞林寨的圩日，二五八是下坝圩的集日，一四七是曲洋的集日，但是，近年来这样的集日他们可去可不去，因为他们没有上紧的货物需要出手，没有必备的用品需要购买，这些在村子里就能解决，就像孩子们念书的事情。

由于学校的改变，乡亲们再也不需要舍近求远，让孩子跟着父母到城里去念书。是的，乡村的孩子突然有了一个前辍，叫留守，但我想这只是从亲情缺失而言，但就学校的条件来说他们一点也不会有留守的遗憾，不论是校舍，还是师资。我在村子里的时候，正好学校进行了一次升级改造。新建的学校有了围墙，安装了崭新的校门，三层的教学楼装饰得富有文化气息，教师宿舍楼里设置了体育器材室、集体办公室、电教室，而老师的房间也配备了卫生间，课桌凳清一色更换成漂亮的单人套，再也不用像我们小时候那样，由于同学关系紧张而突然画下"三八线"。

有一次，我们发现贫困户的保障房里家具稀零，于是联系学校，把一批淘汰的桌子清理出来，送给乡亲们临时使用。我们把那些课桌搬进乡亲们的房子里，乡亲们正好用来放水壶，放电视，放电饭煲。看着它们摇身一变，我心里非常感慨，这些我自小熟悉的双人桌，将是梅江边最后的存在，彻底退出校园，退出孩子们的视野。

事实上，在三十年前我所就读的村小，这样标准的双人桌也是一种奢侈。当时的村小在老家邻近的村组，老师搬来了或长或短的家具，对付我们这十来个一二年级的孩子。我记得有一张是长条形的，可以并排坐四五个人，那时集体解散不久，这条临时的课桌估计是大食堂时代的产物。记得有一次，老师布置我们上学时要从家里带去一张凳子，因为小镇的老师要到村里来听课。我那次带去的是一张松木板凳子，结实，平稳，正是我喜爱的家具。那天下午放学后，老师并没有及时叫我们把凳子搬回。我们心里有些纳闷，对老师的疏忽生出了不满。我们放学后并没有马上回家，而是滞留在学校后面的山坡上，希望老师突然想起疏忽，把凳子还给我们。

学校是一栋带厅子的平房，屋后有一条长满杂草的水渠，我们把水渠当作了战壕。我们埋伏在战壕里，静静地聆听土屋里的动静。老师和小镇的来宾都还在厅子里，我们并不知道他们在进行一种叫评课的活动，只是认定这些来宾侵占了我们的凳子。这时，不知道是谁发起了进攻的号召，他们抓起了战壕里的沙子，撒向教室的屋顶，那屋顶发出沙沙沙的声响。这种战斗的激情极大激发了我的模仿能力，我也不由自主地抓起了沙子。最终，老师发现了屋后的响动，跑出来一阵呵斥，我们四散而逃。第二天，老师让"战士们"自动站到黑板前罚站，我乖乖地走了出去。这是我第一次受到老师处罚，也是平生不多的"光荣"记忆。我由于学业不错，老师一直疼爱有加，我相信他不会让我站多久，但没想到居然是一个上午，看来凳子的风波对学校影响确实不小。

后来我们到小镇读书，由于鲁迅惊人地写出了上学感受，我们于是学会了在木桌上刻"早"字。直到我回到母校教书，由于课本的巨大影响力，这个"早"字之风还没有散去。1990 年的乡村学校，跟六年前没有太大的改变，我的母校仍然借助于古老的祠堂办学，只是教室不再是祠堂里的木栅栏，而另外建了两栋房子作为教室，但老师的房间仍然在祠堂里。教师没有另外的用具，我曾经精心挑选了一些上好的课桌搬回房间，后来又心疼班里的孩子，只好把课桌搬回教室，让给学生。

我们毕业的时候还是十八九岁的青年。由于家境的原因，我还从来没有享受过单独的住房。跟我一起分配到母校是一位外地的老师，我们对祠堂里的栅栏房非常不满，不要说走道上楼板吱吱响个不停，就是教导孩子也会变成共享事件。记得当时我们不懂规矩，趁着早点来到学校，就想占领一个砖房里的单间，不料被校长发现了，耐心地说，得摸摸自己的胡子，谁的更长，谁就更有资格住进这样的房间。后来，我们虽然嫉忌那位房主，但我们最终成了朋友，因为在他的房间里我们学会了弹吉他。

那是学校广播无法替代的乡村音乐。学校有了广播，音乐进入分享时代，而不是制造时代。老师可以随尽所欲地找到最好的音乐，通过扩音器占领乡村的听觉。在村子里的时候，到了下午两点，我总是被"夜半三更哟"的广播歌曲叫醒，那是经典老歌《映山红》，尽管午休意犹未尽，但旋律老在脑子里盘旋。学校的广播对时间的宣告拥有无上的权力，这里是乡村最大的公共空间。孩子们中午并不回家，学校的营养餐让他们免受行走和冷饭之苦。孩子们在教室里午休，不允许到外头走动，广播对于他们而言便是一声解放。《映山红》过后，如果我起身从村委会的阳台上向对岸眺望，就能看到孩子们在学校进进出出，像一群跑动的映山红。

这种广播的声音到了周末戛然而止。学校老师几乎是清一色的科班出身，大多从外地分配而来。由于交通的便利，现在再远的乡村老师周末都往往要坐车回家。我们村里的学校就在公路边，下午两点有一趟回城的车子，往往为了等齐一路的老师，会推迟到下午四点左右出发。但更多的学校其实是拼好了车子，一个学校总有一两个老师或校长有小车，大家就拼在一起，不必挤公交车了。

后来熟悉之后，村里的老师有时与我们约定一起回城。有一次回城后，我把她们分别送到家里，她们回家后就发来红包，说是拼车的车费，原来一直这样运行。我谢绝了红包，并说明这只是偶尔携带。其实，谢绝她们有另外的原因，就是觉得这些女青年从城里来到乡村工作挺不容易，虽然学校的条件今非昔比；此外，她们这些年对教育扶贫做了重要贡献，她们对全村的适龄儿童都做了摸底调查，没有让一个孩子失学辍学，而且一次次走访全村的贫困户，上门宣传教育扶贫的政策，真是帮了工作队的大忙。

决定让女儿参加教师考试之后，我对乡村教育有了更多的关注。女儿后来面临选岗，一直担心分配去向。当然，以我驻村所见，知道现在的学校即便是最偏远的山村，也有新建的标准化校园。但教育对于她是一个未知的职业，路途的远近和交通的方便，成为决定性的因素。她们按照分数高低依次挑选学校，几乎都是根据手机百度地图所作的决定。与城市的距离成为最重要的标准。事实上，除了这个距离，他们根本无法区分学校的好差。

女儿最终去了一所乡村小学，最初一度非常郁闷。我知道这里头隐含着时代的巨变：我们约等于先工作后读书，而她们是先读书后工作。她们觉得，参加考试一番拼杀，最终不过是去往乡村远离城市，不过是把本科的专业丢掉去陪一群乡村的孩子。最让女儿难以接受的是，一到雷雨天就断电停水，为此在微信中说，连野人的生活都不如。我试图安慰她，我以为最好的办法就是讲述二十八年前我们所经历的乡村教育。

不必说教学工作的便利：资料可以随时上网下载，试卷不必刻钢板油印，布置作业可以微信发布，家长交流可以在线直播；单说那交通和住宿，当年也是一个让人印象深刻的年代。

记得我有一个同学分配到了梅江边的一个偏远山村。他们一般一两个月回家一次，回校的时候，由于没有公路通行，需要先来到我所在的小镇，然后坐船逆流而上，抵达他们的乡村。有一次同学来迟了，上行的船只早已开走，我只好用一辆破旧的自行车，沿着梅江边的土路，骑行了三十余里把他送到小山村。

在我和女儿共同的学校生活里，记得总要到几百米远的厨房提上热水，记得时常在操场边露天洗浴，记得上厕所总要排队……而女儿的乡村学校，跟我驻村里的一模一样，都是按照标准建设的学校，有独立的教学楼、宿舍楼，有独立房间，配备了卫生间小厨房，电扇电灯更是齐全，这是当年我们所无法想象的。

我想把三十年前我们的境遇跟她比较，但是她拒绝这种纵比。她说，你不要拿以前的历史来跟我说，我不想听。我知道，文明的积累不是自然形成的，经历了一代代人的奋斗和牺牲，但他们却把这个社会的进步看成是自然存在。也许我们无法质疑这种觉悟，他们期盼有更好的乡村学校，毕竟就像我们当年一样。毕竟，长大后她已成了我，但我已离开教育行业十余年。

教师节那天，我跟女儿说起了节日的祝福和职业的光荣。我说这天微信里热转一首歌——《夜空中最亮的星》，你注意了吗？女儿说，确实如此，她在村子里住了几天，安静下来了，发现乡村的星星非常亮。我听了非常欣慰，我在梅江边的一个小村子里默默地祝福她。我想，能够欣赏乡村的星空，表明她已经找到了乡村的安宁，开始了对人生的确认。

第二天早上，我又听到了对岸的学校里响起了广播，响起了那首《鲁冰花》："我知道 半夜的星星会唱歌 / 想家的夜晚 它就这样和我一唱一和 / 我知道午后的清风会唱歌 / 童年的蝉声 它总是跟风一唱一和 / 当手中握住繁华 心情却变得荒芜 / 才发现世上一切都会变卦 / 当青春剩下日记 乌丝就要变成白发 / 不变的只有那首歌 在心中来回地唱⋯⋯"那一刻，我被歌谣中岁月的忧伤所穿透，我情不自禁为这些变得越来越漂亮的学校祝福，带着深深的追忆。

我想起女儿，想起了自己早年在梅江边漫长的学校生活。我不知道女儿现在的校园的广播里会响起什么音乐，但那肯定是她们选择的一首新歌，一支热爱的歌。她曾经在一个学校的房间里成长了十年，她的血液里浸透过校园的钟声和广播声。我希望教育于她不只是一份职业，还是一种事业。

涟漪

　　我喜欢的村庄，必须有水，或池塘，或溪流，或河湾。我喜欢的春天，必须有桃花，落英缤纷掉落在水面，引起一阵阵涟漪，向两岸的青草扩散。记得早年求学第一次远离家乡，我在最初的文字练习中反复写到池塘和池塘边的桃花，它们远比炊烟更引发我的乡愁。早年喜欢的歌谣，是那首《在那桃花盛开的地方》，"桃树倒映在宁静的水面，桃李环抱着秀丽的村庄"，这歌中的经典画面成为我的审美定式：如果没有溪流，没有水域，桃花无源，人世就会颜值大减。

　　早春二月，我再次进村，不禁被村子新的春光陶醉。一条升级改造的宽阔公路沿河蜿蜒。河湾之畔，小学校舍成为最漂亮的建筑，与临近蓝瓦白墙的两层保障房两相呼应，在青山绿水间相得益彰。那择水而居的乡贤别墅，与四周装修一新的民居共同映入水中，不再显得鹤立鸡群，而是浑然一体。经过清理的河湾波光明丽，春风吹皱，一圈圈涟漪簇拥着不时随风而落的花瓣。河湾不时拨剌一声，那是隐身的大鱼在深水中制造旋涡。我知道这些村落之美，是古老的又是现代的，新鲜的又是久远的，它吻合了我的审美旧习，更让我见证了一场乡村的变革。

　　我知道，这些春天的涟漪，从河湾重新释放出来的时间还不到几个月。

　　两年前，我第一次来到这个小村子，就被它的河湾景致所吸引。梅江从宁都发源，流经瑞金境内的瑞林古镇，上下游相隔不远先后建起两座水电站，让小镇告别了古老的水道交通，成为一个彻彻底底的库区乡镇，一条条支流也就演变成河湾。留金坝水电站建起后，安全就也成为库区新村，三面环水。从公路进入移民新村，要经过一座小桥，小桥流水人家的景致被抬高的河面所删改，溪流囚在水底，桥洞淹在水中，桥身浮在水面。更难堪的是由于小桥没有同期进行改造提升，一条支流的漂浮物被全面拦住，静静的河湾成了垃圾屯聚之所。

我最初进村也是在早春二月，水面的绿色植物、枯枝败叶，裹夹的白色垃圾暴露无遗。我看到岸边郁郁青山白鹭翻飞，树树桃花明艳如火，但它们仿佛踩在一个垃圾场里，无法把人世的美好传递给我们。春江水暖，但那水面的涟漪却紧紧地囚禁在衰败的水浮莲下，无法运动和呼吸。那桃花的落英，自然不能制造轻轻的涟漪，而接纳它们的只是一片零乱不堪的污浊。

我想起了梭罗在《瓦尔登湖》的话："你们连大地都在侮辱，居然还敢谈论天堂！"

无数上游漂来的垃圾，是现代文明的残渣，它们包装过的商品已散入千门万户。风吹过的时候能听到它们交头接耳，仿佛说起那些分离而去的电视机、电冰箱、电炒锅，以此分辩这片土地上的丰裕。它们是社会调查的原始材料，如果把它们打捞起来装订成册，约略可以细究天地之变，在这个远方的村庄里找到时代的细枝末节。但漂浮的废弃物无人打捞，仿佛村庄的历史无人关注，湮灭无闻。白塑料其实是河湾的内衣。它们与水葫芦交织在一起，占据了河湾的大部分水域。水葫芦的盛衰取决于气候寒热，取决于四季轮回的快与慢。

在一个倒春寒的早晨，我在村委会呵开窗玻璃的雾障，还看到了一次失败的航行，中断的渔事。从桥边解下缆绳的是个小伙子。他的竹筏系在小桥上。我立即看出，这个小小的场景其实就是人类的一个隐喻，人类处境的一个隐喻。穿着绿色雨衣的乡村青年，在漂浮的垃圾中吃力地划动竹筏。或许他想让竹筏离房子近一些，便于下水。或许他认为桥洞边是捕鱼的好地点。早春的雨在清晨停了，几位年老的渔民在河湾的另一头呼喊着，彼此报告着收成。那里水面光滑，竹筏轻盈，呈现的人事古老而悠远。但垃圾中航行的青年，他吃力的样子让天上的神灵也为之担心。穿绿雨衣的青年在垃圾中航行。他拨动着白塑料与凋败的水葫芦。他的收获变得渺茫不可期……

于是我盼望着夏天来临。盼望水浮莲重新生长，遮盖这破败的水面，盼望那些绿色的枝叶生长成另一种涟漪。那时，我并不知道水浮莲也是河湾的天敌，而一味赞美它所赋予的绿色表象。我看着渐渐长绿的植物在河湾铺展，对那些蓬勃的生命充满好感。我在一首诗中写道："在一片宽阔的水域，山峰清凉的影子／给了它们疯狂的理由。夏天的清风／不断提起绿色的衣领。不断复制的面孔／人类基因的排列方式。哦，水浮莲——／天空下没有比这更拥挤的队伍／更整齐的表情——谁为水鸟铺下高贵的毯子／为雨露擎起紫色的杯盏？在脆弱的广场／我生怕这些蓬勃的生命受不住阳光的盛宴／就像担心那些染发的少年／挥霍的青春有没有良好的未来……"

但夏天到来的时候，这绿色的毯子并没有给我带来好心情。我住宿的村委会就在河湾北岸，而对岸就是村里的小学。临水而居，我不时闻到一些异样的气味飘进室内。村干部说，别看夏天这河湾外表美丽，但最难受的就是夏天，因为上游漂来的动物死尸无法清理，散发出种种异味。他们还说起了一件闻之悚然的事情。在梅江上游另一个大河湾，也是由于旧拱桥拦阻水浮莲遮盖了全部河床。一次有个养殖场发生瘟疫，偷偷把几十头死猪运到桥上投入江中，死猪的异味最终穿透水浮莲的遮挡慢慢扩散，周边村民群情激愤，接到举报后政府很快介入调查，破坏环境的不法分子被绳之以法，动物死尸被及时清理。

五月的一天，我接到村小学校长的电话，说学校的孩子开始长水痘，而镇里其他小学没有发生这个情况，怀疑与河湾的水体污染有关，希望我们工作队跟上级反映反映，能不能早点治理治理。这些见闻，让我再次对河湾充满失望。我不由想起了闻一多的《死水》："这是一沟绝望的死水，清风吹不起半点漪沦——"我曾经与镇村干部讨论清理水浮莲的事情。村干部说，组织过几次打捞，但由于面积大，劳而无功，难以彻底解决，也打了很多次报告，但经费总是不容易落实。我隐隐感觉到，河道治理是一个系统工程，必须有更大的政府力量来组织进行。

夏天的晚上，气温未降，我一次次坐在村委会的楼顶纳凉。由于密集的虫子从河湾四面八方而来，我不敢开灯看书，只能塞着耳麦听音乐。头顶的星空如菊花绽放，与耳中的音乐互相呼应。月明星稀之夜，我对河湾既是欣然，又生遗憾，如果星空能够映在水中，那河湾人家真就是天堂！进入晚秋，热火朝天的新农村建设进入尾声，政府投入近几百万奖补资金，帮助村里家家户户修好了入户路，粉好了外墙，改造了厕所，接好了自来水。我欣喜于村庄的变化之大，但对冬天河湾的水面重新生出隐忧，这么漂亮的河湾村落，如果水面垃圾得不到全面清理，那水浮莲经霜枯萎之时，就是村庄重新露出败笔之日。

有一天，我行走在河湾上游的小河边，突然看到河长制的责任牌。而不久，村里马达轰鸣起来，河湾的垃圾打捞终于打响了攻坚战。四五艘渔船从梅江开进了河湾，用竹杆把漂散的水浮莲拦往桥边，一辆橙色的钩机开到河滨，改装好的铁斗反复在水面抓捞，转动，在哗哗的水声中，绿色的水浮莲和驳杂的垃圾倒进了卡车。一辆辆卡车接力运输，把垃圾运向了山中的填埋场。一场冻雨降临了，但打捞并没有停息，那些来自小镇的渔民按时来到河湾，哒哒的马达一连轰响了五六天。终于，河湾的水面重见了天日。

一连个把月，这些渔民频频在村里出现。原来这是一场全面的整治，是2017年瑞金河长制实施以来第一次大规模的河道治理行动。这些渔民不但要清理河湾的垃圾，还要对梅江静水滞留的水浮莲进行打捞。在晨昏散步的时候，我在梅江大桥上远远就能看到那些渔船在宽阔的江面频繁地出现。隆冬时节，这些惯于水上营生的渔民再次显示了吃苦耐劳的品质，从事着一项从未从事过的劳作。不仅如此，几辆钩机还在河湾上游的支流里开展作业，对河道进行疏浚，对垃圾进行了清理。

而沿河的村落，也建起了保洁队伍，绿色垃圾箱随处可见，每村建起了一栋垃圾处理站，把岸上的垃圾引向了既定的轨道。

河湾重新获得了新生。早春二月，我再次回到那个梅江边的小村时，村民还沉浸于新年的欢乐之中。我看着落叶落入水面，阵阵涟漪向岸上的民居跑去，仿佛也想参与乡亲们的喜庆。我知道，水浮莲也许还会在河湾一点点生长，但河长制的牌子将让它的生长适可而止。对水浮莲，我也进行了自我科普，知道它是美丽的，也是危险的。它对水面采取野蛮的封锁策略，导致水下植物得不到足够光照而死亡，破坏水下动物的食物链，让大小船只不能来去自由。它们还有富集重金属的能力，虽说也有很强的净化污水能力，但大量覆盖河面容易造成水质恶化，由于繁殖速度极快消耗大量溶解氧，它们几乎成了"污染"的代名词。显然，河长制就是它们一道及时的符咒。

闻一多在《死水》里说："不如让给丑恶来开垦 / 看他造出个什么世界。"我想，今天的海晏河清应该洗刷了诗人的悲愤，因为有一种科学的执政理念，正在让静静的河湾造出一个新世界。

白莲

那天，我带着朋友进村参观。在这个梅江边的库区，我们看山看水，更看那片田园风光。开着车子行进在群峦之中，一个接一个山坳向水泥路蹿来，供献着一块块耕地，高低错落，细碎似砂，又圆润如玉。朋友透过车窗打量着一路的山光云影，突然说，你看，田野里还有荷花呢！

我举目一看，果然，绿叶清圆，莲蓬试举，火炬般的花枝作凌波微步。再细细一看，那蓬房细小如拳，小孩子一样昂然张扬，却显得稚嫩天真，仿佛是经受溺爱然而发育不足的一代，才知道引起朋友注意的，可能并不是"有荷花"，而是"有这样的荷花"。我于是为山坳里的耕地感到羞赧，似乎带着辩护的口吻说，是的，别看它们长得不怎么茂盛，但它们长得不容易！

在村子里，在乡亲们的称呼里，它们并不叫荷，而是叫莲。

小时候，梅江两岸的村子很少看到荷花。三十多年前，姐姐远嫁到外乡的一个小山村，于是我第一次看到荷花，野野地在小河边开着，鲜艳芳芬，与山水相宜，便觉得那应该是一个好村子。近两年驻村，我在河湾山坳转悠散步，只是看到溪畔水滨偶有花影，知道这个村子并没有种荷的传统。我喜欢这植物，首先是从花开始的，是属于精神享受。以我看来，荷、莲、藕，分别是植物的花、果、根，称呼是会有明确指向的，有着物质与精神的区别，经济与文化的分野。村子里的乡亲叫它莲花，而不太叫它荷花，也不太叫藕花，这是对的。在沼

小村荷影

泽湿地，取藕而食，叫藕花好。长在池塘水湾，疏野无拘，多为观赏，叫荷花好。而在大片耕地上铺张种植，自然是冲着莲籽致富，出于生计，叫莲花才妥帖。

因为观赏，我叫过乡亲们种荷。因为扶贫，也催过乡亲们种莲。

一年前，村子里最忙的就是环境整治，不但是要帮助每家每户修路、粉墙、通水、改厕，而且要考虑自然村落的整体风貌。比进度，比水平，每个月全市一次评比，既是考试，又是竞赛，带着巨大的压力，每一位干部进村都有指点江山的味道：这池塘要如何清理，这墙画要如何摆布，这鸡舍要如何迁移……通过微信上的通报，我不断看到一个个明珠般的村落涌现在国道边或深山里。这时，我频繁地看到了荷花的身影：有的簇拥在池塘里，与粉刷一新的村居相映，与委曲蜿蜒的石子路相通；而更壮观的是莲叶田田一望无垠，那整体改造后的村居像是一艘艘画舫，漂泊在绿色的风浪之上，让人敬羡。到了秋冬时节，我所在的村子环境整治也进入尾声。乡亲们看到村里光景一下子全变了，自然高兴。我跟他们聊天，说，现在村子风光变好了，但田园风光还没变，如果来年在房前屋后种上白莲，那就更好了。

乡亲们点点头，又摇摇头。

祠堂前的大池塘砌好了堤坝和墙垛，水面也清理了杂草和淤泥，要种上荷花，自然不难，但要家家户户的耕地上种上莲花，这不是美化的问题，而是生计的问题。一年之计在于春，今年春节过后，热闹了一阵子的村子又安静下来，青壮年大部分外出打工了，留下来的要么是有手艺，要么是有产业，但不是白莲产业。我结对的贫困户石头，算是个手艺人，年后到他家走访，我们喝着米酒，嚼着果品，说起生计夫妻俩又是高兴，又是忧愁。这些年，两口子一直在当地做泥水工，去年是最好的年成，因为村村寨寨都在搞建设，年底时我跟他家算收入账，说，今年两人少说也做了两百来天，光这项你们家收入有两万余元，不会返贫了。那时两口子认了账，笑了起来。

新春伊始，又有什么好忧虑的呢？我说，去年收入不错呀，现在政策好着呢，放心吧。石头是 2016 年已经脱贫，但两个孩子在读大学或职校，每年供学用就要两万余元，由于早年总是这灾那难的家底早就空了，如果没有稳定收入就容易返贫，为此年底监测收入时我总担心着，总想多帮一把，村里光伏扶贫有七个特殊指标，扶持贫中之贫的农户，每年有三千元分红，我就特此为他家争取了一个。石头喝了口擂茶，笑着说，去年是好，但把活儿都做了，今年到哪里去找事干呢？我一想，果不其然，用上头的话说就是三年的新农村建设集中一年干完，不分示范点全面推开。我细细算了一下，光我所在的小村子就投入七百余万元搞建设，而整个瑞金更是成千上亿，那等于说，这些手艺人也是一年做了几年的活。事实上，两口子仍然只是两个人，一年只能做一年的活，村里的活都是外头请来的施工队支援完成的。今年过了年，找什么事做呢？石长有些忧虑，我也跟着忧虑。

我想起了种白莲的事。姐姐的村子早就时兴种白莲了，我们邻近两个村子也有人大规模种了起来。我说，种地吧，种白莲好呢。但石长摇了摇头，说，这里是库区，自己的田没多少了，别人的地不一定给，山坳里的耕地都荒草丛生没了田埂，能不能翻过来还是个问题。

我遗憾地说，那就只有再找找零活了。今年暮春时节，我们到镇里开会，说市里出了特殊的新政策，专门鼓励几个山区乡镇发展白莲产业，莲种政府免费发放，贫困户如果自己种，每亩新开莲田补三百元，如果合作社流转贫困户土地，达六户也可以拿到同等标准的补贴。

这真是精准施策！新开莲田的奖补，其实约等于翻耕的成本，这政策显然直指那些山坳里荒废已久的耕地。一打听，果然是。开春过后，市领导频频深入乡村暗访踏看，不经意就出现在某个山村某条山路上。在梅江边，看到一个个新村拔地而起，自然非常高兴，但屡屡荒弃的耕地让人眉头紧锁，于是跟当地干部反复讨论，就量身定做般地出台新政，鼓励大种白莲，美化与实用兼取。因地制宜、因事定策，这样的新创我们遇到的不止一次。就说扶贫车间补助政策吧，原来规定六十岁以上的老人不算劳动力，不能纳入补助，而在农村这个年纪的老人实际仍是个劳力，干部一反映市里就讨论，市委领导讨论时引导就业部门说，根据实际情况，大胆放开范围。结果后来省里也出台了放宽年龄的政策。特殊情况作特殊处理，这次针对撂荒地的政策可谓点到了"穴位"。

听到种莲新政，我立即脑补了一下接天莲叶映日荷花的画面，兴奋地回到了村里。我于是再次来到石头家走访宣传，大讲种莲的政策。但石长讲，他家的耕地倒是愿意流转，只是他还是想找泥水工，习惯了，而且已经找着了。我自然为他高兴。村子里就七个小组，有两个小组的耕地基本沉入水库，有两个的土地相应平坦，但大部耕种一季稻子。经过走访发动，造表登记，一共流转土地一百五十多亩，多数分布在几条山坳里。清明过后，村子里成立了三个白莲合作社，领头的都是村里的经营能手，原来就开辟了油茶基地、脐橙基地或养殖基地。他们引进了机械，把耕地叫作"打地"，很快一块块杂草丛生的荒地打成明媚的水田，山坳里一片绿遍山原白满川的景象。花事如期，沿着政策的指引，沿着汗水流淌的方向，精准地开放，在我散步的时候送来悦目的新景。

山坳里的复耕之地，长势并不茂盛，那合作社能撑得住吗？有一天，我说出了自己的疑虑，领头人彬说，今年全部雇工经营，但实现了收支平衡，虽然大家还不能分红，但贫困户得到了务工收入，到明年这些复耕地就会长得更好，收益就更大了。听到他们的自信，我放下了心里的石头。一个初秋的黄昏，我去结对贫困户家中走访，却在公路上意外地遇到了老人带着三四个孩子行色匆匆。说起迟归的原因，阿姨一脸开心地说，家里耕地流转了，她是到合作社剥莲去了，正好孩子放假一起去做事。原来，村里一位善于经营专业户，不但办起合作社种莲，而且花七万余元还购置了做白莲的设备，不但收购本村的莲籽，而且还收购外村的，烘干、剥皮有专门的机械，而白莲还需要去衣和抽芯，则需要不少劳动力，村里闲着无事的村妇正好可以上阵挣零花钱。阿姨年过花甲但仍然是非常勤劳的， 记得为她家监测年收入时，她曾自豪地说，我两个老人没有白吃家里的饭，她在油茶基地务工每天九十元，一年下来也拿了七千多元。因为白莲，她又多了一份工资，到年底她自然会更加自豪。

由于秋天之约，我带着朋友去梅江边看脱贫后的乡村。朋友眼里的荷田略显清瘦，而这倒是稀罕的——在瑞金，白莲已经成为大面积风景。但在我眼里，它们仍然已是丰收的年景，因为它们不只是荷花，还是白莲。"山有扶苏，隰与荷花"，"彼泽之陂，有蒲有荷"，这些山坳里的荷花，像举着一个个灯谜，后头还隐藏着变荒芜为繁花的谜底。我想起了"荷"的另一个身世——"荷"是大自然的孑遗，是原始的粮食，是人类生存的象征，荷也是观音，是普度。

尽管红肥绿瘦，但梅江边多了一个种莲的村子，这真是让人高兴的事情。第二年，我们组织乡亲们到外头的一个白莲专业村学习，村里请了一位能手跟大家传授经验。乡亲们听了直感叹，说种白莲还真有学问，原来种下去不长，还以为沤了稻草，以为耕得太浅，原来是水冷水深了。白莲，就这样一年年种了下来。

油茶

在乡间，凡为它物助力的木头，比如捣制麻糍、制作擂茶，都必须木质坚实，我对木梓树的敬重，一部分即由此而生。木梓又名油茶，是赣南山地常见绿叶灌木。我们村里开发了二百五十余亩油茶基地，但乡亲们沿用传统的叫法，称之为木梓岭。

我其实更喜欢木梓这个名称。它带着天然的乡土味，而在过去的文籍里，赣南人很少使用油茶这个叫法。能够在汉语中借代家乡，桑梓想来是两个不凡的物种。但以我少年的乡村经历观察，这物类又极普通，它常常出现在民歌里。在一本《赣南民歌集成》的歌谱里，我多次见到它的身影。细细咏之，木梓树那质朴野性的情爱，那风云激荡的烽烟岁月，那浩瀚如雪的原野风光，成为赣南本色的人文特质。

"满山木梓开白花，满山屋子(呃)显光华，(哎呀)祖祖辈辈冇见过，千人万人笑哈哈。"这是瑞金沿坝的山歌《满山木梓开白花》。漫山遍野木梓花开成为希望的象征，映着客家先民的笑脸，这实在是有道理的。赣南山地多，千百年来，大片油茶林就是一部分人雄厚的家财。所谓"富得流油"，食油自古是富裕的指标，无米难炊、无油不菜，为此，冬花秋实的木梓树向来为人类所重。

"满山木梓(呃)叶又浓，木梓蔸下好谈情，要有哪人会(哇)崖，摘了木梓捡木仁。哦荷！"这是南康平田的山歌《木梓蔸下好谈情》。在赣南，劳动人民的朴质情爱，与山野相连，与植物相关。中秋过后就是收获时节，上山采果是一项单调而漫长的劳作，从大地上站起来

绿野轩：木梓花开

的人类这时重新回到树上，中断行走的能力，脚板左攀右附，手臂高伸远引，一颗颗溜圆的茶籽收入筐中。一家一山，一人一树，思春的青年男女唱起山歌，即使没有应声，也可解除劳作的疲乏。

"木梓打花（哎）连打连，今年开得格外鲜，哥哥报名当红军，老妹送你到村边（罗）。马鞭竹子（哎）节节连，一节唔连双成鞭，打垮白匪得胜利，全靠工农心相连（罗）。"这是信丰油山的山歌《木梓打花连打连》。歌声中的劳苦大众，在人类社会的进程中看到新的希望，红军和新希望连在一起，正如木梓和富裕幸福连在一起，绿野之中飘过的红色岁月，被洁白的木梓花所见证。

梅江边，油茶林还在不少河岸傍水而生，花期形成密集的香雪海，与梅江的波浪相连。少小时期，草甸和木梓林是牧牛的野地、游戏的战场。如今由于修建水库，木梓林已成历史。消逝的美只能在纸上重现，我曾在早年诗作《沿河》记下那份甜蜜的乡愁：沿河十里／密集的木梓林又到花期／我曾经喜欢过最低那一朵：摘下／吹去蕊边一只小黄蚁，把童年的甜／放到嘴边；我曾经喜欢过最高的／那一朵：目送落日，在

晚霞中坚持 / 洁白的抒情；我还喜欢过晨风中 / 它们一起低头的样子，一大片 / 与梅江的波纹紧密相连—— / 现在，我最喜欢临江那一朵 / 喜欢它无风的时刻，纵身一跃 / 把一点蜜，悄悄加入宽阔的江面……当然，对于乡民，木梓树的重要不在于审美，而在于实用：它是茶油的来源。

在县里头，下坝的茶油是非常有名的，城里人都知道这片美丽的高岭，生长着茂盛的木梓，覆盖着一个个山坳，一座座山岭，有的人家一年可收木梓上百担，一担可打一公斤茶油，是项不错的收入。到了过年的时候，城里不少人喜欢到下坝收购土茶油，用来吃用，或馈赠亲友。每到年关，赣南家家户户都要择一个日子，仿佛一个盛大的节日，这一天专门做年货。油炸的果品主要有酥子，糯米碾成粉，揉熟后切成条块放入油锅。还有豆子、红薯片、芋丝，油炸果品都是正月的必备之物。

油坊是赣南山区常见的事物。水车、土屋、溪水边的歌谣和轰鸣，常伴随木梓的收获而响起。这是山村最沉重的心跳，最用力的劳作。秋冬时节，木梓下山，家家户户挑着茶籽来到油坊边排队，辗床、土灶、大甑、榨槽、铁箍、油桶……这些平素蒙尘的物件被主人唤醒和清洗，在简朴的土屋复活，开始了自己的使命。磨辗，蒸煮，做饼，装槽，槌击，水力与人力的合作，便开始了山村富庶流油的日子。

梅江人家不叫茶油，而叫木梓油。梅江人家离不开木梓油。近年来，农村的年货多来自商品，不再自己油炸，而油也不再专用茶油。茶油味略苦，又贵重，现在大都用花生油代替了事。但有一样食品，是必须用上茶油的，那就是擂茶。擂茶与茶油是标配，无法拆分。在齿纹状的茶钵里擂好茶浆之后，一定要用茶油来搅抖，有了茶油的滋养，这种茶浆可以保存很久。我进城居住后，家里仍然购备了擂茶的器具，每年梅江边的亲友会送上一点茶油，那是专门为做擂茶而准备的。

但所在的村子，木梓林却并不多。村里的木梓岭，倒是有一片新开发的油茶基地，苗木还非常小，稚嫩得得不到乡亲们的信任。县里为贫困户发放了五千元的产业奖扶资金，我们村一共申请了四十二户。

村里动员贫困户把这五千元投到油茶基地去。但是，不少贫困户领到扶持资金之后，却不但愿意投到合作社里去，说那木梓岭不可靠，不知道何年何月可以分红。我们走访时，一次次劝说，合作社投入了上百万资金，理事会不可能弃之不管的，盈利是迟早的事情。

村里的油茶基地在一个叫弓桥坳的地方，在村委会的阳台上朝南眺望，就能看到山岭上一垄垄茶树，绿色的条纹在山坡上遥遥可望。听到乡亲们不信任油茶基地，在一个早晨散步时，我特意爬到基地的山岭上察看。山岭的土质产不一致，有的地方不少是砂壤，不少窝穴里的油茶长得不好看，在一蓬蓬杂草中，苗木显得有些萎缩。于是我跟村里说，可不可以跟县里的大公司合作？

我们县有一家知名的油茶企业，由于早年我曾经跟踪采访，对这家企业非常熟悉。这是一家科技型民营企业，它们的种植和加工彻底颠覆了我对木梓的印象。这么说吧，如果现在谈论油茶，我不只会说起它的青枝绿叶、果实花期，我可以慢慢跟你们聊聊茶油的单不饱和酸，跟橄榄油相比的优点，美国专家西莫普勒斯，西方的《欧米伽膳食》，中国古代的《山海经》，冷榨法和热榨法的区别，最新的水媒法生产线是谁发明的、怎么落户瑞金的。一句话，油茶是已生成一段独立的科技史。

在梅江边的村落，油坊是油茶加工的"新石器时代"，上世纪90年代在山村还有一些"残余势力"。后来，农网改造让山村用上了电，油茶加工进入了"冷兵器时代"，机械压榨代替了人工，基本程序不变，只是金属的味道覆盖了木头的香气。几年前，我在工业园区采风，看到企业引进的生产线，想起家乡残余的水车和油坊，突然感觉到时代的断裂和文明的延续。

是的，我宁愿相信，事物的更替是一种并列，而不是递进，如此，乡愁才不会是反文明、反科技的。科技的进步对应了人类的智商，也对应了情商。随着对企业的了解，我结识了一群以木梓树自喻的红军后代。或者说，在赣南大地上，他们创造了一种油茶树的传奇。改革开放以后，赣南子弟不断外出务工谋生，油茶林一度走向衰败。十年前，有一家叫绿野轩的公司，却在国家政策的鼓舞下，开始传承祖业，振兴产业。

"红军林"的传说，加深了创业者对木梓树的敬重。那是一段难忘的岁月。1933 年初，中央红军的兵工厂迁到了瑞金冈面一个偏远的山村。寒冬腊月，战士衣衫单薄，冒着严寒抢修枪械，群众就用油茶炒了一盆辣椒送给红军御寒。工人生产竞赛手臂受伤，群众又端来茶油涂抹，几天后伤口愈合。不久，毛泽东主席前往于都路过兵工厂，听到茶油的故事，就邀请当地群众带领红军上山挖了五千株树苗，种下六十余亩油茶。这年十月，中革军委将分散在兴国、于都等地的兵工厂陆续迁往冈面，形成规模更大的兵工总厂，成立了"工人师"。次年初，朱德总司令带领四百多名红军在山坡另一面又种下两百余亩油茶。红军长征后兵工厂撤离，红军叮嘱乡亲们一定要好好守护这两片珍贵的林子，等待革命胜利。新中国"三年自然灾害"期间，油茶林正值丰产期，帮助群众度过了那段艰苦岁月。1966 年，人们就把这两片油茶林称为"红军林"。2008 年，绿野轩公司进驻山乡，听到"红军林"的故事后深受感动，立即进行现场踏勘，发现油茶林多年失管，杂草丛生，产量低下，于是进行精心嫁接、整形修剪。经过多年抚育，"红军林"重新进入了旺果期。

南方有嘉木，十年蔚成林。创业者与我同属于一个年代。他们说，在家乡创业，就要甘做一棵油茶树，耐旱耐寒耐贫瘠。油茶种植是一个见效慢的产业，投资者本身就像油茶树一样，要耐得住寂寞。十年磨一剑，一路走来，他们经受了很大的压力。公司创办伊始，他们也只是想着种些树榨些油，就像山头沟壑无人打理随意生长的传统茶树。随着对生物科技认识的深入提高，他们有了更远大的理想：不仅要种出最好的果，还要产出最好的油。望着漫山成长的木梓树，看着壮观的集体劳动场景，我又看到了现代文明带给赣南山野的生机。

看着企业的先进设备，想起乡野间的油坊和水车，我突然悟到：

这群起于林业、转而工业的创业者，他们的人生其实就是一次精深加工的过程，而苏区振兴发展规划的出台是他们道路自信的源头。油茶树，与客家人的精神品质形成奇妙呼应，而油茶企业的发展壮大过程也正好显示了油茶树的自然特征——厚积薄发。这就是一方水土的草木春秋，这就是苏区发展的精神本相。不能不相信：扎根而生、逢时而发的油茶企业，其实就是赣南一株生长得最好的油茶树。

这家企业的发展，拓展了一条扶贫的路子。县里头用产业扶贫资金购买了公司已挂果的油茶林，由扶贫和移民服务中心代贫困户持股，返租给公司，依托公司科研生产力量进行统一经营。有了大公司的油茶林，我们县四十九个贫困村三千多户乡亲每年都可以坐收红利。其实，政府向公司抛来橄榄枝之前，这家公司早就与贫困户进行了林地入股的合作，并取得可观效益。后来，借力于金融扶贫政策，公司又在大柏地创建了油茶贷款示范点，这个一万余亩的示范项目，就坐落在大柏地战斗的发生地——关山。

要让油茶林成为摇钱树，必须采用新科技。看到乡亲们对村里的油茶基地不信任，我给村里提建议，要么与公司合作，要么前往参观学习。我特意前往公司联系，能不能一起经营村里的油茶基地。但由于山林属性问题，这种撮合最终没有成功，为此，村里只能自力更生。当然，公司在茶籽收购上能够保证，从而让村里的油茶基地没有后顾之忧。后来，村里开始每年加强了基地管理。春天的时候，我看到理事会组织了一批妇女，每天在岭上为油茶放肥，而在秋冬时节，他们又上山除草松土。

傍晚上山散步，总能遇上收工的乡亲们。她们戴的不再是以前那种乡间草帽，而是可以防晒的纺织品。她们收工的时候，并不会空着手，还会把清除的草木攒成一把，背下山来，带回家当柴火。油茶得到管理，绿油油地伏满山野，乡亲们信任了这片木梓岭，仿佛看到了收获的日子就在前头。

秋霜时节，我喜欢爬上油茶基地山岭，看满山油茶花绽放，凑前去嗅一嗅，清香扑鼻。我想，这油茶林将要挂果了。五年为期，一年后再去基地爬山，果然看到茶籽青青长满枝头。而合作社为了迎接旺果期，也进一步加强管理。政府投入帮扶资金，在基地里安装了现代化的滴管设备。

秋风吹过，我看到白管子在山梁上穿行，黑管子伸到了每一株油茶树下。黑白管网，把基地的山坳丘陵牢牢的绑在大地上，就像乡亲们把丰收之神安顿在梅江边。

问路

那年五一假期，接到弟弟的电话时，我正在城里书房修改一部小说。弟弟开车行进在我所驻扎的村子里，他要去往的是另一个叫苏地的小山村，海拔高，山路陡峭。他反复探问那条上山的水泥路，以他平常在广州大都市开车的经验能否适应，他担心那条山路过于曲折狭窄，他要确认究竟好不好会车，会不会开得心惊胆战。弟弟知道我这两年一直在梅江边这几个村子里转悠，熟悉这里的山川地形。

我暂时放下电脑里的故乡人事，那是梅江边另一些年代的影迹。我给弟弟一个肯定的答复，并跟他讲起了一年来散步时山路上的见闻。特别是去年夏天，那条山路上来往的车辆特别多，它们负载着石头沙子，水泥石灰，轰隆隆地往山顶缓慢爬去。黄昏的时候，做工回家的乡民们则骑着摩托车从山顶下来，急促的喇叭声不时在弯曲的山路上飘荡。这些进山的材料和人力，就像我所寄居的村子，正以前所未有的效率改造乡民的房子和道路，让家园的风貌迅疾更新。

当然，我所描述的情景不一定能解除弟弟上山的疑惧，毕竟那些山民生于期劳动于斯。弟弟问我有没有开过车子上山，我只好回答没有，只是坐过一次，其余都是步行游逛。两年来，我在那条山路上频繁出现，在乡民眼里面目可疑。我周而复始地在山路上步行，甚至比当地乡民更熟悉山路上的细节和人文。在我看来，那条山路最吸引我的，就是它通向乡村的两极——家园的兴和废。

山路拐进去不久，就要经过一个叫涧脑排的地方。最初知道这个山坳，是那里唯一的一栋土屋要实施机械拆除。夏天的阳光闪耀在葱茏的草木上，房子早已无人居住。橘黄色的挖掘机被卡车运到山坳里，这个日本的工业产品蠕动着，爬向杂草丛生的屋场，长长的铁臂向屋檐轻轻一触，黑色的瓦片哗哗落下，发旧的杉木椽子显露出来。屋里堆放着另一年代的生活用物，它们随着土墙的塌陷、房梁的折断纷纷掉进轰然而起的泥尘之中。我熟悉土屋建造的过程，但很少目睹拆除的场面，那瓦砾飞舞的情景真令我心生恻恻，仿佛我是这故园的主人。

主人就在旁边，是一个中年妇女，全家已经搬到山外的移民新村里，建起了临江的砖房。对于拆除她无所叮嘱，只是交代挖掘的师傅要帮她把一具石磨弄出来，日后要搬到外面的新居里。她的新居紧邻一栋成功人士的别墅，她看到那别墅里摆放着风车、石磨等古旧的用物，不知是怀旧还是祈福，总之觉得是一种吉祥的事物。我问起土屋的历史，农妇说她嫁到这里二十余年，听夫家说屋场解放前就有了，原来叫田租屋，想来是土地连同房子一起租用的佃农之家吧。这么说，这山坳里的家园是有些年头的，只是现在田地早已荒芜，家居也强制性地提前毁弃。

后来每天散步时，我总会仔细打量这片废弃的家园。土屋慢慢掩覆于苍翠之中，但草木仍然保持着故园的格局，李树、桃树、柿子树，三三两两散落于屋角和路旁，这是一些标志性的乡土元素，它们时而鲜花绽放，时而果实高悬，让人顿生江南逢李龟年的感慨。青竹成行，毛竹成片，桐树成林，芭蕉成阵，野芋成垄，这些看似自然物，但仍然显露了人心的经营，昔日的乡民借助于它们达成了生活的自足。繁茂的枝叶背后似乎隐匿着节俗的人影，耕种，采摘，柴炊，这些山地人家的生机已不再轮回。

一个深冬的黄昏，我听着手机音乐晃进了山坳，突然看到地垄上一只野猪惊慌奔逃，窜往溪涧的密林之中。我暗暗思考，如果这片弃耕之地无法满足它的稻粱谋，野猪是否会对行人发起攻击。后来壮着胆子再走了几天，野猪没再遇见，唯余拱扒的痕迹历历在目。我日复一日地观察着这个故园，越来越觉得先民的眼光确实不错。直到有一天弟弟从广州打电话给我，让我在村里留意有没有可租之地，我立即把这个山坳细细描述了一番。

但弟弟说，这个山坳太小，不是他想要的地盘，这才知道我们所想并不一致。我以审美的目光看待这个地方，欣赏的是田园风光，而弟弟所图并不是归隐山林。他不是找一份乡村生活，而是想寻一条创业之路。

弟弟在广州开着电脑档口，前几年买了房子，也买了车子。大概两年前开始，他每到五一或十一假期回到瑞金，就会跟我们提起返乡创业的想法。他说一起在广州发展的同学，现在已经在老家找了一块地盘搞起了养殖。弟弟和同学转了不少乡村，发现县城附近的乡镇山林田地寻租已难得手。我听得出来，弟弟已经有些急切，他把目光转回我们的老家，一个离县城一百多华里的山乡。他的想法是要尽快拿到一块地盘，即使暂时不开发也可以先供养着。他认为一定还有跟他持一样想法的人，这就难免形成竞争，而以我媒体工作的经验，这样的回归也确实形成一股不小的潮流。

我在寄居的村子里找了一遍，确实到处是一条条撂荒的山坳，但格局太小流转也难，于是没有可供选择之处。弟弟通过襟弟打听到邻近的山村田地开阔，山坳连绵，于是五一假期从广州回到瑞金，就直奔梅江的那个小山村考察。其实进山的道路有三条，居中一条就是我平常散步的去处，也是最好行驶的一条。在电话中，我鼓励弟弟放心前往。在书房里，我不时想象弟弟沿着我散步的路线前行。大概过了一个小时，弟弟又打来电话，说他平安抵达，没想到现在的乡村变化这么大，水泥路四通八达，根本不是我们以前在乡下居住的样子了。

显然，弟弟感叹的乡村，是荒芜与复兴交织的乡村。

弟弟后来并没有告诉我进山的结果，我一直不知道弟弟在那个山村有没有看好某块地盘，就像我不知道弟弟为什么会如此热衷于返归乡村。我在城里的书房中修改着小说，而我在小说中确认的事实是田园将芜、故乡荒凉，乡亲们对土地的逃逸依然是主要的态度。甚至父亲频繁地从城里归返故乡耕作，只不过是对农业文明另一种形式的哀挽。

十年前，弟弟在县城里安家，父母带着他的两个孩子在城里念书，而弟弟夫妻俩仍然在广州谋生。驻村之后，每到周末我都要回城去看望父母。有时候看到父亲不在，就问是不是回老家了，回去多久了。母亲说起这事，一脸不高兴，显然也对父亲归乡劳作的老习惯无法理解。自从进城居住之后，父亲几乎每个月都要回老家几趟。早年是由于祖父还留在乡下，一个人守在老屋起居生活，父亲显然不放心。后来祖父离世后，父亲返乡却仍然成为一种惯性，我们才知道他回去除了看望祖父，其实就是眷恋土地。

梅江边地的土地早已不再像以前珍贵，新世纪以后人们对土地的感情更是突然凉了下来。村里种地的只剩下一些老人，两季稻子只种一季，仍然有大量撂荒。父亲逆向而行如此眷恋，也成为一个难解的谜。在家史的陈述中，我慢慢知道，父亲青少年时期就有逃离土地的志向。父亲小学毕业面临两种选择，要么上重点高中考学外出，要么进农业中学准备留在农村发展。老师前来家访了解志愿，祖母唠叨着说起家里缺少劳力，于是影响了老师判断，最终确定了父亲的人生走向。父亲一直为此记恨祖母。进入农业中学后他练了一手珠算，从学生时代就开始参与集体经营，但几十年来只是在算盘和报表之间兜兜转转，跟土地的关系是若即若离。

直到四十年前村里分田到户时，父亲才发现自己对于农事如此生疏，一切下地的农活只得从头学起，村里的乡亲为此预言我们一家八口将在分田之后等着挨饿。我们兄弟几个小小年纪就成为村里的插秧能手，就是为了及时弥补父亲的能力。多年以后，人们不断赞美改革开放形势大好，父亲却仍然耿耿于怀，他对土地又爱又恨的感情溢于言表。父母一直以丢掉锄头来鼓励我们好好读书，弟弟高考无果也鼓励他外出打工。几十年的土地耕作，父亲早已发现家乡的土地只能解决温饱，却无法致富。我们以进城定居来回报他的艰难供学，而他却城居之后一如既往地放不下锄头。似乎土地真的丢下来了，他反而十分难舍。

土地之中到底承载着他的什么信念，我们一时感到模糊。种地成为父亲的习惯，我们认定那不过是一种锻炼，由着他去。在往返之间，父亲也许感觉自己是在与时代的变迁赛跑，生怕有一天回到家乡认不出那一片田园，那一片草木。一次次看望那片流过泪水淌下汗水的故土，父亲发现越来越多的乡民和事物在消逝。梅江筑起了水库，放排走船的江水彻底停滞了下来，仿佛岁月在人间跑得累了，终于停下脚步。没有沙滩的梅江仿佛不是梅江，没有流动的江河仿佛不是江河，但两岸的青山还是青山，而且重新绿了起来，乡亲们用电照明做饭，柴草从此恣意生长。熟悉的菜地长出青草，一些踩过的土路突然消失，古旧的土屋一间间在时光的手指下软塌下去，委落成泥。村里年轻人再没有人愿意学种地，父亲眼看就成为最后的农民。

每到过年过节，我们家宴之后谈起老家和过往，父亲总要忆苦思甜，跟我们说起那片土地，说起它们的名称和产出，它们的肥瘦和形状，在深深的追忆中不时露出了微笑。孩子们自然不理解我们的乡愁，只有我们兄弟一辈会发生共鸣，并复习那些温馨的名字：湾子上，水足，适合于播秧，种芋子；竹篙丘，莳田时最让大家望而生畏，长长的一垄莳下来，没有人不会腰酸背痛；墓背脑、烟寮下，时时灌溉跟不上，春季种稻，而秋季多数种红薯；河排上，三角丘，在梅江的拐湾处，收割的人不时朝江里望望，看能不能捡上一条漂来的死鱼；大龙坑，犁圆丘，那里水足泥深，晚稻时要开沟放水；锅丘，腊树下，田亩宽，水土好，一季稻子就占了一个大木仓……这些田亩以前一年两季为我们一家供应着食粮。

而今，它们突然毫无负担轻松起来，大部分长着青草，每年有那么一些翻了过来，种上青菜，红薯，花生，酒粮。这些土地的物产一年四季沿着一百多华里的公路，走向城市。父亲其实不止一次看到我

问路

们把来不及吃掉的红薯、生了虫子的花生丢进垃圾堆里。但他没懊恼，无论怎么处理，故土和儿孙之间都由于他的耕作，存在着忽明忽暗忽远忽近的关系。仿佛这就是他的欣慰之处，是他风雨中继续耕作的动力所在。

父亲对土地的眷恋，让我误以为他是最理解并支持弟弟返乡创业的。然而一个周末，我回城看望父亲时说起了弟弟的打算，父亲却愤慨不已：在广州发展得好好的，怎么竟然想到回家种地，地有什么好种的呢？！

事实如此，自从高中毕业外出打工之后，弟弟就基本割断了与土地的联系。弟弟的打工经历颇多周折。最先他跟着乡亲们进了外省的制衣厂，他进厂之后曾经保留了写日志的习惯，而在日志里他越来越写到流水线的苦闷，超长的上班时间，单调的机械操作，微薄的劳务工资，这让他很快感觉自己前途暗淡。我老家的乡亲中，在制衣厂上班的至今是一个庞大的群体，后来分化出来的是一些做上了管理工，或自己开起了加工厂，但流水线边的杂工仍然是主体。弟弟接着走向另一个极端，居然跟着姐夫在城市干起了搬运工。他练得一身力气，学会了大碗喝酒，这种体力活工资虽高，显然也不是他的理想。他一度回到老家，寻思能不能搞点种养，但资金和技术的制约，让他看到田园里并没有他的出路。最终，他跟着高中同学在广州学会了修理电脑。在广州立足之后，他跟土地田园的关系显然起发疏远了。

如今弟弟突然问路进山，寻找乡土上的出路，我突然感到一个时代的转折隐隐出现。

归期

常驻村子里后，我们只有周末可以回城。有一天晚上，我回城后特意去弟弟的小区看望父母。当时恰巧大哥也来了。

弟弟那时人在广州，而我们在他的家里讨论起返乡发展农业的事情，大哥也是一番愤慨。大哥是农校毕业的，在乡镇工作过二十余年，对农村发展的现状可谓知根知底，显然比我更有切肤之感。他说别看社会上人们大谈农村农业，仿佛迎来了希望的曙光，但多少人受到怂恿钻了进去，投资兴业结果苦不堪言。而我两年来村里看到的规模种养，显然不少是一种惨淡经营。这些就算放到全国只是个案，也不能不成为弟弟的警钟。我们根据各自的认知，在弟弟的家里开展了一场"缺席审判"。

弟弟创业其实也是亦步亦趋，就像跟着同学干起了电脑修理，开起了电脑档口，他也想像同学一样圈起地来搞养殖。瑞金由于有着吃牛肉汤的风气，加上红色旅游的日益火爆，肉牛的销售非常可观。我推荐过他去一家我采访过的大型养殖场参观。养殖场是招商引进的，据说是北京的一位农业专家退休之后的成果。那是离城不远的一个乡镇，在山坳里一垄垄青草高大，引进的台湾高山草在岩页地和砂壤土里经冬不败。专家还把啤酒厂当作废料的酒糟捣腾过来，让肉牛增加了饮食的滋味。牛粪为青草施肥，草间又套种香菇，一种立体的局面让荒凉的山冈顿时热闹起来，前来学习养殖的个体户络绎不绝。

但是，我所驻的村子里，那位养殖专业户却于前两年遇到了灭顶之灾。这位乡亲注册了合作社，养殖了几十头肉牛，规模不大，销量也不愁，养殖场就在一个山坳里，多年来田园荒废，杂草当家，田埂消融，翻耕已是不易，正是放养肉牛的好地方。偏偏一位乡民外地务工多年，一朝返乡，立志翻耕，就在山坳里洒药除草，养殖场的肉牛莫名死去后，终于找出原因，但乡邻无意破坏，也无力赔偿，只好在养殖场以工代赎。这种事故虽然可以避免，但足见农业的脆弱，养殖场也确实为此改行，养起了肉猪。

同样的事情发生在另一位村民身上。这位乡亲和兄长在村里找了一个山坳，种了几百亩脐橙。兄长在城里工作，果园只是他的业余经营，也就请了技术员和工人帮着照看，而这位乡亲生活在村里，自然不想请工，就自己埋头干了起来。去年果园种下苗子，施肥打药，除草浇水，很是辛苦，一心想着开春看到苗青园绿，但冬天一阵寒霜，不久发现果苗枯萎。他一脸愁苦地向我们说起这个不测，至今还没有弄清楚哪里出了问题，因为他兄长的果木无事，而他的却出现问题，细细推算，只是施肥的时间和程序略有一点变动而已。

尽管科学技术今非昔比，父亲仍然相信农业是靠天吃饭的行当，不确定的因素于他有太深的体会：早年的灌溉抢水，后来的农资市场……父亲年过古稀，脚下的土地只是供他聊慰乡愁，并非经营创业。他早已消泯了对土地的信赖。而我所在的村子，从来没有所谓的专业户，即使搞起了规模养殖，农业的脆弱也让他们居安思危，三心二意地搞起多种经营。养殖场的主人同时贩家具，卖木料，运石头。他们知道不能在一棵树上吊死。一番批判之后，父亲和大哥一致认为，弟弟突然打算返乡创业，过于草率。

然而，母亲那天晚上透露，弟弟去苏地村考察之前，已经在他岳父的村子里找好了一块土地，并与村里明确了租地的意向。大哥说，现在土地都是村民的，与村委的合同没有实际的用处，土地流转还是一个问题，如果他改变主意，仍然可以解约。当然，我们"缺席审判"的结果并没有通告弟弟。事情显然是弟弟和弟媳一起决策的，平时我们都只是他们的后方，他们俩在广州的阅历和思考，我们并不能替代。这个创业计划是他们在都市打拼中寻找出路的设想，何况那个村子还是弟媳的娘家。

其实我到过一次那个村子，为了他俩的婚事。我和大哥结婚成家之后，弟弟的婚事决定了家庭的走向，父母一直非常着急。但弟弟长年在外头打工，过年也只是短暂的几天假期。那年弟弟回到家里，走了几个村子去看亲，最终并没有确定。弟弟回广州的前一天，一位亲戚突然前来通晓，说是他村里有一位待婚的姑娘。听亲戚介绍，父母觉得不错，但弟弟早已没了主张，觉得这虽然是人生大事，却一切随缘，就让我们来决定。而他已买好车票，这是决不能浪费的，毕竟是三百多元的血汗钱。弟弟回广州的心意已决，但同意我们在家里帮他张罗。于是，为了牵上这门亲事，家里决定让我出马前往那个偏远的小山村相亲，一是看看姑娘好不好，一是让姑娘类推弟弟好不好。那天我跟着亲戚走上进村之路，第一次知道赣南还有这么长的坳，一个多小时不见行人，我疑心走错了路，却见亲戚没事一般走在前头。弟弟成婚之后，每年正月走亲戚都成为一个心结，山高路远，骑着自行车到了梅江边，还要翻山越岭。

"租了地怎么办呢？那么山的地方，他待得下去吗？"母亲对弟弟表示怀疑。在客家话里，"山"是一个奇特的形容词，它指向的不是地形，而是村落的偏远。弟媳的父母一直在那个山村生活，而且每到集日都挑着青菜到小镇销售，几个小时的路程不说，如是冬天还得走在冰霜泥滑的山路上。即使现在修通了水泥路，那仍然是一个很山的地方，弟媳每次讲起父亲卖菜，就内心复杂。我不知道这是不是她支持弟弟回娘家租地的原因。

把走亲和看地结合一起，弟弟不知道什么时候开着车子已悄悄进行。那村子显然不需要我介绍联系，如果不是母亲透露，我还不知道弟弟已迈出归乡创业的第一步。

回归故乡，更多是出于生活，由于一种古老的年俗。每年春节假期，弟弟都要挨到年关才回瑞金。而弟弟回来，父母就坚决地回到老家去了。父亲固执地认为，年在乡下，年在老家。这样，弟弟和孩子并不像我和大哥一样，待在县城过除夕，而是一起跟着双亲回到梅江边的村子。一到正月初二，我和大哥就会接到父亲电话，问我们什么时候回家过年。我们还在途中，父亲就不断计算我们能不能赶到家祭的时间。

初二是老家过年的日子。在梅江边这个叫何屋的小村子。从除夕到初三，都要保持素洁的斋戒，连年夜饭也是普通的素餐，白色的麻糍，黄色的米果，炸豆腐，热水酒……它塑造了一代代人的味觉记忆，它原本属于清贫，而在记忆中又成为一份清雅，年的滋味等同于麻糍的洁白，柔韧，劲道，香甜。奇特的年俗，源于先祖经历的事变和承诺。为了后世的幸福，村庄把年夜饭作为一种祈祷和誓约，既显示了年夜饭的重要，又显示了真诚。后来考虑打工者在家时间短，乡亲们硬是提前了一天。

正月初二，乡亲们陆续拎着牺品走在公路上，去往老屋。家祭的程序是庄重而简单的：焚香，点烛，放鞭炮，祈祷，念念有词地请先祖一起共享牺品中包含的丰熟……村庄里陆续响起了鞭炮声，经过青山回荡，这些锐响变得慈祥、和霭。古旧的声响传彻两岸的村庄，唤醒故乡万物一起辨认过年的味道。那一缕缕家祭的青烟，和一根根为家宴而升起的炊烟，仿佛乡土大地的本色，交织着一份持戒和隐忍，既有因循又有变迁，一年一度的欢乐庆典诞生于斯，历久弥新。

弟弟陪着父母在老家过年，增添了跟老家亲近的时间。事实上，他在老家总是匆忙地安排好时间走亲戚，而一到初六，又得起身返程。离乡的时候，父母总是为他们准备丰富的食物，小车的后厢塞得满满的，仿佛一个微型的故乡。两年前的春节，弟弟离乡之前叫上我，去田里弄一种新东西，弟弟说这种东西以前从来没有带到过广州。我坐着弟弟的车子，来到不远的公路边。停了车子，从后厢里拿出一把锄头，几个包装过粮米的塑料袋子，走进了一块祖父耕作过的地里。这田亩原是大块版图，分给祖父时已被分解成四份，祖父分到最西边的一份。

由于分界线非常笔直，我们插秧时总是心情紧张，担心公路上的行人看出技术破绽，行列歪扭。由于地利之便，这些年父亲不时在这里轮作，种上中稻、雪豆、芋子。现在春草萌发，田里空无，弟弟踩进地里，一边和我们追忆早年的稼穑，一边奋力用锄头挖土，让我拉开塑料袋，把泥土铲进去，扎好，塞进车子的后厢。

帮弟弟搬运泥土的那一刻，我有过一种文学上的感动，虽然弟弟只是出于物质的需要，但我更愿意联想那些带着泥土慰藉乡愁的游子。弟弟安顿好泥土，悠悠地看了看土地说，他多希望有一天能够回到村里来耕种土地，他发现自己在广州得上了咽喉炎，怎么治都不见好，为此他每年要喝大量的凉茶，而一回到老家炎症就会自动消失，他预想在广州做到六十岁，退休之后就一定要回来，换换这里的空气。

我终于明白，弟弟是要把这几袋家乡的泥土运到广州去。弟弟学会电脑修理后，为同学打工了多年，晃荡着一只修理包奔走于广州的各种办公室。弟弟技高心细，服务热忱，但打工的月薪并不高，由于积蓄不多，父亲为他在老家建了一栋红砖房。后来大哥建议他不要老是打工，有了积蓄之后可以自己创业，于是和别人合伙也开了个档口。弟媳原来一直在广州制衣厂踏平车，弟弟创业后就一起守档口。两人干了几年，手头有了些钱，就在县城买了套房子。而两人一直在广州天河区租房，两千多元的月租却不过是十多个平米的空间，我们去广州时就挤在地板上睡觉。每到暑期，父母就要送两个孩子到广州度假，挤久了弟弟就希望有套自己的房子，每每说起疯狂的房价，后悔没有早点拿定主意。前几年，弟弟终于按揭买下九十平米的二手房，乔迁之后住得满意，就想在阳台上种点青菜。就这样，弟弟趁着过年的机会，把老家的一片泥土运到广州。

据弟媳说，为了找这套房子她周末走遍了广州城，一共看了两百多个楼盘。原以为他们安居乐业要在广州扎根，没想到过了几年又生起回乡创业的心思。弟弟和父亲一样，对土地的感情从一种逃离变成了一种归返。只是对于父亲，是田园将芜胡不归，而对于弟弟，是田园将兴胡不归。对于创业的担心，对于农业的判断，我们一直压在心里。

这一年春天，我们村子里兴起了白莲种植，那些废弃的耕地被粗糙地翻了过来，丢上莲籽，夏天一到陆陆续续冒出了田田的荷叶。我想起了弟弟叫我物色山坳的嘱托，就打电话跟弟弟说，村子里的土地越来难流转了，苏地村的土地看得怎么样呢？弟弟说，那村子不错，但开阔的地方全部种上了白莲，而襟弟的山坳又过于狭窄，自己修路进去不大划算。

弟弟又说，你继续帮我寻找吧。我终于把自己的疑虑告诉了弟弟，说现在农业并不容易，和我一起来梅江边驻村的朋友就经营着一个农场，合伙投入一千多万元了，都是叫别人在打理，而这些年行情不好，只是养着供着。再说，现在回来创业习惯村里的生活吗？

弟弟略略停顿了一下，说，他当然不是现在回来，只是想先找好一块地，说不定投个几十万先开发起来搞点养殖，一时不指望挣钱，能养着土地就行，待他退休之后回来，就有个去处。我说，投资的路子有很多，难道他在广州发展得不好吗？弟弟说，现在广州电脑档口多了起来，生意不好做，而积了些钱就得准备投资，否则将来养老怎么办呢？他又说，跟他一起在广州百脑汇开档口的一个湖南人，前几年就回到老家搞养殖去了，据说养的是土鸡土鸭，专门供给酒店餐馆，销路很好，一年挣上二十余万元不在话下，还能够轻轻松松待在家里头。

原来，一个返乡创业的成功案例就在弟弟身边，诱惑着他新的人生规划，而都市竞争的压力让他每每对乡土欣然向往。归返乡土，于他是一种生活，更是一种生计。我问弟弟，那你打算什么时候回来呢？如果找到了土地，不会是现在吧？弟弟说，不是在此时，不知在何时，他只是想有一块土地投资兴业。

一年后，弟弟终于在岳父的村子里流转一片废弃的荒地，和高中同学一起合伙开发了果园，种了上千株脐橙，并雇请了亲朋专门管理，小组长和他的岳父一起在果园里务工。一次放假回家，我特意陪他去庄园。进山的路远非二十年前了，弟弟把车子熟练地开到岳父家，我们步行走了几条山坳，只见树苗已有一米多高，绿叶披离，很是可爱。他指点着那些旧房和水面，规划着将来的用途。他带回了专用的草籽，准备让岳父改行养鱼，并动员在外省务工的小舅返乡专门搞养殖。

由于政府的发动，父亲在老家的村子里也种起了白莲，夏秋时节每天都在田里奔忙。而弟弟和弟媳每次回到老家，都要去果园看看。两代人，两片土地，已是两种迥异的经营。

试问归期未有期，我不由想到自己的现状。几年来驻村的日子，其实是一种全新的寄居。在与当下乡村的融合与摩擦里，我渐渐弄清楚了自己真实的内心：尽管城里上班时一度幻想重回乡村，但现在看来多少有点叶公好龙的味道，我更喜欢的其实是在城乡之间切换。

副册

驻村工作最终会有终点。为此，我一直想整理一份合我胃口的文字档案。有一个朋友说，你应该把经历的乡村写下来，你曾经身在其中，你最懂得现在的那片土地和人群。对他寄予的厚望，我一直深感不安。

对于写作者，每人心中都会有这样一位隐形的读者，披着历史的沧桑和现实主义的外衣。

脱贫之后，我们县里普天同庆，外头涌来不少记者，要深入采访脱贫攻坚中的典型经验和动人事实。那天在宾馆的座谈会上，围绕取得的辉煌成果，二十多个重要部门和十多个乡镇的领导纷纷发言，慷慨激昂，洋溢着胜利的喜悦。记者们手上都拿到了一本装订成册的厚厚的总结材料，他们也观看了展厅和电视片。素材如此丰富，我担心记者们会不会乱花迷眼。事实上，那天晚上有几家报社的记者没有参会，他们第二天就要在头版头条推出重大报道，如果听完座谈再回去深夜显然来不及，当然他们仅凭提供的汇报材料和电视脚本，就足够弄出一篇洋洋几千字的长篇报道。

在我看来，这样的座谈会显然不能完整地表达好我眼中经历的时代。后来陆续记者来到县里采访，陆续有新闻报道出现在媒体里，但总觉得他们的表达，离我所亲历的生活有着距离。我曾经设想，如果我们这些驻村的干部召开一个座谈会，我们心里我们眼里我们嘴里的乡村大地，会是另一番生动可爱的样子。但这些远离县城的乡村很少有发言的机会，虽然扶贫工作是全县开展的，但接受采访的已经是挑选后的村庄。毕竟有过长久的坚守和无尽的感慨，我们曾经渴望有一个座谈会，渴望座谈会上有一个另外的记者，突然递给过来一张名片。当然我们会非常紧张，我们知道接触媒体记者们时并不能随便说话。

于是，我一直在虚拟这样一位特别的记者。他会反复跟我沟通交流，说，也许只有我能把这个事情掰扯清楚，他对我抱有深深的期待。

他会打破我们的顾虑。他说，看了各种报纸的宣传报道，感觉没有一篇能够把县里头这项事说透彻。他说这些新闻来自各种材料和零碎采访，都是一些表面的业绩，不能说这些报道不专业、文笔不生动，关键不是他最想看到的。他说，就像过去的那一个个时代，知青下放也好，"文革"动乱也好，改革开放也好，他从报纸上读到的和从小说里读到的，简直是两回事。他觉得，宣传报道的文字在为时代塑形，但都难免存在着表达的局限和片面。他说作为这个时代的重大事件，非常希望知道底下儿到底是怎么回事，现在中国的农村到底发生了什么。

而他认为，我身居深居乡村多年，经历着一切，熟悉着一切，如果不把事情讲透彻，几十年后就会像过去那些年代，只留下报纸上那些扁平的叙述，而这也是对乡亲们、对这项事业的极不负责。最打动我的一句话，是他说到了一个词：历史的道义。他说那些报道写现实有欠缺，但讲历史有深度，因为传播革命老区的新时代发展过程，不能不说就是一种历史的道义。这时，我肯定会对这位记者的话深表共鸣，因为我也有着他完全相同的感受。

就说这梅江边的村子吧，很多事物和语词都在消逝，一点儿也不会由于当年的报纸而搁住。

比如当年我听祖父讲述家史，常能听到一个词——优力。我后来在当年的报纸里只找到优待红军或烈士家属的宣传，但"做优力"的故事几乎湮灭。我祖父说，解放后那些年，梅江边的村子里家家户户分到了土地，他可以自由地耕种、走排、打鱼。他当了耕田队长，要为烈属或军属做优力，也就是义务帮忙。我祖父每次走排回来，家里都挤着一大堆妇女，那是些烈士的遗孀，都在吵着闹着各自家里地还没有耕，种还没有下，苗还有没种，几乎要把他撕成几个人，全亏了太祖母能够体恤、接待、安抚好这些寡妇们。

而父亲讲起集体年代的事情，我更是感觉神秘。我父亲说，村里成立起了革委会那阵子，一个姓罗的委员批判他对革命的事不上心，要他一起去夺大队干部的大权，但大队的干部却说，要他大队的公章交出来，除非父亲进了革委会，除非交到我父亲手里他们才放心……每个年代有每个年代的故事，我感觉这些年我在村子里的经历也挺有意思，但也许都不是他们记者所需要的，那并不合媒体的口味。

我不得不说，虽然我不堪承担这位记者所寄予的厚望，但我喜欢把这些经历讲一讲。有一段时间，我苦于千头万绪无从切入，而如果有这样一位记者的提示，刚好合我的胃口。他说，座谈会上有位县领导的话让他耳目一新：最好的经验也许不在成功之中，而是在挫败当中。于是他让我整理一下回忆，把那些即将从历史档案中消失的东西留下来。我似乎理解他的意图。

那时，我们曾经接到上级的部署安排，在评估验收前，我们要重新排查村里的重点人群。怎么叫重点人群呢？简单地说，他们就是可能影响验收的群体。我们并不需要自己多加琢磨，上级已经帮我们进行了具体的分类归纳，一共有 11 大类：卡外低保户，危房户，重病户，残疾户，独居老人户，五保户，散居户，外来户，信访户，意见户，边缘户。有一天晚上，小镇召开了调度会，我曾经把这个分类作为一种知识，认真记在一个笔记本上，然后和村里的干部对照全村 237 户人家。我在写笔记的时候，竟然想起了毛泽东《中国社会各阶级的分析》一文，虽然我要梳理的不是阶级，而只是一个阶层。

这个重点人群，说大就大，说小也小。吃了低保又不是非贫困户的，家里有残疾人的，现在仍然在土坯房里住的，都是最容易引起外界关注的，因为他们有贫困表征，但又不是贫困户，你得提供好他们不是漏评的佐证。另外，独居的老人、家有重病的、不贫困也不富裕的边缘户，住的红砖房只建了一层的，还有一种意见户，就是平时对扶贫工作有意见的农户，这些就是需要最后自查验收的重点人群，把这个重点人群搞定，确保驻收过关能够万无一失。

我们乡镇的工作调度会每周一次，多在晚上进行，有时开到十一点多，能看到夜雾笼罩公路两边的山河。我和村支书拿着文件回到村里，开始讨论这个群体。谁需要列入重点人群呢？他们在村里与众不同，最有可能显露工作的不到之处，现在，他们成为不稳定的因素，真让我们焦虑不安。

几年来，我们确实像绣花一样，把一项项扶贫政策落到村子里，我是专门负责管理台账的，我们村子里有十五本台账，从计划到总结，从医疗到教育，从单户到整体，从评选到退出，图文并茂数据详实，我们自认为做得规范极了。但是，就在验收检查前的一阵子，县里头还是怕有疏漏之处，重新组织了所有干部反复筛查村子里可疑对象，有一阵子，我们对这个群体真是大费周章，为他们建好台账，调查安抚，做好佐证。

显然，我们的揣测，别人也会有所揣测，英雄所见略同，只是目的不同。在村委会的扶贫工作室里，我们的正册，是十五本台账，但这些只是结果而非过程，台账里的数字热情然而枯燥，真实然而表面。其实，我们的整改台账，正是村庄的"副册"，反映了查缺补漏的过程。只是这些资料将会自动消失于岁月的缝隙里。

我一直想象，会有这么一位记者，关注伟大工程中的细节部分。他会说，整改台账虽然只是副册，甚至不公开示人，但事过境迁，却最能反映乡村工作的细致程度和自我完善，反映了我们乡村在特定时代的真实风貌，是值得再三抚摸和反思！他最后会打一个我常见听到的比喻：你们这次验收时能够高分过关，难道就没有像高考一样，做过一些"错题集"？

我想起了白俄罗斯的记者阿列克谢耶维奇，最有成就的记者，是想真实地留住一个时代的影像。当我整理好这份资料的时候，我发现，无论如何，这只是报纸做宣传报道时的一个参考事实，最多只能成为新闻佳构的有力引擎。我自己也感觉到了，放到报纸里的文字，只能在县里提供的资料里索取，而文学创作是另外一回事。如果真遇到这么一位记者，我还得郑重其事地说，只有你答应做到这一点，我才可以把一个村子的自供状安心地整理好，通过邮件放心地发给他。

没错，这只是一本村庄的"副册"，那些复杂而简单的乡村人物，有时让我们难堪，以至难忘，然而又无损大业。我想起了斯大林当年耐心地劝导肖洛霍夫，你得看到事实的另一面，还有伟大事业的那一面。

第五章

到处是活跃跃的创造

稻香

沉沉的石臼，从土屋角落滚了出来，移置厅堂的中央。先用清水洗刷一遍，然后碱水清洗，浸泡多日。丈许的木棍从房梁上取下，也是木桶中一番浸泡，七根八根，九根十根，像一群男人挤在一块。也有短小的，特意为少年备下。年底的时候，乡邻们约个日子，灶膛里柴火旺盛，大锅里热汽蒸腾，金黄的稻谷变成了柔软的饭粒。金黄的碱水倒进去，白色的米饭又变回稻谷的色泽，蒸煮之后倒进石臼，人们围拢过来，趁着热气一番捣鼓，兴起时两支木棍合力挑起一大团米果，翻过来一甩，叭地落回石臼。粘柔成团，起臼，门板上搓成条状，以掌分解，一只只圆润如玉的米果，就像一串串金色音符，闪耀着年的喜悦。

从稻谷香到米果香，这是我自小熟悉的乡村年景。我曾用一首小诗记录下来："大海一样的乡村时光，找到坚实的底部，人们向它围拢，捣鼓生活，白麻糍，黄年糕，年关的石头开了花。"一个石臼是一座厅堂的核心，一座厅堂是一个屋场的中心，石臼像一种图腾，展示着大地的时节和丰实。现在，这样的年景在一座宽阔的县城广场出现，古老的石臼不是单独一只，而是十来只，在鲜艳的展棚前排放。仍然是那些工具，木棍和木板，茶油和碱水，铁锅和饭罾。黄色的绸服显着喜气，更透露一种表演的性质。"打米果了——不打米果不过年"，夸张的吆喝吸引着密集的观众。在乡间，打米果过于平常，厅堂的热闹有着私家性质，人们没有围观的兴致，如果你喜欢热闹凑前去，也可分享一两团米果。这些年，年货成为商品，机械加工多起来，打米果不再随处可见，老家的石臼闲置了二十来年，一些石臼流落到博物馆，变成供人追忆的乡愁。

打米果，终于成为非物质文化遗产项目。由于稀罕，人们开始设立表演的项目。现在，广场上的十来只石臼，十来个展棚，十来家专业户，构成了"黄元米果节"的主要节目。品尝米果，农超对接，米果带着过年的喜色，走进订单或食品袋，唤醒客家人绵长的年俗记忆。而这些米果，都打着统一的地标——万田。

广场上悠闲的市民，一边陶醉在米果的香气中，一边欣赏着舞台上的歌舞，放下身心来理解这种古老而常新的食物。在主持人台词中，"黄元米果"成为一个文化符号。据说黄元米果又称黄米果、黄粄，起源于唐、兴盛于明，南宋时被列为皇家贡品。米果的品质取决于两大原料，一是纯粹的大禾谷，一是纯正的木碱水。而是成为一种品牌。米果是我生平所好，一到年关，看到城区米果涌现，现场加工的，超市摆放的，就急切地购回家品尝，但往往令人失望。纯正的米果，不只是色泽金黄，而且口感柔韧爽滑，富有弹性。敢于贴上地标，敢于一年一度举办米果节，敢于在广场集体亮相，当然是乡亲们的自信。

节会是短暂的展览，而真正的米果节，延续在那个遥远的山乡。节会一过，这十来只石臼又要回到它们的故乡，加紧生产着供应城乡的米果。我于是跟随省里记者，循着米果的香气走进万田，去一个叫麻地村子看看。

水泥公路在群山之中盘旋，拐弯处不时冒出来一辆小车，喇叭声彼此呼应，抑扬飘荡。许是年关渐近，路上来往的人车多了起来。偏远，山清水秀，这地界有着山乡的典型特征。我最早知道万田的名字，是在一本《赣南民歌集成》里。看着窗外奔跑的山峦，我脑海里浮现了两个采风者的身影。那是 1980 年代初期的一天，他们经过几个小时的颠簸，从县城来到了这三县交界之地。他们不辞辛苦，奔赴远山，是为了寻找一种特殊的植物。这种植物叫山歌，是从山民心里长出来的一种植物。富有经验的音乐工作者知道，越是远山僻壤，越可能出现这种声音。

那是改革开放初期的乡村，乡亲们沉浸在分田分地、家庭承包的喜悦中。希冀、憧憬，在刚刚分田的千家万户萌发，与土地革命时期如此相似。山乡的歌手并不会多。在人们的指引下，两个背着包、拿着本子、捏着录音器的文化人，找到了一个叫赖诗城的村民。于是，一阵原生态的歌声从村子里飘了起来："哥哥出门（嘞）当红军，笠婆挂在背中心（啰），天天唤起打胜仗，打掉土豪有田分（嘞）。"新鲜的时代气息，带来新鲜的欢乐。这时候的乡亲们，还没有来得及编创一首新的民谣，来表达分田分地的喜悦。赖诗城的歌声倒恰如其分。这是一首五十年前的老歌，与一场声势浩大的扩红运动有关。万田虽然离县城相隔遥远，但却是中央红军长征经过（或者说出发）的地方，从云石山、万田到于都，铁流与火把，一度打破青山的平静。

又过了三十年，2010 年初，中央电视台播放新剧《红色摇篮》。"哥哥出门（嘞）当红军"，这雄浑的片头曲响起，仍然是那些歌词。歌词大体未变，但曲调完全变了，变得激昂、高扬。民歌的传唱，是那么偶然，又是那么必然。原来21世纪初期，瑞金编演过一部音乐剧《八子参军》，从民歌中挑选了《哥哥出门当红军》作为主题歌，改名为《摇篮曲》。朴素的剧目被《红色摇篮》剧组看到，《摇篮曲》于是又恢复原名，立即从万千苏区歌谣中脱颖而出，走向荧屏。

多年之后我们去往万田，不是为了寻找民歌，而是寻访歌词中乡亲们为之激动和自豪的田。万田，显然是一个田多的地方，以耕地自夸的山乡。但出门打工的兴起让分田的喜悦一度衰退。打土豪分的田，改革开放分的田，不少在山坳里撂荒。打米果的产业兴起，让万田之田重新流淌新鲜而古老的稻香。

我在中年汉子曾令发家又看到这种充满希望的"田"。那是一张白色的扶贫信息表，在"耕地"一栏上，标注着他家分的田，是四亩半。四亩半不少，足以解决一家的温饱。但曾令发得了病，成了贫困户。

直到扶贫干部进村，他家的四亩半耕地才带来希望，不但全部种植了木禾谷，还租了乡邻五六亩。他收了四千公斤稻谷，三分之二卖给了村里的合作社，三分之一留下加工。卖稻谷，卖米果，他一年能挣两三万，笑脸透出的精气神，看不出是个病人。被稻香引领的还有钟久挺老人。儿子早年死了，家里没有了希望。如今，他家的田亩也全种着大禾谷，全部卖给合作社。在他家的新房里，摆放着四五个大铁锅，黄元木的炭灰正在融化，给寒冬腊月的乡村带来厚厚的暖意。打米果需要人手多，钟久挺显然没有条件，他家的米果灰不过是合作社的原料。

麻地村是个老集镇，公路两边排着密密的店铺，一看就知道是经过统一装修，店招上"黄元米果"四个字反复出现，自然形成"米果一条街"的气势，商业气息毫不遮掩。据说，这是第一届黄元米果节营造的氛围。米果节举行后，城里人成群结队地开着车子来到麻地，实地观赏家家户户打米果的盛况。店里摆着的加工器具，既有现代的机械，又有传统的石臼。游客往往愿意多花几块钱，选择传统的工艺，一边体验一边购买。

打米果的热闹已是另一番情景。约个日子，十多个乡亲来到钟久治家里。门口是一个架好的大锅炉，灶膛边堆放着柴垛，摆放着箩筐和两排浅底大木框。家里的客厅也变成了作坊，摆着一台米果机。红色的塑料桶里，清水浸过的大禾谷得两人抬起来，整筐倒进锅炉里。银白的管子正往外冒热气，直通锅炉上的饭甑。火候到了，起甑，洒碱水，拌饭子。冷却后，饭子再上锅炉，半小时许起甑，倒进米果机的大铁斗，电力一开，黄黄的米果就从辗机里源源地滚出来，拉到木案上，钟久治经验老到熟练，一把菜刀反复切割，份量均衡。大家接手忙着搓成条状，一排排米果摆在竹具上，鲜艳清香。

麻地成为万田最知名的米果村之一。钟久治是村里最早的加工作坊，现在这样大型的作坊扩大到六家，而且还有专门负责包

米果节：金色的歌谣

装的作坊。当然，这些前来做事的乡亲，是以雇工的形式出现，其中有许多是贫困户。合作社，电商，真空包装，现代的观念推动着乡村的发展。在这个遥远的山村，稻香和年俗卷土重来。在公路的拐角，久治在小店里跟省里的记者聊着一年的产量，而我却被墙上一幅水粉画吸引。画作是久治儿子的作品，画面上是一片金黄的稻田。显然，这幅叫《稻香》的作品画的是家乡风景。但万田之田已渐渐供不够大禾谷，畅销的米果让金黄的稻田延伸到外乡。这画中的稻香在生长着，弥漫着，扩大着。

在画中，我还看到一行字，注明《稻香》参加了县里扶贫美术作品展。透过画面，我隐隐感觉到作者心头流淌的一支流行歌曲："你说家是唯一的城堡，随着稻香河流继续奔跑……乡间的歌谣，永远的依靠，回家吧回到最初的美好。"是的，山歌不再传唱，但田野生长着新的希望。走出麻地，回望山乡，一群乡民正在为过年忙碌，为生活忙碌。他们的身影，正如沈苇《新疆诗章》里的一句诗："那人傍依着梦：一片深不可测的地区。"

回城路上，米果仍然成为干部嘴边源源不断的话题。这位扶贫干部显然对米果有太深的感受。比如为贫困户拉电线，比如为米果忙营销，比如乡村旅游与打米果的年俗相结合。他说，有朋友曾经问起，为什么其他乡镇的米果卖不了高价，而万田的可以？那当然是政府帮助营销的结果。其实，这村子的米果卖六元、十元一斤，煮一下就是全家的早餐，真的算太便宜啦，种稻谷，砍柴草，烧碱灰，老表们挣的就是加工费。

我点头称是。我驻过的村子年关也保留着打米果的习俗。只是，他们没能把米果变成商品，山坳里不少稻田仍然荒弃。我曾在一位老红军的遗著《血心花——万田河畔闹红记》里，读到个主人公卖米果的情节。在这部小说里，稻香成为苦难的记忆，田园充满阶级的冲突。老红军也许没想到，米果依然在故乡经营，而且发展成了米果节的气势。

对联

　　一条清澈的小河从村子里流过，河水倒映着一群古老的山峰。遥望烛峰孤耸，我们知道景区不远了。一个周末，我和朋友驱车拐进景区边的大村落，寻访一个叫郭屋的地方。2012 年，我曾前往采访，那时村子正在土坯房改造，且是我们县最早的动作。但六年过去，风景区及其上山公路都已升级，景区边村落也发生巨大变化，水泥路四通八达，农家乐和别墅群随处可见，从柏油路拐进村里，我们不得不摇窗向路边的乡亲打听：郭屋在哪里？

　　顺着指引，我们终于抵达，发现郭屋从建筑上看已经泯然众矣。但引发我持续关注的，并不是郭屋的民居村舍，而是一位当年采访时结识的企业家朋友。在一座宽阔敞亮的新祠宇里，我看到理事会名单中，会长郭建平正是我要寻访的人。几个年轻人正在祠堂里为一只木船上油漆，看上去是乡村旅游的一个道具。我问起郭建平的房子，一路找去，发现三十四栋房子鳞次栉比井然有序，都是一个风格，乡贤所居也是泯然众矣，并没有特别的地方。而据我所知，大部分在外创业成功的乡贤，在老家新建的房子都是独立的别墅，它们鹤立鸡群，豪华气派，割据一方，大部分时间又门户紧密，与周边的乡亲划清了界线。故乡在哪里？在游子们心里。故乡有多大？只是游子们一片私人的庐墓。如果是这样，也许我并没有注意到郭建平。

　　六年前第一次看到郭建平，并不知道他是个企业家。夏天的阳光已经把他晒黑，走起路来腿脚一高一低，朴素的衣饰让我以为是一个建筑工。据乡亲们介绍，这次郭屋能够整村拆旧重建，多亏他回乡主持。当时，政府动员大家改造土坯房，其实每户只有一两万元的补助，而郭屋是一个大村落，土房密集，三四十户人家断壁残墙相连，有的人家经济条件不好，拿不出来建新房。正是在这个关键时刻，郭建平放下赣州的生意，回到了老家。那个夏天，他仿佛遇上了人生的大事业，晃着跛腿一家一户上门动员。有些乡亲不理解，对郭建平产生众多疑问：郭建平是为了承包建筑材料或包工挣钱？否则为什么放下生意当这个理事会长？但郭建平吃住都在邻村的岳父家里，而且明确表示：他不会拿一分钱工资，他带回了一些钱，如果乡亲们建房有困难，都可以找他借；如果乡亲们建房要贷款，他存了一笔钱可以作担保。乡亲们慢慢相信了他，陆续在协议书上签了字。那天晚上他开完动员会，下楼时不慎摔断了腿脚，乡亲们都提着东西来看望他。后来，更多透明坦然的举动赢得大家的敬重：他组织施工队公开核算，但自己不参与任何采购之事；他组建义务施工队，帮助劳力少的家庭做工建房……

　　那天采访，我从乡亲们的口碑中已大体知晓他的义举，我为此并没有和他谈及施工改造的事情，而是和他聊起了他的人生往事。换句话说，我想穿透一个人的内心，知道一切行动后面的精神支撑，毕竟他遇到的不只是赞扬，还有无数的委屈。没想到，说起对老家的感情，这位大男人眼圈红了。他说，我六岁记事时就开始扶着土墙在村落行走，在地上爬行，我怎么可能忘掉家乡呢？

　　老家郭屋，有他苦难的成长记忆。郭建平1968年春来到人世，三岁那年他发起了高烧，奄奄一息，父母以为他已经没治了，丢到了河边的竹林子里，是村里的带发奶奶路过时看到孩子还有动静，带回了村子里，把他救了过来，但落下了病根。六岁那年，他看病打针，不料导致腿脚残疾，从此走路一瘸一拐。郭建平家里兄妹多，父亲是一个老师，虽然家境不好，但坚持用自行车带着郭建平去上学。郭建平知道自己腿脚残疾，如果没有文化难以生存，于是学习刻苦勤奋，终于考上了县里的重点高中。开学报名，是那年八月底。父亲骑了五十里路，带着建平来到县城的重点高中报名。看着建平的腿病，校长说，这孩子有志气，但就是担心没哪个班主任愿接收。校长带着孩子走访了几位班主任，他们说，如果把瘸子安排在他班上，他就辞职。学校本来就师资紧张，校长一时没办法，只好叫建平去其他学校看看。

就这样，郭建平含着屈辱的泪水回到村里。那一年他十六岁，村里已经开始家庭承包，家里分了地，但他无法下地劳地。郭建平哭了几天，最后决定要独立谋生。他看到小镇里有一位腿脚残疾的老汉通过修鞋补伞能够谋生，就决定跟随他学手艺。从那里出师后，他让父亲帮他买了辆自行车，准备独立走村串户，为乡亲们补鞋补伞。由于腿脚不便，郭建平学习自行车时摔得鼻青脸肿，但终于还是能够驾驭这几根钢铁了。由于他勤苦，他几年时间就积攒了一笔钱，放在一个小木箱里。这时，他发现小镇的个体户多了起来，不但手艺人可以自由挣钱，而且人们慢慢开起了各种店铺，经营餐饮、副食。他也心动了，想，如果在村里开个副食店，不是可以坐着家里谋生吗？但是，个体户经营工商登记至少要六百元存款。为此他又犯愁了，自己的积蓄得留着作开店的资本，登记的存款怎么办？于是他想到了贷款。贷款做生意，如果跟父亲讲肯定不同意，父亲只希望他守着修补的手艺过起日子。

郭建平一生的成功，源于他的执拗。而他的执着，从贷款开店时就开始充分显露。那一天，他买了几包烟来到了信用社，找到了主任，说，自己要做生意，希望能够贷款。镇信用社主任看到郭建平要贷款当个体户，本来挺高兴，但看建平年纪太小，担心成为不良贷款，并没有答应。建平回到家里，想了一个晚上。第二天，他又来到信用社，说是父亲同意的。主任看着印章，一看果然是郭建平父亲的名字，但细细一看，发现木纹过于新鲜，问，是临时刻的吗？建平点点头，是，父亲同意他做生意了，就临时找人刻了印章，让他贷款用。主任感觉不对头，说，你父亲原来有旧印章，去年还来贷款建房子，怎么要临时刻呢？准是你冒名刻的吧。看到主任追问，建平就说，父亲一时找不到了，就先刻了一枚。主任摇了摇头说，等找到旧印章再来办贷款吧。

建平只好回到家里，又想了一夜。他半夜起来，摸到父亲房里，把印章暗暗掏了出来。次日，主任看到旧印章，再也无话了，而且暗暗惊叹建平的执着，就为他办理了贷款手续。事过了一个月，建平的父亲来镇里存钱，主任把贷款的事告诉他，父亲回到家责问了一番，看到店已经开了起来，也就算了。

就这样，郭建平在村里把小店开了起来，而且生意越做越好，从村里又搬到了小镇里，从小镇又搬到了县城里。但顺风顺水的生意，让郭建平对人世的复杂放松了警惕。1997 年，郭建平受熟人怂恿，参加了传销，结果弄得倾家荡产。痛定思痛之后，他决心重新创业，加盟了一家皮具制品全国连锁集团。2003 年，郭建平在赣州市买下一套新房，这是他第十三次举家乔迁。

在赣州的生活，让郭建平开始注意新的生意。2005 年，他投资创立集饮用水开发、生产、销售为一体的公司。他树立目标，要让公司成为赣州市行业龙头。为了让市民接受品牌，郭建平在广场上开设了摊位，标明自己是残疾人创办的企业，给市民送水票，水票上打着："吃一瓶水，献一点爱。"这一招还真管用，那一天广场上人山人海，市民热情参与。后来，郭建平又拿着残疾证一家一家跑单位，希望单位领导献点爱心，关心残疾人。结果，这一年郭建平的纯净水销售量稳居榜首，市场份额占了一半多。

郭建平的事业成功了，心里一直挂记着老家。过春节，做清明，每次返乡看到乡关依旧，一片土屋如他的少年时代，他总觉得自己的人生不完整。老家郭屋就在景区边，他回村里一抬头就能看到那些景区的山峰，其中有一座烛峰高挺突兀，他从小到景区玩，就知道烛峰的传说，特别是那副流传已久的半联："蜡烛峰，峰上生枫，蜂作巢，风吹枫叶闭蜂门。"那是明代文士邹元标的文字，至今还没有绝妙的对句。郭建平感觉，自己事业的成功只是有了一副精致的下联，就像烛峰上那半副，充满孤独和期待。他想出点力改变村子的面貌，但无奈改革开放后乡亲们的思想散了，难以做成一点集体的事，那怕是宗族里。有一次，他找到村委，说自己愿意捐助五千元，帮助村里改造道路。但村委后来把这笔捐款退回了他，说是乡亲们没有响应，道路没有修成。

2012 年，郭建平在老家忙完做清明，又和乡亲们在破旧的祠堂里谈起了村庄改造的事。但村里的乡亲各忙生计，缺少凝聚力。于是，他决定放下赣州的事业待在村里，把三十八户人家全部调动起来，参与他的宏伟计划。这一年七月，镇村干部进村来，带来苏区振兴发展规划出台的消息，并说第一步就是改造乡亲们的土房子。这让郭建平陡然增加了力量，毅然回到了村里，一身风尘投入了村庄改造中。一座村庄整体拆旧改造，既让他兴奋，也让他伤感，因为这里有他的童年记忆，他残疾的腿脚，触摸过这里的每一寸土地，他细小的手臂，触摸过这里每一堵墙壁。他一家一户宣传动员着，其实是在重温着自己的少小时光。当年救他回村的带发奶奶已不在人世，但她家的房子依然还在，郭建平理所当然地表示自己会承担她家改造的费用。

就像当年他执着地在村里开起了副食店，他放下一年的时间，终于让郭屋率先在瑞金完成了土坯房的整体改造。那一年国庆连着中秋，首批改造的房子三十四户全部建好了第二层，并领到中央财政补贴资金。作为理事会成员的郭建平没有回家，而是策划一场特殊的中秋赏月晚会。国事连着家事，月圆照着人圆。国庆前一天的晚上，月光从烛峰漫下来，理事会办公室场院前，大桌小桌摆满了柚子、月饼、米酒。乡亲围坐在一起，看着眼前的新村新居，谈起过去的破房旧屋，感慨万千。郭建平趁大家吃得高兴，顺便介绍了理事会的决定，春节之前全部搬进新家，让村民更是充满憧憬。皓月当空，村民喝茶品酒，久久不愿散去。国庆长假，郭屋的新村建设一天也没有停，郭建平一直在负责监督工程推进……

那年春节前夕，我果然从同事的摄影图片里看到了郭屋的乔迁之喜。我又想起了那天见到的郭建平，一身风尘，皮肤黝黑，走路摇晃，说起人生往事时一脸狡黠。我已猜度到他的内心：对于他，赣州的家业和事业就是他人生精彩的"下联";而故乡郭屋,仿佛是多年来一直不对称的"上联"。如今,苏区振兴发展的春风,已让他的"上联"鲜亮起来,正如一位文友应景而拟的文字:"中潭村,村民迎春,椿发芽,蝽生春树恋椿绿。"显然在六年前,郭屋一时成为中潭村最漂亮的村子。

六年过去了,越来越多的村庄在苏区振兴中华丽转身,郭屋的新居已不新鲜。前几天,偶然听朋友介绍,郭建平当上了县里的政协委员。我打通了他的电话,才知道他已把家业和事业带到了上海,儿子也在上海工作了,他在上海也投资办起了饮用水企业。他说,他每年春节都在老家郭屋过年,平常也不时回去,因为乡村振兴开始实施,景区升级改造后村里办起了农家乐,他充分利用自己的人际关系,在村里推动乡风文明建设,去年重阳时郭屋还举办了全瑞金的"敬老宴"。

这次偶然的踏访,我又欣慰地看到了郭屋的变化,更见证了郭建平越来越丰富的内心。他不但自己应和了时代的步伐,而且带着故乡一起汇入潮流。这一切,都为了回乡时能够找到心灵的安慰。我想,这并不是衣锦还乡的荣耀,而是荷尔德林式的念乡苦痛:"正如船夫带着他的收获,/从遥远的岛屿快乐地返回恬静的河边;/我会回到故乡的,/假如我所收获的多如我所失落的。/我是大地的儿子,我拥有爱,/同时我也拥有痛苦。"

共享

那年正月，我所驻的村子要组织党员干部和村民代表到外头参观学习。这十年来，从梅江边到绵江边，有太多的村庄发生巨大的变化。参观学习，叶坪的华屋自然是必选村庄。按网络的说法，这是我们县乡村旅游新的打卡地。我不知道带过多少客人走进这个村庄。

这么说吧，这个村庄总理来过，作协主席来过，无数参观者来过，一批批采访者来过。不得不说，我对这个村庄的变迁太熟悉了。2012年春，苏区振兴规划出台之前，我曾和国家部委考察组第一次走进这里，被成片的土屋震撼了。土屋不是砖墙，而是古老的夯墙，墙上的缝隙和泥草，触动了考察者内心最温软的部位。他们感慨地说，八十年了，这里还是原始的土屋，我们要用八年的时光，还下八十年的债——自然还没有到八年时光，这里诞生了新的屋舍、新的田园。

从城区到叶坪乡华屋有二十余里路。周末的时候，就会有一批运动爱好者开着小车，从城区去往华屋爬山，我也曾是其中之一。村庄后山有一条蜿蜒曲折的游步道，通往山山岭岭，这里的绿色、氧气、坡度，成为市民休闲分享的事物，也有人顺便带着孩子溜进村史馆、图书馆，分享这里的文化设施。事实上，由于华屋这些年的突然"变脸"，村里越来越多的事物被远远近近的城里人分享，华屋成为实实在在的"共享村庄"。

这里的蔬菜是共享的。我认识一位菜农叫华水林。天晴的时候，华水林习惯地把一顶草帽扣在头上，走向村前的田地。华水林的草帽不是农村常见的麦笠，而是游客头上的那种，显得洋气。华水林的菜地，是租种的大棚。他低头进到棚里，开始采摘茄子、豆角、小白菜、西红柿。采摘多少他早心里有数，因为他刚刚看过邮乐购的订单。

华水林是三年前回家种地的。今年五十岁的华水林，对田园的记忆是深刻的。分田到户热闹了一阵子，乡亲们便发现田地只能解决温饱，于是纷纷选择了逃离，外出务工。在华屋，历来种地都是自供自足，但这次华水林种地，是为了供应别人，他种的是商品蔬菜。是商品，就要讲究你无我有，四时供应，于是大棚种植和网络销售，成为让外界分享蔬菜的必需之物。三年前，华屋没有这些条件。

华水林的爷爷叫华钦材，华水林没有见过，但看过爷爷留下的文具——一个木盒，里头装着木质的三角板，铁做的圆规，还有毛笔和笔架，这是上世纪 20 年代乡村教育的用具。后来，爷爷成为黄沙区的宣传部部长，1930 年带领村里几个青年一起参加红军，再没回来。爷爷走时，父亲华嵩祁还在奶奶肚子里。青壮力的大批外流，让华屋大伤元气，一直到 2012 年，村民仍然大部分还住在土屋里。村里似乎再也没有什么值得外头分享的了。

华水林原来跟着打工潮，一直在外奔波谋生，洋气的草帽就是那时候留下的爱好。2012 年，苏区振兴开始，华屋分享国家的关怀。政府替乡亲们把田地流转好了，还支好了大棚，只等着乡亲们拿过去试种。华水林动心了，觉得在外奔波不如回家种菜，既可安居乐业，又可以照看父亲。尝试了一年，觉得不错，就定了心。种菜的乡亲慢慢多起来。每天暮晚，绿色蔬菜基地人头晃动，采摘菜品、瓜果，第二天凌晨天还没有亮，乡亲们就骑着摩托车进城卖菜。车灯照亮了前行的路，也照亮了乡亲们的心。

壮观的车队也激发了华水林的灵感，他想到了合作。他约集三户贫困户一起种植畅销蔬菜，扩大种植面积至三十亩，年产蔬菜几十万斤。邮储银行为他量身定制，发放了二十万元"产业扶贫信贷通"贷款。于是，他的新居就成了精准脱贫果蔬收寄点的牌子，每天有三百五十多公斤蔬菜运进城里，送到市民的餐桌上。

华屋的田园，成为城乡市的菜园和果园，由于商品蔬菜和观光采摘，华屋成了城乡共同的村庄，华水林们也因此摘下了贫困帽子。

与华水林的帽子一样洋气的，是华屋的蜂蜜，这也是被人们共享的村庄物产。它不但有自己的品牌——十七松，而且还有自己销售网页。每天中午，一趟绿色的邮车就会开进华屋。为此，贫困户华小林把自己的一瓶瓶蜂蜜及时送到电商点。华小林以前也做过蜂蜜，但华屋以前的蜂蜜没有自己的名气，就像村子自身一样普通、朴实，难以被外人分享。

给蜂蜜取名的，是电商工作人员。村里那片松林一直寂寂无名，那只是村民自己的传说，不为外人知晓和分

华屋：乡村旅游节

享。苏区时期，四十三户人家的华屋家家户户都有人参加革命，因而也留下十七棵松的美丽传说：在扩红的时候，村里有十七位青年参加红军，参军前都要到屋后种上一棵松树，替自己守望家乡。青松依旧在，不见儿郎归，后来村民就把他们的名字写在木牌上，挂到树身，年年清明进行祭奠。那年，国家部委来到村里调研，被这个故事深深打动，从此"烈士林"的故事广为传颂。

华屋是武夷山西麓的一个小山村，昌厦公路穿村而过。借助丰富的山林资源，村里农耕生产外唯一的副业就是养蜂。但要让蜂蜜成为商品，让村民真正感觉到"甜蜜"，还要懂得如何更好地让外界"共享"。这时，瑞金出台支持油茶、蔬菜、养蜂、乡村旅游等产业发展的政策，发动贫困户加入各种特种农产品合作社，对全村土特产品进行统一收购、包装、销售。于是华屋的蜂蜜，就成为电商看中的一款农产品。

　　经过新农村建设后，华屋越来越多的青年回到村里，华寿东的媳妇张小芳就是其中一位。华寿东的房子在路边，先是开起了小卖部，后来又在干部鼓动下搞起了电商。工作人员告诉张小芳，要让村里的特产畅销，就得学会取一个好名堂，网上销售除了价廉物美，还要有故事吸引人。他们特意说起了邻乡的奶奶咸鸭蛋，挂到网上销售前，运营商挖掘整理了廖奶奶坚强勤劳的人生故事，加上扶贫政策的推力，廖奶奶就和她的咸鸭蛋一样成了"网红"。

　　在华屋，最动人的故事自然是十七松了。张小芳在网上一搜，烈士林的故事果然不下千条，有新华社的记者，有人民日报的新闻，更有王松等大作家的文字，她和邮乐购的工作人员顺理成章地为蜂蜜取好了名字——十七松，既是传承先烈留下的精神财富，也是对先烈的最好供奉。张小芳把贫困户的蜂蜜挂到网页上，果然吸引大批订单。于是，村里的电商点就成了另一个大"蜂巢"，华小林等养蜂人则像一只勤劳的工蜂，不断送来蜜源。

　　又是一个送货的日子，华小林把将包装精美的"十七松"送到邮乐购，搬上邮车。看着邮车把它们打包拉走，华小林觉得那邮车也成了一只蜜蜂，心里有说不出的高兴。怎能不高兴呢，村里成立了养蜂基地，土蜂蜜也有品牌和包装，线上线下同时销售，收益是过去的五倍，单从养蜂这块，华小林每年收入至少三万元，一年下来，政府就为他家送来"光荣脱贫证书"。

　　在华屋，能够被外界分享的，当然不只是这些被车拉走的绿色产品，还有青山绿水和土屋田园自身。一批批游客来到村里，到土屋看农具展览，到烈士林瞻仰红军烈士纪念亭，到田园里体验果蔬采摘……有些人到了村里，不走了，于是村里就有了民宿。六十五岁的杨剑英，现在成了民宿的老板娘之一。

　　和乡亲们一样，杨大娘原来最大的梦想就是有一栋新房子。五年前，他们一家人挤在破旧的土坯房里，不要说留住城里人，连亲戚来了都不愿意留下来过夜。2014 年，在政府帮助下，华屋建起了六十套二层半的小洋房。杨大娘住进了小洋楼，还不时回到原先的土屋瞧瞧。杨大娘自然不知道什么叫作乡愁，但她总觉得对祖祖辈辈生活过的土坯房有一种留恋。

原以为这批土屋会全部折掉，但杨大娘没想到，这批房子后来竟然留了下来，房梁和门窗打上了防朽的桐油，残缺的断墙得到了修复，而那些用过的农具、家具，一件也没有丢弃，经过一番整理，那些木的、竹的、铁的器具重见天日，贴着标签，写着名字，摆放在土屋里。这些自小看熟的物什，引得进村的游客指指点点，仿佛看到了新鲜的洋景。杨大娘慢慢知道，原来城里人也和她一样，愿意爱惜和观赏这些古旧的东西。

总有些事物在消逝。让杨大娘惊奇的是，这些消逝的事物在华屋能够复活，比如烧瓦塔。那是元宵节的时候，市里又一次在华屋办了三四天的旅游节，土屋前空坪上摆起了一排小吃摊，乡村舞台上演起了一台台戏。到了晚上，进村的路仍然排满了各种各样的小车，他们要和乡亲们一起观赏难得一见的民俗表演。红军祠前，艺人摆起了一座瓦塔，塔里堆放着木柴，一到夜里，瓦塔烧了起来，在观众的阵阵吹呼声中，火光冲天，照亮天际，观众和乡亲们一起领略了红火红火的光景。几天下来，游客们猜灯谜、穿龙灯、打米果，几万人和华屋的乡亲们一起分享正月过年的喜悦。

越来越多的人来到村里，有的就住了下来。他们虽然是团队，但统一分派住进了村民的小洋楼。杨大娘把客人带到新居，当作迎来亲戚一样热情招待，每间一晚收六十元，杨大娘心想，养老钱可就有了，建房欠下的钱就可以早点还清了。其实，新房子刚建起来，杨大娘就心里犯嘀咕，平时儿女大不在家，新居空着多可惜。没想到村里成立了乡村旅游协会，村民只要负责装修，政府出钱买空调、配电视，她经村里一说就高兴答应了，让闲置的三间房屋加入了农家宾馆，这当然是件喜事。

现在的华屋样样齐全，漂亮整洁。杨大娘觉得，成为客栈的村子就该这样，因为它是乡亲们和游客们共同的村庄。与梅江边安静的村子不同，它的热闹来源于一个时代的聚焦。我时时想，村庄的发展要做好"内循环"，更要做好"外循环"——和外界有经济的交流，有资源的共享，才有无限的前途。

非遗

　　我喜欢吃梅江边的酸菜。驻村的时候，我在村干部小毛家搭餐。小毛有个贤内助，饭菜可口，尤其会做酸菜。当然，梅江人家做酸菜各有巧手，也各有风味。梅江人家尤其会做酸辣椒。我们进城里安居之后，妻子保留了这一手艺，选用油壶大小的塑料瓶，装上酸水，塞入晒好的青椒，压上老家带来的棕榈叶，就成了一坛简易的泡菜。

　　同事进村来，每每吃到小毛家的酸菜，赞不绝口。其实这种酸菜炒鱼干，更是绝配。可惜由于我不大能吃辣椒，每每只好浅尝辄止。我没有料到的是，这种小菜居然也成了扶贫产品。这还得从一次城里的走访说起。

　　那一天，文化馆的朋友带着我走进一户城里人家，说是去看看泡菜制作，要做一个非物质文化遗产项目。我好奇，这么平凡的手艺，居然能成为项目？既然是一个热闹产品了，又怎么会是遗产呢？朋友说，他现在改变思路了，非物质文化遗产不能只盯着快要消失的手艺，更要盯着重新找到市场能够复活的项目，华嬷嬷泡菜就是这一类。

　　华嬷嬷泡菜，主人自然姓华。华大姐家在城东，院落宽敞，几个乡亲正在院子里择菜洗菜，卷心菜，萝卜，菜脑，黄瓜，堆得满院落都是。四五屋高的房子，一层完全成为作坊。华大姐把我们迎进里屋，柜台上各种泡菜产品都有。她张罗了几盘，让我们尝尝，果然风味独特。这泡菜小吃既是酸菜，又带着微甜，牙签一挑送进嘴里，就想着再来一片。华大姐说，别看这土里土气的东西，送给村里的老人，可喜欢了。

华大姐的媳妇正在电脑上忙着整理单子，显然这产品在走电商。华大姐说，媳妇是学旅游专业的，可不，让这些泡菜"旅游"去了。吃了这些美食，我们就想参观她的制作场所。在里头一个房间里，摆着六七个大瓮，华大姐揭开看去，青白红绿的菜品漂浮在酸水里，像是养着一群彩色的金鱼。我自小熟悉酸菜坛子，但我从没有见过这种批量生产的阵势。酸菜是客家人对付时间消逝的一种办法，市场的需求与制作的缓慢，决定了这种大瓮的出现。

华嬷嬷泡菜，以自己的名字命名，华大姐毫不谦虚。但华大姐其实不是为自己扬名，而是为自己的村子扬名，或者说借村子扬名。华大姐的老家，正是瑞金的网红村落——华屋。于是，华大姐跟我们说起把泡菜做起来的来由。

客家先民勤劳俭朴，善于在艰难环境中寻找生活的技艺，充分利用种植的劳动成果，解决食品的持续供应，为舌尖上的滋味寻找变化的花样。春花秋实，夏收冬藏。酸菜坛子，就是寻常百姓家庭的必备之物。客家人制作酸菜坛子，多在深冬时节。这时地里的风菜长得茂盛，阔大的叶子招展如旗，一把把菜叶堆在屋角，青翠欲滴。风菜的根茎粗壮硕大，青皮和白肉都是上佳菜品。但是，丰盈可人的菜叶，却由于纤维粗壮，一直很少直接下锅炒着吃，平日多用来喂猪。农家一般只喂养一头年猪，因而风菜种得多了，边角料就可以满足饲养之需，那些营养丰富的菜叶，就显得富余。客家先民为此开动脑子，思谋着冬藏之法，以保持菜叶常年可吃。用坛子浸泡酸菜的制作方法，就样应运而生。

制作酸菜的坛子，可大可小，大的用酒瓮，小的用盐罐。菜叶入坛之前，需略作晾晒，披晒墙头屋角，待其菜叶发蔫萎，就收到桌上继续用手揉擦。揉擦这道工序不需要花费大力，只是把纤维软化即可。瑞金的农家对揉擦菜叶这道工序非常看重，为此农家一般把酸菜叫作"擦菜"。晾晒揉擦之后，菜叶仍然保持着青翠的颜色，但它们却没有了耿直的骨气，被塞进口小肚大的坛子，压得结结实实，每压上一层就晒上一层土盐，直到口沿部分留下部分空虚。酸菜制作的关键是酸水的浸泡。酸菜坛子用来发酵的，是农家的米汤。米汤本是平常之物，凉后倒入菜坛，却能变成了神奇的酵母菌。菜叶压入坛子后，灌入米汤，往往会加上一块花岗岩石头，让菜叶始终淹没于米汤之中。用一只普通的木盖封了菜坛，就只需等待时光的力量将青菜变成酸菜，米汤变成酸水。

开坛之日，如果打开盖子涌出来的是扑鼻的清香，那就意味着一坛酸菜成功了，意味着一年四季有了一道常吃常新的酸菜。千家坛子千家味，由于制作过程总有细微的差别，坛里的酸菜总是各有特色，清杳的程度和酸味的深浅，总是各呈异彩。酸菜坛子的好处是酸水能够持续使用，菜叶可以四季更换。而更换菜叶，是保养酸菜坛子的关键环节。酸菜取出，新叶替入，必须保持原样，做到水满菜淹，而且菜叶必须晾干，不能带着生水，否则酸水变坏，得重新清坛制作。

菜叶制作的酸菜，只是其中的一种食物。在这个母本的酸水坛子里，还可以不断填充浸泡其他非叶类食物。一年四季青菜不断，豆角、茭子、芋脑、萝卜，大大小小都可以入瓮。这些林林总总的酸菜，既可以取出后直接炒着吃，也可以晒干后作为菜干。酸菜陪伴客家先民度过了一段段艰难的岁月。酸菜以一种变通的方式，既保持了青菜的营养，又形成了新鲜的滋味。由于客家人不时在山间地头劳作奔忙，为节省时间往往带着冷菜冷饭，劳动之余就地用餐，酸菜作为开胃食物，比腌菜更受农家重视。

酸甜咸苦辣，生活的需求虽然不断变化，但食物的滋味千古不变，酸菜一直追随着客家人的生活习俗。只是随着生活水平的提高，酸菜已经很少成为单调的主菜，而是成了肉菜的重要配料。酸菜坛子制备缓慢，酸菜虽然慢慢走向商品化，但人们为了追求快捷便利，大多用醋水代替酸水制作泡菜，家家户户有酸菜坛子的盛况已然不再。酸菜坛子，慢慢成为"妈妈的味道"或"奶奶的味道"，成为一种古老的乡愁。

华大姐就是在这种乡愁中发现商机的。地处赣闽边际的小村子华屋，是远近闻名的红军村。由于苏区振兴政策的关怀，这个红军村近年来发生的巨变，让华小英一直感叹不已。她怎么也不会想到，这个贫苦惯了的小山村，能让一种普通得不能再普通的客家酸菜，居然走上中央电视台的荧屏。那一天，央视二套节目组一行来到华屋采访，本来是要报道她开办的农家乐，不料端出来供大家品尝的泡菜，却引发一片点赞声。

他们纷纷说，这泡菜甜酸爽口，感觉比韩国泡菜还好吃。送走了节目组一行，华小英仍然在回味央视记者的称赞。华小英知道，这不只是对她手艺的赞美，更是对老一辈客家妇女的称赞，因为制作酸菜这项传统手艺，就是妈妈和奶奶们一代代传承下来的。华小英就是华屋出生和长大的，当然自小熟悉这种普通而朴素的酸菜手艺。

乡村人家，酸菜是紧随农家餐桌的食品，而家家户户少不了一个泡酸菜的坛子。华小英对奶奶制作的酸菜坛子印象极深。每到做酸菜的时节，华小英就要帮奶奶晾晒菜叶，菜叶披在墙头屋角，发蔫晒萎之后，又收回家里。

华屋的酸菜，有时妈妈又叫它泡菜。乡村那时候没有零嘴果儿，妈妈就酸水坛子填充浸泡其他非叶类食物，豆角、茭子、芋脑、萝卜，既可以取出后直接炒着吃，也可以拿出来当果子吃。上世纪80年代，华小英外嫁到他乡，她制作酸菜的手艺带到了新的家庭。酸菜成为她一直怀念的味道。华大姐是个吃货，自然也成为喜欢做吃的女人。她不但继承了妈妈的手艺，还会不断变着花样，把酸菜调整到自己喜欢的口味，制作更多孩子们喜欢的菜品。她家的酸菜坛子，总是养护得比别人家好，青菜不断在坛子里更新，出坛的酸菜也送到乡邻们品尝，她的手艺也受到大家的赞扬。

她一心制作美味的酸菜，只当作是一项不可丢失的传统技艺，她当然没有想到，时代的发展为酸菜的传扬提供了更大的舞台。2012年，苏区振兴规划出台，两年后一栋栋崭新的小洋房建了起来，路修好了，水也通了，还搭建起来三百亩蔬菜大棚，曾经破旧贫困的"红军村"装点一新，成了红色旅游景点。2015 年，华屋村民们出资开办了一家农家乐菜馆，华大姐被村民们请回来担任主厨。热情好客的华大姐时常将自家的泡菜免费端给游客们品尝。

令她没想到的是，这碟酸甜可口的小菜竟比主菜还更受欢迎，游客们纷纷提出购买。华大姐因此备受鼓舞。蔬菜是时鲜产品，面对村里偶尔出现的蔬菜积压，华小英于是创办了合作社，即时收购富余的当季蔬菜，将其做成可口的泡菜。这既解决了蔬菜销售的问题，实现二次创收，又为华屋的乡村旅游提供了富有乡土气息的特色美食。2018 年 3 月，儿媳为她注册了"华嬷嬷"商标，专业制作酸黄瓜、酸萝卜、豆角、刀豆、莲藕等十几个品种的泡菜。随着华屋红色旅游的发展，华嬷嬷泡菜成了当地的热销品牌。

华大姐看到顾客中男女老少各有喜好，意识到菜味必须改良创新。她在传统手艺的基础上加入了年轻人爱吃的百香果、橙子等时令水果。短短几年，华嬷嬷泡菜通过"景区直销 + 电商"走向全国各地，平均每月六七万元的销售额，吸引大家纷纷加入。更重要的是，有了这种泡菜，老家新兴的大棚蔬菜不再担忧后路，即使有些积压的青菜，也一样可以通过被华大姐收购，成为泡菜的原料。而由于生意的红火，华大姐带动了贫困户一起种菜、做菜。

一项古老的手艺，为此获得了新生。华大姐如今不再满足于华屋旅游点的市场，她把加工作坊扩大到城区，华嬷嬷泡菜成了城区餐馆和吃摊的畅销食品。客家泡菜，在她手上得到了发扬光大。酸菜坛子的制作手艺为此保留了下来，而酸菜的品种却变得日益丰富。客家先民的生活智慧，再次以一种变通的方式流传在民间，不断唤起人们舌尖上的乡愁。

我自小吃着母亲制作的酸菜长大，但我从来没有了解制作的奥秘。直到这一天华大姐的细说，方知这人间滋味的来历。走出华大姐家，我想起了她的老家华屋。那些风雨中站立上百年的土房至今仍在，就像泡菜一样成为参观的看点。这不只是由于它们与新居构成对照，而是它们有古老而奇特的造型。

这是客家少有的围屋。这些土屋虽然贫寒，但户户牵连，栋栋相依，五六排土屋内部互相连通，开设天井，几十户人家没有独门独户。外部看来，它们是抱在一起的整体。

金色

我第一次听到脐橙推介的英语，是在我们县黄柏乡坳背岗脐橙基地。这天秋天，为了迎接国际友人前来参观，特意请了一位美女翻译到果园熟悉场地。我英语差，只知道橘子叫"奥人吉"，以为脐橙也是这么说。听着她熟悉的英文，我觉得这脐橙圆滚滚的样子，特别适合英语。其实，就在这批国际友人参观坳背岗脐橙基地之前，他们已经在省城南昌聆听了这基地一个贫困户讲述的脐橙故事。当然，也是别人翻译后的英语。

我最先了解坳背岗脐橙是十年前。客家人喜欢种果，但只是桃李满树，只是生活的附属。客家先民有崇文重教的传统。"门对千根竹，家藏万卷书"，仿佛是赣南人家最普遍的模式。实际不然。我印象中，最多的还是房前屋后果树成行。道理简单，就是翠竹不一定人人喜爱，而果子是每个孩童都闹着要的。

千百年来，赣南的果实多是些桃啊李啊，多为供小孩解馋之需。赣南人的先民何曾想到，果子居然也能够漫山遍野地种、漂洋过海地销呢？我说的是脐橙。如今，它们已经顺应着国际标准在赣南生长，"出嫁"，并按照市场经济的规律统一了标识。随着这些果实的集体命名，果农的家居理想也悄悄改变。我认识不少果农，即使富裕起来了，仍然把果园当作最好的栖居之地，儿孙入城住了，自己却不肯移居。

有位果农叫罗承芙，是我的老乡。从梅江边偏远的山村来到昌厦公路边租地，种果，安居乐业。果园边有一座革命烈士纪念碑，据说长征后白军在这里杀害了三百多名革命群众。从来没有人在这里建房安家，自从他迈开第一步开辟果园后，这片荒山绿了，人烟起了，有了国道有了高速公路，这个小小山坳如今成了热闹的地界。在这片万亩脐橙基地，我还听到本地果农周水南对我说，他果园每年有二十多万元收入，现在的"五个一"生活感觉非常惬意："一片园子、一位娘子、一条狗子、一把笛子、一辆车子"。

周水南的村子，村民以前热衷的生计是淘金。章江、贡江、赣江以及它们的支流，任何一片河床上，淘金场景演绎千年：攀附如蝇的淘金客，尖嘴如喙的金钩，宽面如掌的金耙，腰身如船的金斗，还有追求财富改变生活的无尽梦想，一直在漂浮、变幻。周水南的村子十几年前曾经"全民皆兵"，靠着淘砂金挣钱花。青壮男人掘洞挖砂淘金，妇女孩子老人帮忙搬运砂土，在村前的金牛坑河里，水里淘金成为比浣衣洗菜更常见的场景。

村民延续千年的淘金梦想，与当地砂土含金量高有关。传说龙雾山侧边一座不高的黄土山中，压着一头玉皇大帝贬下凡间的金牛，所以叫金牛山。金牛按照天规，每月十五夜半出来，到龙雾山仙女池边吃一轮竹叶，再喝一口池水，金牛粪便是一堆堆金子，溶化在山上每个角落，由此土山通体光灿，山中流出的小溪为此富含金砂。后来朝廷打起了歪主意，要把金牛押解回京，归朝庭所用，路上金牛窜上云天，官兵空手而归。金牛传说在告诫人们要丢弃暴富和不劳而获的思想。追求财富的梦想永远不会停息，金牛坑河边一直萦绕着村民追求新生活的"淘金梦"。但当年村民除种田外，没有其他生计，只好淘金。淘金是个累活，河里挖不了，上山打井入洞，洞里出来整个人变成一个泥猴。

我曾经到过那个村子，淘金场景不再，村前宽五六米的金牛坑河，依然默默流淌。金牛山体上矿洞遍布，多已塌陷。现在，村里最美丽的风景是山野的果园，作为万亩橙园的一部分，村民已经习惯把成熟的"橙子"当作闪亮的"金子"。我想起了一位诗人在这个村子书写的"乌邦托"："金牛一去杳无踪，犹见江干宝气雄。沿海寻针徒自苦，刻舟求剑竟何从。褰裳沐雨观朝槿，涉泮披沙坐晚松。拾取半星聊换酒，围炉争唱醉芙蓉。"周水南的"五个一"生活，不经意对接了这个"乌托邦"，成为社会转型的硕果。

在果园里淘金致富，如今成为赣南乡村大地一道景观。到了金秋，赣南人就要举办国际脐橙节，为金灿灿的果实举行一场隆重的集体婚礼，如今有二十多个年头了。随着影响越来越大，就悄悄把冠名的地域扩大，"赣州"换成"中国"，"中国"换成"国际"。这不只是由于赣州脐橙种植面积世界第一，年产量世界第三、全国最一，而是由于赣南在二十年的发展中，找到了一种自信。

有人说，"赣南脐橙"越来越"甜"，是红土地孕育的结果。是这片红土地上的"金木水火土"，为"赣南脐橙"的成长提供了必要的养分。当然，这里的"五行元素"不只是地质学意义上的，还包括社会学的成分。

你看，把一只金黄的果实切开，那一瓣一瓣的脐橙，分明是一片片赣南的丘陵，风味芳香。1980 年，中国南方山区综合考察队经过一年多实地考察，最后认定"赣南发展柑橘气候得天独厚"。在赣江源头，脐橙是上天赐给的人间尤物。这里产出的脐橙果大形正，橙红鲜艳，光洁美观，可食率达 74%，含果汁 55% 以上。"木"生于这方"水土"，其实还历经了十多年的探索。1971 年，赣州引种华盛顿脐橙成功，1976 年首次销往香港，1979 年起华中农业大学从美国、西班牙引进十二个新品系，在赣南进行了长达十多年的试验，最终奠定纽荷尔、朋娜、奈沃里娜等品种，在红土地争奇斗艳。

但赣南成为世界最大的脐橙产地，赣南脐橙成为响亮的国际品牌，有国家地理标识，光有这些上苍给予的条件还不够。赣南地处内地，交通是经济发展的制约。20 世纪 90 年代后期，京九铁路修通，便利交通的同时，也升华了赣南人的市场意识。近年来，铁路，高速，高铁，不断编织赣南腾飞的翅膀，调整发展的"时间表"。农民纷纷返回家乡，重新扛起锄头，响应"山上再造""兴果富民"号召，而政府则积极申报"原产地域产品"，开采时间、包装设计、宣传口径、产品形象、商品名称都实行了统一。有人说，有了国家的关心支持、政府的"五统一"引导，才有果农的"五个一"生活，这些金（铁路）和火（创业激情），才让赣南脐橙成了百姓生计依托的"富民果"。

显然，赣南值得人们称道的果实不止这些。那一年，苏区振兴规划出台，支持赣南把脐橙产业做大做强，就是政策文本内容之一。人们说，苏区振兴，是无数先烈的鲜血浇灌出来的果实。来自中央的关怀，让赣南人想起了腥风血雨的岁月。那时，赣南人民倾其所有，以成千上万的人力、财力、物力，为红军，也为革命事业源源不断输血。摇篮即奉献，而苏区振兴就是对共和国摇篮的深切回望。有了国家的支持，赣南这个稀土王国、世界钨都、脐橙之乡，有越来越多的城镇楼厦不断崛起，成为岁月凝聚的另一种果实。

记得陈忠实《白鹿原》里有一句话："北有茂钦，南有瑞金"，说的是上世纪30年代中国南北两个重要的红色根据地。记得2005年，陈忠实率领中国作家采风团走进瑞金，在一个万亩脐橙基地，他抚弄着一只压枝的脐橙说，好果子，这是革命胜利的果实。好果子，好在既能致富，又能扶贫。

向国际友人介绍脐橙故事的，就是当地的贫困户老邓。老邓是龙湖村残疾果农，名气很大，不仅频频在报纸、电视、网络上露脸，他种植的脐橙还受到总理的点赞。

跟我们梅江边的村子一样，病患残疾，是导致贫困的重要原因。2006年，潜伏在老邓身上的慢性病开始发作，右脚股骨头坏死。他每天为此要花费不少药费来治疗。2011年秋病情进一步恶化，还并发肾结石、胆道炎。一连四次住院，让他债台高筑，而且最终落下残疾。早年的他就是一个有想法的农民。1998年，他曾在村里承包了一片山地种植青梅，几年后挂果，却由气候和地理等因素影响，品质差。本想成为致富带头人，没想到却栽了个大跟头。2006年，脐橙基地开发到他家门口，他也跟着种了起来。那时销路没打开，价格不好，老邓琢磨着转种榨汁的甜橙。那年，他种了十六亩甜橙。结果脐橙价格走低，甜橙更是无人问津，滞销之后变成垃圾。两次种果，亏了十七万，背上一身债。

他没有气馁。2012 年，他借钱改种了十六亩脐橙，两年后挂果，收入三万多，次年又有六万，初步尝到甜头。这时，赣南出现大面积黄龙病，许多果农含泪砍树。老邓坚定不移，精心养护。2016 年，家里果园发展到三十多亩，利润已超过十五万元。当年，老邓家光荣脱贫了。

这一年，老邓与村委组建了合作社，邀请乡亲们一起种。开始只有五人。老邓为打消乡亲疑虑，挨家挨户做工作，把自己种树经传给大家。这一来，成员增加到十八人，面积扩大到近千亩，年底第三次扩社，还吸纳了周边几个村民，社员达到五十六人，果园扩大到三千余亩。流转、培训、农资、防病、销售，都由合作社统一指导进行。老邓对残疾人家给予照顾，物资优惠，对没有入社的残疾人员也给一些返利。为此，十里八乡有四十多户人家在念老邓的好。

老邓的儿大学毕业后，看到网上销售前景大好，帮助老邓通过手机微商，把脐橙远销到了长沙、武汉、西安、沈阳，价钱也高了。儿子又帮老邓办起了农村淘宝，网销脐橙四万余斤。那一年秋天，总理来到坳背岗，听到老邓的故事后高兴地说，"互联网+"为赣南脐橙的腾飞插上了翅膀！

有一次，我在省里参加一个文学奖活动，省里的领导接见时介绍说，赣南脐橙就是江西的"四色"之一——金色。她还特意说起老邓，说他那天面前国际友人讲得真好。我没有看过电视老邓的风采。但我知道，老邓经历风雨之后已是一只甜蜜的橙子，面对客人会自然流露出内心的甜蜜。

菜鸟

几年不见，朱兄肤色变黑了。几年前，我们一起跑过新闻。他也是一家新闻单位的干部，后来和我一起在梅江边驻村。每次在镇里开会时遇上，我都会问问他种植蔬菜的情况。我吃惊于他弃笔从农的经历，更惊讶于他对大棚蔬菜的形势如此熟悉。他和乡亲们流转了一块地，合伙种起了苦瓜。几年了，问他收成，总是说没挣钱，不知道是种菜难，还是不露富。这位兄弟说起自发跑到山东取经，我知道他是真下决心了。

通过他的说道，我知道了蔬菜大棚分防寒的和不防寒的，反季节的时长也不一样。他说，他在村子里弄的是简易大棚，这种大棚反转季节的时间不长，只能推迟一两个月，菜季还是没有拉长，效益也就无法提高。问起怎么不投资新大棚，他说，难，我们县里头就山岐村有，那是招商引资的项目。

回城工作后，我带着驻村的烙印，下乡时喜欢观赏乡村的成果。冬季有一天，我和同事来到山岐村。这叶坪的村子地处绵江边，地势平坦，宽阔的田亩里铺满了白色的棚膜。车子在硬化好的田间路上转悠，仿佛一只蜻蜓误入了宽阔的荷塘，找不到出路。村子的蔬菜产业，颠覆了我对乡村的认知。其实驻村时我们就熟悉山岐村，那是资料台账的样本。但我只观摩形式，从没有注意那台账里提到的产业数字，仿佛离我过于遥远。

更气派的是村容。走在村里，宽敞干净的大道，精致整齐的新建楼房，设施完善的活动场所，蔚为壮观的蔬菜大棚……据干部介绍，村子的变化就这几年的事情。原来，这里人多地少，年轻人都出去务工，留些老人和小孩在家里，土地杂草丛生，通组公路是乡亲们一脚一步踩出来的泥路。

乡亲们说，"山岐"有"三奇"。一项是说水电站。山岐村的乡亲，较早体会到村级集体经济带来的福利。在集体经营年代，大队就利用穿村而过的小河，筑起了一座水坝，安装上了水轮泵，家家户户辗米从此不再挑到外村去。1979 年，大队又把水轮泵改造成一座小水电站，从此家家户户用上了电灯，让周边村庄羡慕。分田到户以后，尽管村民越来越感觉到要发展集体事业，改变村庄落后面貌，但苦于没有经济基础。村里唯一有集体收益的，就是承包出去的那座水电站。

近三十年来，这座水电站成为山岐村集体资产的象征。一座小电站的设备，一般运营时间在二十年左右，而山岐村的水电站已超龄十来年。哗啦啦的流水让它老去，每年发电九十千瓦带来的微薄收入，曾经帮助村里解决了一些集体开支。但如果水电站不再改造，这一点收入都将难以持续。2016 年，水利部门通过考察，决定把山岐村水电站改造列为水利扶贫项目。而这时，水电站承包却还有四年到期，如果要改造就需要提前收回，这样就得给付一笔承租收入作为补偿。经过村"两委"干部反复动员，承包方同意二十六万元补偿。

二十六万元，显然超出了村集体经济的承受能力。小水电站成为一块"鸡肋"，收回改造就能发展集体经济，但集体经济本来薄弱，到哪里去筹措这笔补偿费呢？而错过改造的机遇，水电站迟早将废弃无用，这是村集体资产的重大损失。这时，村里干部很快形成共识：大家凑钱，每人出五万，一定要把电站收回来！终于筹到资金，成功申报了县里的扶贫改造项目。如今，水电站经过改造扩容，收入也扩大了三倍。

我参观过那座流水哗哗的电站，但不知道原来它也是一个扶贫工程。当然，山岐村最让引人注目的，还是蔬菜大棚。村里引进龙头企业，流转了六百亩土地种大棚蔬菜，村里以土地入股。有了集体收入，村里建起了全县唯一的村级公立幼儿园。

那天早上，为督导新时代文明实践站建设，我早上六点就到了村里。为孝心食堂安装宽带的师傅还没有来，我到绵江边漫步，回望村子，田园淹没在大棚之中，屋舍漂浮在田园之中。早上七点多，我听到幼儿园的广播就响了。在水泥路上，乡亲们或骑车或走路，把五十多名孩子送到村部边的幼儿园里。

村里的保障房，就建在幼儿园旁边，推开窗户，可以望见田园和远处的青山。老黄一家，就在保障房里。新房装饰一新，电视机、沙发、厨卫设施一应俱全。他时常对人说，做梦都没有想到，不要花一分钱，就能住上这么好的房子。

老黄一家四口原来居住在破旧土坯房，那是祖辈留下来的。他也想改变，常年辗转于广东汕头等地务工。然而，命运却跟他开了一个玩笑。2012 年，他被确诊患退行性骨关节疾病，医生说，下半辈子只能靠双拐度过。2017 年又确诊肝硬化，妻子也有乳腺癌，女儿和儿子在外读大学。一时间，黄小棉压力山大。干部了解后，把他一家四口纳入低保常补，又给了医疗扶贫的保障救助，治病负担小。后来，县里又启动保障房建设，完善水、电、气等设施，还配齐了厨具、沙发、饭桌、电视机。村里发展大棚，成立了香芋合作社，老黄也种了二十亩。蔬菜，最终成为他走出贫困的希望。

跟老黄一样，寄希望于田地的还有青年人温亮。原本温亮趁着年轻，在外地打工，父母亲在家务农。然而，世事难料，2011 年底，其父亲突发中风，2012 年病情加重，全由母亲照顾，家中还有年迈的爷爷奶奶，温亮成了家中顶梁柱。于是，他回到家，担负起这份责任。

在家，既要照顾父亲，更要有经济收入。在曾经种过烟叶的岳父建议下，没有种过田的温亮种下了十亩烟叶，从烟苗、化肥到用工，他全部赊账。可是这一年，他算是交学费了。由于没有经验，烟没种好也没烤好，加之田间干活时家中电话催急，他不得不回家送父亲去医院，人累得够呛，活也没干好。尽管如此，他的父亲最终还是离开了人世。

2013 年，他总结经验教训，请专家指导，种下了二十亩烟叶。然而历史重演，这一年爷爷病了，他又在田间医院两头跑，结果爷爷离世了。好一点的是烟叶有起色，赚了两万多。次年，他再种烟叶还清了债务，总算松了口气。不料到了 2015 年，洪水吞没了烟田，冲走了烤烟煤。他因此成了村里的贫困户。

干部的帮忙，如一场甘露，不但解决了资金，又派了专家，在土地流转租金还省了三分之一。这一年，他还清了债务，把岳父母接过来一起生活、一起劳作。2017 年，温亮四十亩烟叶长势喜人，收获后又种了三亩西甜瓜、辣椒和蔬菜，总算是苦尽甘来。如今，温亮流转了五十亩土地，种上了商品蔬菜。

又是一年春来。山岐村眼看着大棚里菜叶青青，硕果累累，不料又来了一场疫情。城里的社区和村里都实施封闭管理，乡亲们的菜搁在大棚里，卖不出去，这可把大家愁坏了。还是干部们出手，帮了大忙。驻村的、乡镇的，纷纷为菜农想主意，最后有的干部带销，有的单位认销，有的发明了代销模式，推行套餐配送，将基地蔬菜分成四十、三十、二十元三种套餐，每个套餐菜包根据家居习惯合理搭配了红椒、青椒、茄子、云豆、黄瓜、红薯叶子、蒜子和芹菜等等。干部们在朋友圈里发布信息后，受到城区市民广泛欢迎。当天有两家单认购贫困户蔬菜六百多斤，一天时间干部就为菜农接单一千多斤。

为了解决防控期间蔬菜配送问题，叶坪乡还与城区红都义工联合，组织了十余名"菜鸟"志愿服务队，专门负责按单送菜。"防控买菜不用怕，叶坪'菜鸟'送到家"，一时成为瑞金"网红"广告语。"菜鸟"们在城乡之间飞翔，几天时间，参与下单买菜的市民有五百多人。

我在微信上看着那些红马甲，那些"菜鸟"，不由想起了山岐村的那天早上。我在绵江边看鸟。它们在自由飞行，但看不到菜地的样子。鸟在山岐村飞来飞去，只是从菜地到河边从田埂到电线杆，从来不进大棚里，也叫不出那些蔬菜的名字，更不会沿着国道进城去，进小区去，进入们订下的配送菜单里去。

　　而这些"菜鸟"，却真的成了鸟。他们知道只有飞翔，才能抓住春风。他们眼里，春天的样子就是蔬菜的样子。那些青椒和红椒，茄子和云豆，蒜子和芹菜，正好搭配成一个家庭，正好随志愿者的红马甲串门去。病毒戴上了花冠，而这些在城乡之间送菜的义工，也不毫不避讳地叫自己——"菜鸟"。

边寨

　　青灰的防水砖垒成一截墙垛，两根竖立的木杆被麻绳绑缚在一支横杆上，显出水泊战船的味道。三个古朴的酒瓮在墙垛上叠起一米余高，又让人想起梁山的酒肉豪气。冬日的阳光打下来，刷亮了"白竹寨"三个红色大字。字底是三块圆形的木板，钉在竖起的木杆上，右边的木杆同样钉着一块长条木板，写着"汀瑞边游击队革命旧址"。新标志建筑物显然是文化公司的作品，这表明春风渡过玉门关，这个边远的村寨得到空前的关注。

　　我站在墙垛边让同行的干部拍照。我终于来到了这个叫白竹寨的村子，我得留个影。其实在驻村扶贫的头一年，我就曾经计划着要去一趟。那时我手上辗转而来一份老同志的口述材料，是关于白竹寨的历史。进城工作之后，我不断打开历史书刊，都能看到这个山寨的名字。村牌边有一座漂亮的石拱桥，但已经废弃，入村是一条水泥路。进到村里，来到一栋竖了碑的土屋前。有两位老人前来，指点说这土屋的荣光。这不是指门楣"光荣烈属"牌匾，而是门顶那块石碑，上头写着1933年至1935年，这里居住过一群史册常能看到大名的人物：毛泽覃、项英、叶剑英、陈毅、瞿秋白、贺昌、何叔衡、邓子恢、阮啸仙、周月林、张亮、贺怡。支书说，可惜的是修复时把墙壁上留着的炮眼塞掉了。

　　白竹寨人是客家翁氏，原本为梅州翁氏家族。虽然偏远，但这里在1931年很早就建立了红色政权，打土豪、分田地，相信依靠红军能解放自己。当年住户五十六户两百八十人，参加红军的有二百四十二人。

1936 年，国民党白军围剿封锁，红军饥饿疲惫，村民翁名超组织乡亲筹集六十多担谷子，让部队渡过饥饿难关。国民党攻寨无望，封锁了白竹寨下山的道路，乡民于是分工协作，有的下山侦探，有的寨里放哨。联络员谢带娣在一次情报工作中被捕，受尽严刑拷打，没有叛变。

为我们指点村寨旧址的，正是翁名超的后人。"黄田府，粟坑县，白竹寨是金銮殿。白竹山上红旗飘，白匪到处受我歼。"红色歌谣至今传唱。黄田、粟坑、白竹，由外往里都在一条大山坳，如今合并成一个行政村。车子沿着一条溪河，走了半个小时才到白竹寨底下。接着是一条上山的水泥路，极其陡峭。小陈一边开车，一边说起上次扑救山火时半路会车的险情。这条路也是扶贫项目，原来上山的是石阶路，在另一边。据说集体年代村民下山去往武阳挑救济粮，要走两个小时，由于山高路陡，许多村民放弃不要。由于偏僻，几年前这里田园荒芜，村寨空寥，我听说后就想早点去看看，以免到时彻底空白。

不料，山路直上云天，车子冲到高处，却是另一番天地。这里山高险峻，林密壑深，路上筑起碉堡便能一夫当关，孤悬独立。有此地利，难怪成为最后的红色根据地。在瑞金沦陷复归白色统治之后，周边的村民、游击队、留守红军源源涌上来。翁显昌老人对我们说，当年这里连厕所牛栏都住上了人。说白竹寨是"金銮殿"，真不是夸张。盆形、上角、上彩，一座座厅堂成为当年的司令部，汀瑞游击队，福建军区，闽赣河东军区，毛泽覃独立师，能数得出来的高级别公章就有八枚。原以为这个角落芳草凄凄，没料到屋舍俨然粉刷一新，尤其是那五百亩连片的猕猴桃基地，棚架林立，沟渠硬直，分明是高处的新家园。

深山密林，村寨复苏，这样的情景我并不陌生。就在这赣闽边际的武夷山脉，我走访过许多这样的村寨。福建长汀曾是吸引周边的繁华州府，从于都、宁都、瑞金到长汀，有一条重要的商贸交通线，隐伏在莽莽群山中，像冈面的高寨、武阳的白竹寨、泽覃的九寨。只是岁月变迁一时冷落。

驻村扶贫前，我走访过九寨，听到一个叫"六月六"的奇特节日。

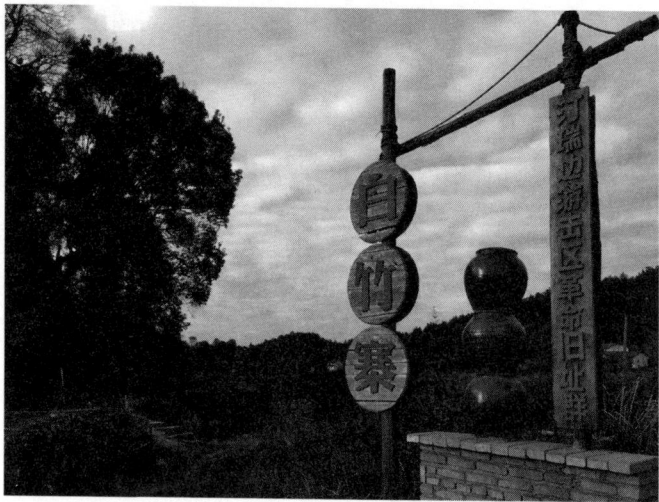

走访边寨

这是山寨甚于春节的团圆节。"六月六"别处没有，只有赣闽边际的这个叫九寨的小山村有。端午过后，民间的节日就要等到八月中秋了，小山村的人等不及两三个月的间隔，于是又过起了"六月六"。

每到六月初六这天，九寨热闹起来了。家里所有的亲戚都要来到九寨，姑、姨、舅各种称呼表明着人们沿着家族的血缘分散又相聚。九寨人都姓陈，一家亲戚就是大家的亲戚，于是家家户户亲戚互请，比正月走亲戚都热闹。这一天，酒纵情地喝，肉大块地吃，九寨山高林深，再大的喧哗都不会扰了外界。这一天，四面的青山和土屋在醉眼里摇晃，真是一个太平世界。

但九寨的热闹早就消逝了。六月六过年般的热闹，只是村民陈东北的回忆。陈东北差不多算是九寨最后的村民。儿女在城里安了家，兄弟在广东谋生定居，九十多岁的老母跟着在广东享福了。而他自己，守在九寨养了十多头牛。但他仍然喜欢"六月六"，这个节日他家没有丢，只是把节日带到了城里过。除中秋节之外，没有人知道还有另外一个"团圆节"，除了陈东北的亲戚，除了九寨人。

"六月六"当然是先祖定下的规矩。祖上到外面做生意去了，三年了才回来，家里自然过年般欢喜，可惜端午过了一个月，于是祖上就说，明天六月六，叫上所有亲戚，聚一聚，热闹一下。显然祖上挣了点钱，就聚得不一般。这个回归九寨的日子太重要了，于是就成了节俗。"路隘林深苔滑"，当然是武夷山村寨的共性。九寨人是福建上杭迁来的，村民便染得经营之风，自古出过富商。一直以来，九寨人都是到长汀四都赶集，那路可以通车。

也是由于地缘的关系，当年汀瑞游击队在这里过往、驻扎，九寨便不经意成了个红色村落，当年汀瑞直属党支部书记，就是九寨人陈绍凤。毛泽覃长汀突围失利退到黄狗窝的落脚点和牺牲地——纸槽房，就是九寨人所经营的。村里至今还有军火库、哨所等遗址。无论是战争，还是和平，"六月六"一直在这个边寨里过着，热闹着。只是，毛泽覃 1935 年 4 月 26 日黎明牺牲了，没有参加那年九寨人的"六月六"。

六月六，九寨人在贫苦中团聚作乐，而在富裕后却四处分散，热闹不起来了。九寨有的是山林，但靠山吃山却是近来的事。集体时期，九寨人守土耕作，日子过得苦。改革开放，分田到户了，特别是近些年分山分林到户，不少九寨人经营竹林发了家。九寨人纷纷到镇里建房，到城里安家，原来一百余户人家，如今十之八九在城里。九寨的土房子，成了村民的工作用房，平时在城里生活，育山、劳作、收获就开着皮卡车回到九寨。于是"六月六"便带到了城里过。

九寨人外迁后，散居村委边、乡镇里、县城中。村子空了，耕地撂荒了，于是就好放牛。先是退耕还林，后来又是政府有补贴的退居还耕，空下来的旧房纷纷拆了复垦。九寨就彻底成空村子，通往四都的大路就更加荒草丛生。让九寨人重新聚起来，是土坯房改造补助政策，每家建新房可以补一万五千元，二十余户九寨人在步权村委边集中建了房，虽然孩子们都在外面生活，但他们就在山中住。这个移民式的新九寨，再现了"六月六"的热闹。

那年金秋，我看到了"新九寨"，一栋栋上好的红砖房在青山绿水间。这一天，有几个客商前往黄狗窝考察，一条水泥路要修进九寨，再拐进那片烈士牺牲的土地。然后是修复纸槽记，雕塑烈士战斗的英姿。前往黄狗窝的道路上，陈老汉义务带路，长柄砍刀一路披荆斩棘。老汉不止一次念叨，九寨的风景真好，或许，在他眼中九寨真赶得上世界闻名的九寨沟。当然，或层林尽染，或竹海生云，或雄崖鹰飞，就是诗人和画家来了，也同意老汉的看法。或许，这就是老汉留下来居住的原因。新寨子、老寨子都重新热闹起来了，而且不只是六月六。

我去往冈面的高寨，是在仲春时节。这是瑞金市冈面乡竹园村的高山村寨。村里八百亩茶叶基地上泛着星星绿意。一年前，这里的乡亲们按下红手印，表达发展集体经济的决心。从那时起，高寨的林地就收归了集体，以小组名义参与入股，成为公司茶叶基地的一部分。

虽然是偏远山村，但高寨2012年就修好了水泥路。寨子里人少山多，村民靠卖山货一直不能致富。干部了解到高寨曾经出过贡茶的历史后，定下了耕山种茶的路子：种铁观音，规划千亩有机茶园。以前有公司想"空手套白狼"租下林地，或提议让高寨人集体搬迁，接管高寨。村民没接受。在乡里协调下，高寨村民和茶叶专业户合作种茶，土地流转四十年改山种茶，利润双方分成，此后山和茶园都归高寨村民所有。

借鸡下蛋的致富路不错，但村民是分散入股，还是集体入股，这成为争议。干部来到高寨召开促进会，召集乡村两级干部、理事会成员，总结高寨发展遇到的问题。理事会统一了思想，支持集体入股。接着是三十多户村民代表开会，听干部说茶园规划，说将来一流的茶园。

议到正题，干部因势利导对大家说，每家每人林权多少不一样，以个人入股的话，以后怎么算分红问题多；有人林权大，有人林权小，按照林权大小分红，以后有人越来越富也会有人越来越穷，违背了一起步入全面小康社会的初衷；林权不是天生的，山多山少的都是高寨的，高寨要发展起来就不能落下一个村民。接着，干部又举了华西村的例子，鼓励大家向华西村看齐。

一份蓝图和一番苦心，让苦惯了的高寨人露出向往的神色。理事会成员率先同意收归林权证为集体所有。林权最大的第一个表态，气氛被调动起来了，大家纷纷表态，但又在开辟茶场砍卖树木的问题上搁浅。在郭奕涛等人带领下，三十多户人家全部在本子上按下鲜红的手印，同意林权收归集体。

我看过了九寨的新村点、高寨的大茶园，现在看到白竹寨的猕猴桃基地并不意外。白竹寨是长汀、会昌、瑞金交界之地，管辖归属曾三度更换。老人指点说，这个寨子往泽覃、武阳、拔英三个方向走都是五里路。偏远，自然，绿色，也渐渐成为一种人们青睐的资源。下山时，我有些遗憾，没能停车下到沟谷里欣赏瀑布群。回到镇里，我却在宣传片里才看到那些飞瀑流泉。那天，镇里正在接待一批旅游开发的客商。

原来，镇里全面规划了绿色旅游。2019 年重走长征路时，我曾陪着媒体的朋友走访过那些开发好的景点：松山排的红军水道，邹氏宗祠的春耕生产运动颁旗大会旧址，长征第一桥岸上古老的望江亭，马荠塘万亩荷园和池塘波光……不久之后，白竹寨的红色旧址和瀑布桃园，也将成为旅游线路的一部分。

彩练

那天，我带朋友去梅江边的村子参观，回城的路上特意拐进了大柏地前村。虽然我们知道这几年村庄都在进行"美容"，但我们仍为村子的变化吃惊。

由于领袖的一句诗"弹洞前村壁"，这个原叫杏坑的村子就叫"前村"了。布满弹洞的土屋一直站在村子中央。现在，土屋被尊敬地请进一圈围栏里，周边的道路经过细石的铺垫，显得古朴而端庄。四周的环境完全改变，道路加上了墙垛的围护，池塘砌好了边沿，坡地上塑造着几个激动人心的标语。"装点此关山，今朝更好看"，人们把这句话化作了一次行为艺术。

我不记得有多少次路过大柏地，打量那片关山，遇见那条彩练。那首领袖的词章，那轮雨后的斜阳，那堵墙壁的弹洞，还有那座静止成遗迹的古祠，自小到大成为我关注的一个人文景观。层层相因的历史注解，让我对其抱有单向度的解读：这只是一场战争，有关意志，兵力悬殊，生死存亡。直到阅读了《静静的顿河》，才发现另一个观察角度。

在顿河边，有一个叫鞑靼村的地方，格里高尔和他的哥萨克乡亲正为道路选择而犹豫。最初红军来到鞑靼村，却没有给哥萨克留下好印象。一个红军惊吓村民想做出流氓行径，虽然政委严厉批评了这位落后的红军，解释白军杀了这名红军的全家，导致这名红军变态地对待村民，但白军暗地里挑唆，加上哥萨克容不得"外来户"的观念——

对外来户实施残酷打击，他们总认为创立苏维埃就是俄罗斯的庄稼佬会进村来共产共妻分土地，于是一场暴动就在有枪有弹的村民手里轻易地发动了，从而把哥萨克男人多数推向了白军一边。

读到此处，我不由自主想起中国南方的村庄——大柏地。1929 年春节，红军从井冈山来到赣南，一路国民党追兵，几乎陷入绝境，最终在大柏地设伏迎敌，并取得胜利。由于赣南老表对红军非常陌生，军队进村时虽然临近年关，但大多数村民却离家进山躲藏了起来。红军为了生存，不得不入户打欠条向老表借用食物。几个月后，红军回到大柏地，在圩场上摆开了摊子，毛泽东亲自给乡亲们解释，向老表们退还和赔偿战斗中的损失。如果从军事角度看，是意志决定了大柏地战斗的胜负，但如果从政治角度看，是钢铁般的廉洁纪律决定红军长远胜负，红军和共产党最后能够在赣南立足建都，就是依靠群众对红军的信任和支持。

其实，赣南老表从民系形成上看与哥萨克也有相似。哥萨克是俄罗斯大地的"客家人"，早年由于不堪俄罗斯贵族压迫而逃到南方顿河流域，命运仍然是此起彼伏，慢慢又形成新的阶层分化，最终浑然一体封闭自守的新民系——哥萨克，他们对俄罗斯母系有着敬而远之的心态，有着好勇斗狠的性情。很明显，当一场苏维埃革命降临人间，顿河边的人群以不同心态迎接这场大风暴。这里虽然有施托克曼们早期的革命宣传，但沙皇和克伦斯基先后倒台，军阀科尔尼科夫政变失败后撤退这里，顿河成为白军反攻的基地，这就进一步加剧了顿河苏维埃运动的难度。这样，布尔什维克和红军在执行莫斯科政策时出现的失误和偏差，轻易地激起了哥萨克的暴动。从这个角度理解，大柏地战斗不但是军事上的胜利，更是政治上的胜利。作为初入赣南的奠基礼，红军能够在赣南开辟革命根据地，显然得益于自身鲜明的血统：自律之志和为民之心。

红军进入赣南，就十分注重维护着自身形象。萧克是大柏地战斗中担负引敌任务的将领，在瑞金还流传着他另一个买黄瓜的故事。大柏地战斗后几个月，红军要入闽作战扩大革命根据地，有一天驻扎在瑞金的武阳村。沿途的村民由于受到欺骗宣传，听说红军来了赶紧躲进深山老林。红军经过的地方连一口茶水也找不到。这一天，太阳火辣辣的，大地像蒸笼一般直冒热气，战士们又饥又渴。为防拉痢，部队规定不能喝生水。警卫排长向萧克报告：走在最后的一个大队战士们看到田里一畦畦成熟的黄瓜，摘来就吃，请支队长处理。萧克一听，立即传唤大队长，厉声批评说："红军在井冈山时就制定了维护人民群众利益，不拿群众一针一线的纪律，你是大队长，应该带头遵守才是。现在，我们要立即回头找瓜主向他检讨，赔偿损失挽回影响。"最后由于找不到主人，红军只得写下张字条，连同23个铜板放到瓜田里。

阅读《静静的顿河》，我总会不自觉地进行比较：如果是朱毛红军来到顿河，就不会产生后来的哥萨克暴动了，也就不会有后来顿河民众与红军持久对抗的悲剧。当然，这种比较，完全可以延伸到中国与苏联后来的种种风云变幻和国事沧桑，从而更清楚地看到：当年大柏地战斗中彰显的"红色血统"，其实就是一条风雨彩虹，在岁月中越来越明媚。

显然，维护血统本身就是一场战争，建国以来不断刮起的反腐风暴，就是对政党初心的一次次检验。我曾经在《红色中华》里大量阅读到这种斗争情景。有一篇题为《云集区第三次工农兵代表大会经过》的新闻，记录了当年瑞金云集村的开会"盛况"，那是一种热火朝天的"自我净化"："所有代表的火力，斗争情绪，都是向着谢标（区苏土地部长），骆春辉（特派员），曾存茂（没收征发委员）三人猛烈进攻，识破了他们的阶级妥协，怎样腐化……"可见：中华苏维埃被称为"世界第一等廉洁的政府"，并不是天然地存在，而是斗争的结果；红色，不是调色板上的红，而是红土地的红，是包含杂质而又排斥杂质的红。

如果说《静静的顿河》让我们看到苏联解体的潜伏因素，那么我们就应该从大柏地的彩练中看清当下中国澄清玉宇的决心和智慧。这是一种严谨的历史逻辑：战争的胜利只是一时的，而战争果实的保鲜度与初心的坚韧度必然是成正比的。几十年来，我不断路过大柏地，看到"装点此关山"的叮嘱不断发出清晰回响，正是有一种"红色血统"由来有自、源远流长。

战争毕竟只是战争，而建设同样需要创造的智慧。这几年，我经历着乡村的大建设时期，我不断地发现令人眼前发亮的作品。这是创造者所迸发的智慧。大柏地前村的姿容，让我相信了创造是一种心愿、一种能力、一种情怀。只有城乡大地迸发出活泼泼的创造，才能真正看到、不断看到"可爱的中国"。

2019年冬，我和几位来自全国的作家走进方志敏的家乡——横峰葛源。在列宁公园，我对乡村大地八十年前突然出现的公园感到震惊。我习惯了古诗文中的亭台楼阁。就在我居住的小城里，这种楼台留下的诗文盈满纸籍。但是，那些楼台多是私家花园、富家后院。乡村或许自身就是一个公园，田园山川，小桥流水，为此我习惯于天然的乡村，习惯把乡村当作自然来赞美。但列宁公园，却是人工的成果，却是一种理想的具化，是可爱中国的实践。

据说，当年方志敏在上海求学，因为一句"华人与狗不准进园"愤而拒绝进入公园。这件事情深深印在他的心里。1931年春，他创建了赣东北苏维埃政权。他是一个爱干净的人。我曾在省委旧址里参观他的住房。他的木床安装着四个木轮。这是我看过的独一无二的床。横峰的朋友说，这是由于方志敏便于移动木床全面打扫卫生而设计的。他不允许留下一点卫生的死角。由一室而观天下，他不允许他的根据地不美丽、不富裕、不和谐。

省委大院门口，有一块石头，据说是方志敏当年的坐椅。他经常在这里接待群众，聆听诉求，解决问题，让乡亲们心情舒畅。他在葛源亲自筹建的列宁公园里，还亲手种下了一棵梭陀树，如今冠盖亭亭，绿色成荫，白鹭欢歌。公园里游泳比赛的河道，也是他从葛溪河引进来的活水。参观的这一天阴雨飘飞，我们围在树下，放下了雨伞，打开了手机，跟着横峰的朋友一起朗诵起《可爱的中国》："到那时，到处都是活跃跃的创造，到处都是日新月异的进步，欢歌将代替了悲叹，笑脸将代替了哭脸，富裕将代替了贫穷，康健将代替了疾苦……"口音五湖四海，有甘肃的，有北京的，有湖北的，有海南的。但对创造者的景仰，是一样的。

从大柏地杏坑新村，到葛源的列宁公园，这就是人间的创造。我看过方志敏早年的小说，描写少小时家乡的小桥流水。成长后的他，知道乡村不仅仅需要天然纯朴，还需要改造和完善。置身列宁公园，我脑子里联想到的正是进行时下的乡村振兴。一代代乡村的建设者，都对大地怀有深情。

附: 在群山中眺望尘世

1. 在下乡的日子

在下乡的日子, 懂得了分享
泥泞和坑洼, 严寒和酷热
风尘和希翼……如果汗水由于细微而无声
似乎证明: 一个人的肉身
可以与大地关联得多么紧密

不必究问: 那些青山绿水
为什么偏安一隅? 口舌和策略
以及奔涌的书生之见, 正好可以
从那些来不及进化的头脑里
找到纯朴和爱——是的, 寒门找出良善
总是比找出忧患更容易

隐约相信: 每一条道路都通向灯火
每一道屋檐都可以避开风雨
多少个晨昏, 俗务和风雅
竟源于同一条道路。就像梭罗的乡村岁月
湖边的万物, 可以安享, 和修炼

2. 群山的倒影

每一次见到它们，都是一个样子
如荒村的老人，孤独地坐在江水边
抚摸着光荣的伤痛，陷入沉思
——我希望秋风用力吹一吹水面
希望青山宁静的倒影有大幅度改变
就像大地定形前那一刻
激烈，动荡，然后被秋风冷却

3. 挖掘机上的乡村青年

巨大的钻头在峭壁歇息
尖喙上凝结了霜一般的冷峻
弯曲的胳臂，肌肉与骨骼合二为一
对于固执的大地，真正胆寒是两位乡村青年
他们正攀着车窗聊起什么
抽烟的时候开心地笑了起来
那晒黑的股肤，以及那俊秀的脸庞上
黑色的眼镜，让一条未来的公路
聚集力与美，在最困难的地方诞生

4. 大地的星辰

在乡村弯曲而狭小的水泥路上
牛粪清新典雅地排列着
当我从一数到了七
慢慢忘记了它们的草色
热气，椭圆的形状
以及微微散发的腥腐气味
我猜想那头牛来自天空
它的排泄，为大地构造了星辰
让清晨的乡村轻盈而稳重
神秘的图案中有着天地一体的深沉

5. 一群孩子

大雾中身影，让蜿蜒的山路
奔跑起来。我听到快乐的脚步
快乐的肺，快乐的脏脸庞
朴素的袄子，散发着岁月的清香
像冬青树上红色的果粒
沉浸于轮回的喜悦。我在远处驻足
确定看到了一些过往的时光

6. 轻盈

终于放下了山峰，农舍，一头老病的耕牛
终于放下了老人，孩子，一名奔忙的小吏
终于放下了寺庙，小溪，一株弯腰的狗尾巴草
终于放下了村落，小镇，一条长河
此刻，大雾弥漫，匆匆的脚步如此轻盈
像卡尔维诺提及的经验

7. 闻犬吠

在不同的角落，一根绳子扭住了
另一根绳子，蘸着夜色，越搓越粗
越来越结实。五花大绑的村子
河流，山峦，以及越来越低沉的天空
都不能动弹了。我放下书
沉浸在声音的世界里，把白天
绑在身上的绳子，一根一根取下来

8. 酒徒

传说他早上在家里喝一口酒
太阳会起来得更早

传说他中午到小店里泯一口酒
会瞧不起那些富有的人
传说他晚上喝一口酒
一天就等于一生——我没法
验证传说，但目睹过
他清醒时说起那场越南的战斗
他为自己意外活了下来而愤愤不平
每当说起牺牲的战友
他像喝高了一样老泪纵横
我由此猜测
他体内的泪腺变成了一座小酒厂

9. 梅江大桥

初升的太阳为桥栏制造了匀称的影子
好像要把栏杆再数上一遍——那
的确是一组神秘的数字
隐藏于造物者的心里
被我们忽略——
世上有多少事物可知而未必知
一些日子里，我一遍遍
走进暮色和晨风中
走进梅江大桥引领的人间
那些竹筏，浮萍，突突的船只
行人，车辆，土狗
北斗星一样分布的牛粪
我们如此亲近，却又相忘于江湖

10. 等待下弦月

星空在头顶怒放。夜渐渐深了
那些大大小小的颗粒散发着甜味
一些音符从暗处升起，交换着位置
这是由近及远、不易察觉的运动
夜真的深了。稀零的车灯在远处晃动
下弦月还在山的后头，迟疑不安
隐隐的亮光像杯晚茶，让我忘掉了远方

11. 孤独的稻田

每次从河湾走过
总觉得这块孤单的蹈田
是属于我们大家的——我和那些
涧水清风，草木虫蛾
共同分享这片小小的青黄之色
直到它变成一个点
浓缩了人类古老的负担
一个圆心无限扩展
忠诚的稼穑，时节的点睛之笔
像孤傲的陶渊明
安于僻静的角落，捧出一枚
大地为之骄傲的勋章

后记

　　动笔写这些文字的时候，是2018年初秋的一天。如果按照我的预期，这个秋天我应该在遥远的新疆，帮助阿克陶开展精准扶贫。但由于种种阻力，我的这个愿望落空，西疆之行成为留在梦中的诗与远方。

　　我开始另一种远旅。经过一段时间的思考，我感到了记录驻村生活的必要。2016年，我受组织安排，去往离县城一百多华里的山村驻守，担任第一书记，一去就是三四年。这个梅江边的小山村，现在已变成一批随笔和诗篇。这实在是受到某种力量的召唤。山村生活是热闹而寂寞的，是文字召集了这些时光的碎片，重构了一段难忘的历程，构成我名副其实的"诗与远方"。

　　我经历的生活，有着深厚的时代背景。2018年6月，国家第三方评估机构对贫困县摘帽退出开展了专项评估，我们县取得零错退、零漏评、群众满意度99.38%、综合贫困发生率0.91%的成绩，在全省同期脱贫退出的6个贫困县中名列前茅。在这项工作中，我留下过自己的痕迹。而这些痕迹就是脱开这个大背景而言，也能变成对乡村现状的有效观察。

　　这是一个进行时的乡村，也是一个新版的乡村；但不是少年闰土的乡村，也不是中年闰土的乡村。以一个人的活泼和衰老，来象征乡村的时代演进，容易被每一个离乡者重复，而陷于偏颇。这更不是梁鸿的村庄，不是一个游子的返乡记、见闻录或调研报告。在乡村大地的立足时间决定了亲密程度和观察角度。我所看到的乡村不是田园牧歌，也不是文明挽歌。它吸附了乡土中国的传统与现代，有着自身的脉动和生机。

这些随笔，是一份赣南当下乡村生老死病的详细报告，只是放在扶贫这个背景中，这些生老病死更加显眼，被我看见。我没有正面去记述治贫、扶贫、脱贫，这个宏观的视角在新闻报道中不断使用，我只是截取了一个切片，见证乡村的一段动静，一种风吹蒿莱的社会风貌。由于扶贫的搅动，乡村大地突然间像库区沉静的水面，在回旋，在涌动，在起落，慢慢浮现出善良与狡诘，奋发与颓唐，欢欣与悲楚，坚韧与脆弱，希翼与沉沦……这让我想起扎加耶夫斯基的《尝试赞美这残缺的世界》："赞美这残缺的世界 / 和一只画眉掉下的灰色羽毛，/ 和那游离、消失又重返的 / 柔光。"当然，一切终究是收获，就像秋天的阳光擦亮了一切，在追忆中，我承认每一张面孔都是明亮而可爱的。

2019 年秋，我离开驻村岗位回城上班。四年时光，一个村子有足够理由和时间驻扎到我的内心，成为我打量世界的眼眸。此后我每到一个村庄，我都有了更实在的度量和更真切的对照，似乎我知道村庄的欢欣所在。事实上，我已和一个村庄彼此驻扎，彼此打量，互相丰富，互相祝福。

在随笔的写作中，我承认敬慕《寻乌调查》的细致笔法，和《马桥词典》的理性楔入。而所写诗篇，则全是三年来零散时光中的随手涂抹，从中我发现自己的诗歌写作仍然存在即时即景的习惯，只是在时光的串联中，诗行里的风物与情愫，与随笔形成天然的"互文"。

诚如瞿秋白《赤都心史》所言，"我心灵的影和响，或者在宇宙间偶然留纤微毫忽的痕迹呵！——何况这本小小的册子是我努力了解人生的印象。"

2020 年 4 月